Das Universum des Superhelden

Der Sohn Des Superhelden #6

Lucas Flint

Secret Identity Books

Urheberrechte print

Veröffentlicht von Secret Identity Books. Ein Imprint von Annulus Publishing.

Kontakt: luke@lucasflint.com

Coverdesign von Damonza (http://www.damonza.com)

Übersetzt aus der ursprünglichen amerikanischen Englischversion mit ScribeShadow AI (https://app.scribeshadow.com/)

Kapitel Eins

Ich saß auf einem Stuhl auf einer großen Freilichtbühne, die Hände in meinem Schoß. Die Sonne schien hell und klar - was für New York ziemlich selten war - und erlaubte mir, all die Hunderte und Aberhunderte von Superhelden zu sehen, die sich im Bereich unter der Bühne versammelt hatten. Die Menge bestand aus Mitgliedern der Neohelden-Allianz und der Unabhängigen Neohelden für Gerechtigkeit, was ziemlich ungewöhnlich war, da die beiden Organisationen normalerweise nicht zusammen abhängen. Aber es war nicht überraschend; seit dem Neohelden-Gipfel Anfang des Jahres arbeiteten die NHA und INJ enger zusammen als je zuvor, um Verbrechen und Schurken zu bekämpfen.

Ich war jedoch nicht der einzige Superheld auf der Bühne. Zu meiner Rechten saßen Blizzard, meine Freundin und eine meiner Teamkolleginnen; Treehugger, die sich für diesen Anlass eine große gelbe Blume ins Haar gesteckt hatte; Stinger, der genauso gelangweilt und unwohl wie ich mit all diesem Herumsitzen aussah; und Shell, der irgendein Buch über Quantenphysik oder so etwas auf seinem Handy las, was ich aufgrund der Entfernung zwischen uns nicht genau erkennen konnte.

Direkt vor uns saßen die Mitglieder des Führungsrats der Neohelden-Allianz: der mächtige Mr. Miner, die starke Lady Amazon, der schnelle High Fly, der geheimnisvolle Beyond Man, mein eigener Mentor Mecha Knight und der Außerirdische Nicknacks. Nur Omega Man fehlte, aber das lag daran, dass er in seinem Zimmer im NHA-Hauptquartier die Rede vorbereitete, mit der er die heutige Zeremonie eröffnen würde.

Die Zeremonie drehte sich um die Enthüllung einer neuen Attraktion auf Helden-Insel: Die Gerechtigkeitsstatue. Ich warf einen Blick über meine Schulter auf die Statue, ein riesiger Koloss aus Marmor, der alle anderen Neohelden in der Gegend überragte. Sie zeigte Omega Man und den Mitternachtsschurken - die Anführer der NHA und der INJ

-, wie sie sich freundschaftlich die Hände schüttelten, ein Symbol für die neue Allianz zwischen den beiden Organisationen. Die Statue selbst war seit ein paar Monaten in Bau, seit dem Ende des letzten Neohelden-Gipfels, und heute war ihre offizielle Enthüllung für die breite Öffentlichkeit. Es waren sogar Kameras aufgestellt, um die Eröffnungszeremonie weltweit live zu übertragen, obwohl aufgrund von Sicherheitsbedenken keine tatsächlichen Pressevertreter anwesend waren.

Aber die Statue war noch nicht enthüllt worden. Sie war von einem riesigen, dicken blauen Tuch verhüllt, das ab und zu im Wind flatterte. Ich wusste nur, wie sie aussah, weil ich die ersten Pläne gesehen hatte, als sie vorgeschlagen wurde, aber ich hatte die fertige Statue noch nicht gesehen. Laut Mecha Knight, der einer der Aufseher des Bauprojekts gewesen war, war es eine der beeindruckendsten Statuen, die er je gesehen hatte, aber ich würde das wohl bald selbst sehen, nachdem Omega Man die Zeremonie eröffnet hatte.

Ich musste allerdings zugeben, dass ich mich fragte, warum wir das überhaupt machten. Mecha Knight hatte mir erklärt, dass bei der Zeremonie die Allianz zwischen der NHA und der INJ offiziell der Welt bekannt gegeben werden sollte. Die beiden Organisationen fusionierten nicht; wir würden jedoch nun offiziell verbündet sein und für das Gemeinwohl zusammenarbeiten. Ich hatte sogar Gerüchte gehört, dass Omega Man die Gründung eines neuen Teams aus Mitgliedern beider Organisationen ankündigen würde, obwohl Mecha Knight sich geweigert hatte, mir zu verraten, was der Führungsrat mit der INJ-Führung besprochen hatte.

Apropos INJ-Führung, ich sah ihre Anführer auf der linken Seite der Plattform sitzen, parallel zu uns. Der Mitternachtsschurke, groß, schattig und bedrohlich, war sofort zu erkennen, wirkte aber im hellen Sonnenlicht etwas fehl am Platz. Die anderen Mitglieder der INJ-Führung sahen weniger auffällig deplatziert aus und unterhielten sich sogar miteinander, obwohl ich aufgrund des Lärms der Menge nicht hören konnte, worüber sie sprachen.

Ich fragte mich, ob sie genauso gelangweilt waren wie ich. Klar, ich verstand, dass diese Zeremonie für die Superhelden-Gemeinschaft enorm wichtig war, da sie die Dynamik der Superhelden-Gemeinschaft auf noch nicht ganz verstandene Weise verändern würde, aber ich fragte mich trotzdem, warum ich hier sein sollte. Ich machte mir eher Sorgen darüber, dass Superschurken diese Zeit nutzen könnten, um Verbrechen zu begehen und Ärger zu machen, obwohl Mecha Knight mich darauf hingewiesen hatte, dass jeder Superschurke in New York, der jetzt versuchen würde, Ärger zu machen, wahnsinnig sein müsste, angesichts der Tatsache, dass die geballte Macht der beiden größten Superhelden-Organisationen des Landes heute hier war. Trotzdem fühlte sich das für mich wie eine nutzlose Formalität an; ich wäre viel lieber zurück im Haus (der Basis meines Teams) gewesen und hätte trainiert, anstatt hier zu sitzen und darauf zu warten, dass Omega Man auftaucht und der Welt eine riesige Statue enthüllt.

Meine Gedanken wurden unterbrochen, als eine vertraute Stimme rief: »Bolt!« und mich aufblicken ließ, um einen großen, gutaussehenden Typen etwa in meinem Alter zu sehen, der auf mich zukam. Er trug ein Kostüm, das meinem ähnelte, nur dass seines blau und gelb war und er einen langen, wallenden Umhang trug, der sogar ich zugeben musste, cool aussah.

»Strike?«, sagte ich und erhob mich von meinem Sitz, als der Anführer der Neuen Helden - das INJ-Äquivalent zu den Jungen Neos - auf mich zukam. »Was hat dich so lange aufgehalten? Du hast mir gesagt, du kommst, aber ich habe dich nicht gesehen, als die INJ heute früher ankam.«

Strike blitzte mich mit einem großen, viel zu strahlenden Lächeln an, als er vor mir stehen blieb und mir die Hand schüttelte. »Ah, tut mir leid deswegen. Die Blitz-Drillinge wollten unbedingt noch das Museum sehen, also sind wir vorher dorthin gegangen, um sicherzugehen, dass wir es vor der Enthüllung der Gerechtigkeitsstatue noch schaffen. Tut mir leid, dass ich dir nicht Bescheid gesagt habe.«

»Das ganze Team ist hier?«, fragte ich. »Wo sind denn alle?«

»Da drüben«, sagte Strike und deutete mit dem Daumen über seine Schulter in die Richtung der INJ-Anführer. »Siehst du? Wir sind gerade erst angekommen.«

Ich schaute über Strikes Schulter und sah fünf andere Teenager, die hinter den INJ-Anführern saßen. Eine von ihnen war ein Mädchen, etwa ein oder zwei Jahre jünger, in einem rosa Kostüm, das ich als Dizzy erkannte, während der Typ mit der grünen, schleimigen Haut Slime war, und die drei hüpfenden und plappernden Vierzehnjährigen waren die Blitz-Drillinge: Volt, Watt und Lumen.

»Ja, ich sehe sie«, sagte ich. Ich sah Strike wieder an. »Es ist lange her, seit wir zuletzt gesprochen haben. Wie läuft's in Kalifornien?«

»Wie immer«, sagte Strike mit einem Achselzucken. »Superschurken und Verbrecher bekämpfen, bei bestimmten supergeheimen Projekten helfen, für die Midnight Menace mich umbringen würde, wenn ich dir davon erzählen würde ... du weißt schon, die üblichen Dinge.«

»Klar«, sagte ich. »Seid ihr immer noch in der Höhle stationiert?«

»Jep«, sagte Strike und nickte. »Aber wir erweitern endlich. Wir gehen durch die untersten Ebenen und räumen den ganzen Krempel aus, modernisieren alles. Dein Besuch hat den Midnight Menace davon überzeugt, dass dieser Ort aktualisiert, modernisiert und sicherer für das Team und Besucher gemacht werden muss.«

»Cool«, sagte ich. »Ich muss mal wieder vorbeikommen und diesmal das ganze Team mitbringen.«

»Klar«, sagte Strike. »Ich werde mit Menace darüber sprechen, aber ich bin sicher, er wird nichts dagegen haben.« Dann zögerte Strike und fügte hinzu: »Und es tut mir leid wegen deines Vaters, Bolt. Ich weiß, ich habe das schon bei der Beerdigung gesagt, aber-«

»Schon gut«, unterbrach ich ihn. »Ich bin darüber hinweg. Aber danke für dein Beileid. Ich weiß es trotzdem zu schätzen.«

Strike nickte, aber ich konnte sehen, dass er sich offensichtlich unwohl fühlte. Aber ich war wirklich über Papas Tod hinweg ... na ja, okay, nicht völlig, denn ich glaube nicht, dass man jemals wirklich über den Tod eines geliebten Menschen hinwegkommt, aber ich dachte nicht mehr so viel darüber nach wie früher. Ich hatte es akzeptiert und wollte wirklich nicht mehr daran denken; ich war mehr daran interessiert, mich auf die Zukunft zu konzentrieren, obwohl ich Papas Grab immer noch ab und zu besuchte, wenn mir danach war.

»Okay«, sagte Strike. »Nun, ich gehe zurück, um mich zu den anderen zu setzen. Es ist fast Mittag, und dann soll Omega Man die Eröffnungsrede halten, also sollte ich zu meinem Platz zurückkehren, bevor Menace es bemerkt und mich dafür tadelt, dass ich mit dir geredet habe.«

»Klar«, sagte ich. »Wir können nach der Enthüllung der Statue noch mal reden, okay? Aufholen und so, unsere Teams sich vermischen lassen.«

Statue nickte und lief dann zurück zu den Sitzen, wo sein eigenes Team saß. Ich setzte mich einfach wieder auf meinen Stuhl und schlug die Beine übereinander, bereit, auf Omega Mans Ankunft zu warten, obwohl ich ihn nirgendwo am Himmel sah, als ich nach oben blickte.

Sobald ich mich gesetzt hatte, beugte sich Treehugger jedoch über Blizzard und sagte: »Bolt, war das Strike?«

Ich sah Treehugger an. »Ja. Die ganzen New Heroes sind eigentlich hier, also werden wir nach der Zeremonie mit ihnen abhängen.«

»Äh, richtig«, sagte Treehugger. »Aber, ähm, kannst du mir ein Autogramm von Strike besorgen? Bitte?«

Ich legte den Kopf schräg. »Du willst sein Autogramm? Warum holst du es dir nicht selbst? Er ist ein ziemlich netter Kerl.«

Treehuggers Augen weiteten sich, als hätte ich gerade vorgeschlagen, dass sie nackt den Mount Everest besteigen sollte. »Es mir *selbst* holen? Bolt, er ist zu ... zu *gutaussehend*. Ich kann ihn nicht einfach selbst fragen.«

Ich warf einen Blick auf Strike, der jetzt mit Dizzy über irgendetwas sprach, und sah dann wieder Treehugger an. »Er sieht nicht *so* gut aus. Klar, er ist nicht hässlich wie die Nacht, aber ich glaube, du überreagierst. Stimmst du nicht zu, Blizzard?«

Blizzard strich sich ein paar Strähnen ihres schneeweißen Haares zurück und sagte: »Oh, ich weiß nicht. Strike ist schon ziemlich süß, aber natürlich nicht so süß wie du.«

»Aber schwer anzusprechen?«, sagte ich. »Ich meine, vielleicht liegt es daran, dass ich ein Kerl bin, aber ich sehe wirklich nicht, was so beängstigend an ihm sein soll. Klar, er hat magnetische Kräfte und kann Laser aus seinen Augen schießen, aber na und? Ich kann Blitze aus meinen Händen schießen, und du hast keine Angst vor mir.«

»Du verstehst das nicht«, sagte Treehugger. Sie warf einen verstohlenen Blick auf Strike. »Ich ... kann einfach nicht, okay?«

Ich wollte gerade sagen, dass ich es wirklich nicht verstand, als ich plötzlich ein *Rauschen* in der Luft hörte und gerade noch rechtzeitig aufsah, um Omega Man landen zu sehen. Er sah so königlich und heldenhaft aus wie immer, sein Umhang flatterte hinter ihm, als er auf der Bühne landete.

Die bloße Anwesenheit von Omega Man reichte aus, um alle versammelten Helden in der Menge unten verstummen zu lassen, und er hatte noch nicht einmal etwas gesagt. Natürlich war Omega Man praktisch eine lebende Legende, da er einer der ersten modernen Superhelden war und länger aktiv Verbrechen bekämpfte als fast jeder andere hier. Sein Rücken war mir jetzt zugewandt, aber ich konnte mir sein kantiges Kinn und seine gemeißelten Gesichtszüge gut genug vorstellen.

Omega Man justierte das Mikrofon am Rednerpult vor sich und blickte dann in die Menge, bevor er sagte: »Willkommen, ihr alle, zur Enthüllung der Gerechtigkeitsstatue, ein Projekt, an dem ich seit dem Ende des letzten Neohelden-Gipfels persönlich mitgewirkt habe. Ich möchte besonders die INJ-Mitglieder und -Anführer begrüßen, die zur Enthüllung hierhergekommen sind, denn wir wissen, dass Kalifornien ziemlich weit von

New York entfernt ist und dass es keine leichte Reise ist, selbst für Übermenschen wie uns.«

Ich lehnte mich in meinem Stuhl zurück, die Arme vor der Brust verschränkt, während der Rest meines Teams aufmerksamer wirkte als zuvor. Omega Man hatte diese Wirkung auf Menschen. Obwohl er nie sehr laut sprach, hatte er eine Art, die Aufmerksamkeit auf sich zu ziehen, wann immer er eine Rede hielt. Manchmal dachte ich sogar, dass Omega Man zusätzlich zu seinen anderen Kräften eine Art hypnotische Kraft besaß, obwohl Omega Mans Kräfte meines Wissens nach ähnlich wie meine waren, nur stärker.

»Viele von euch haben diesem Tag entgegengefiebert«, sagte Omega Man. »Wir alle, denke ich, nicht nur um die Statue zu sehen, sondern auch um von den konkreten, praktischen Wegen zu erfahren, wie unsere beiden Organisationen in Zukunft zusammenarbeiten werden. Wir haben eine besondere Ankündigung, die nicht nur für alle hier Anwesenden von großem Interesse sein wird, sondern auch für alle, die zu Hause über die Livestreams zuschauen, insbesondere für unsere jüngeren Zuschauer.«

Ich fragte mich, ob das das Team war, von dem ich Gerüchte gehört hatte. Ich sah zu den Neuen Helden hinüber und sah, dass sie genauso interessiert daran waren, von dieser neuen Ankündigung zu hören, wie ich. Ich vermutete, dass der Mitternachtsschrecken und die anderen INJ-Anführer ihnen auch nichts davon erzählt hatten.

»Aber bevor wir das tun, möchte ich zunächst die Gerechtigkeitsstatue enthüllen«, sagte Omega Man. »Da ich sie schon im Voraus gesehen habe, kann ich euch allen hier versichern, dass es wirklich eine großartige Statue ist, leicht eine der besten der Welt. Sie wurde von einem Team von Weltklasse-Bildhauern unter der Aufsicht unseres eigenen Mr. Miner und des INJ-Mitglieds Quakefoot entworfen und geschaffen, was eine Statue ergab, wie wir sie auf Hero Island noch nie gesehen haben.«

»Zeig sie endlich!«, rief plötzlich jemand aus der Menge, obwohl ich von hier aus nicht sehen konnte, wer es war.

»Ja, ja, natürlich«, sagte Omega Man. Er trat beiseite und deutete dann auf die riesige verhüllte Statue hinter der Bühne. »Ohne weitere Umschweife präsentiere ich euch allen: die Gerechtigkeitsstatue!«

Der riesige blaue Schleier wurde plötzlich von einem Team von Hero Island-Arbeitern heruntergezogen, die um die Ränder des Schleiers herum auf das Signal gewartet hatten. Der Schleier fiel mit einem Schwung herunter und enthüllte die Gerechtigkeitsstatue in ihrer Gesamtheit. Ich musste mich auf meinem Sitz umdrehen, um sie zu betrachten, genauso wie meine Teamkollegen.

Die Gerechtigkeitsstatue war wirklich gewaltig. Wie in den Plänen, die ich zuvor gesehen hatte, stellte sie Omega Man und den Mitternachtsschrecken dar, wie sie sich die Hände schüttelten; tatsächlich war sie so realistisch, dass es fast so aussah, als hätten sie den echten Omega Man und Mitternachtsschrecken aufgeblasen und in Stein gesteckt. Sie war unglaublich detailliert und zeigte sogar die Schatten des Mitternachtsschreckens auf eine Weise, die unheimlich dem Original ähnelte. Ich wusste, dass Mr. Miner ein Talent fürs Bildhauern hatte, aber dieses Beispiel seiner Arbeit zu sehen - selbst wenn er mit anderen zusammengearbeitet hatte - blies mich wirklich um.

Plötzlich durchdrang der Klang von Hunderten von Händepaaren, die gleichzeitig klatschten, die Luft. Fast jede Person im Außenbereich klatschte, der Klang war praktisch ohrenbetäubend, obwohl es keine Wände gab, von denen der Schall abprallen konnte. Sogar die Neuen Helden und die INJ-Führung klatschten, obwohl das Klatschen des Mitternachtsschreckens viel zurückhaltender wirkte als das der anderen.

Trotzdem konnte ich erkennen, dass alle die Gerechtigkeitsstatue sehr schätzten. Tatsächlich hob sich die Stimmung der gesamten Menge, es ging sogar so weit, dass mindestens ein paar Leute ziemlich laut pfiffen. Die steigende Stimmung begann sogar mich anzustecken und ließ mich denken, dass diese Zeremonie vielleicht doch nicht so langweilig werden würde.

Dann knackte mein Ohrhörer und Valerie - die KI, die vor seinem Tod Dads Assistentin gewesen war und jetzt im Wesentlichen meine Assistentin war - sagte, ihre Stimme kaum hörbar über dem Klatschen und Jubeln der Menge: »Bolt? Ich habe dringende Neuigkeiten.«

»Dringende Neuigkeiten?«, wiederholte ich, als ich aufhörte zu klatschen und eine Hand an mein Ohr legte. »Was ist es? Kann es nicht bis später warten? Ich bin beschäftigt.«

»Nein, das kann es nicht«, sagte Valerie. »Ich weiß, dass du mitten in einer wichtigen Zeremonie bist, aber meine Sensoren haben etwas aufgefangen, das sich schnell nähert und worüber du Omega Man informieren musst.«

»Omega Man informieren?«, sagte ich. »Warum kannst du es ihm nicht selbst sagen?«

»Omega Man hat keinen Ohrhörer, im Gegensatz zu dir«, sagte Valerie, »also kann ich ihn nicht kontaktieren und vor dem warnen, was meine Sensoren aufgefangen haben. Aber du kannst es, und du musst es, denn es kommt, und zwar schnell.«

»Was kommt?«, sagte ich. »Ein Superschurke?«

»Ich bin mir nicht sicher«, sagte Valerie. »Die Sensoren zeigen, dass etwas Riesiges direkt auf Hero Island zukommt. Seine Flugbahn deutet darauf hin, dass es wahrscheinlich irgendwo in der Nähe des Zentrums von Hero Island landen wird, direkt auf der Gerechtigkeitsstatue selbst.«

Ich sah sofort zum Himmel hinauf, konnte aber nichts außer leerem Blau und der hell scheinenden Sonne erkennen. »Was ist es? Ich sehe nichts.«

»Nochmal, ich weiß es nicht«, sagte Valerie. »Alles, was ich weiß, ist, dass es anscheinend aus der Umlaufbahn gestartet wurde. Ich denke, es handelt sich wahrscheinlich um eine Art Rakete.«

»Eine Atombombe?«, wiederholte ich entsetzt. »Eine Atombombe würde Hero Island komplett dem Erdboden gleichmachen und jeden dort töten.«

»Möglich, aber ich habe keine nuklearen Starts aus Russland, China, Nordkorea oder einem anderen Land mit Atomwaffen entdeckt«, sagte Valerie. »Trotzdem bezweifle ich, dass es etwas Gutes sein wird. Deshalb sagte ich, du musst es Omega Man sagen, weil er es vielleicht aufhalten kann, egal ob es eine Atombombe oder etwas anderes ist. Und du solltest dich beeilen, denn es kommt mit jeder Sekunde näher und wird bald wahrscheinlich mit bloßem Auge sichtbar sein.«

»Okay«, sagte ich. »Danke, dass du es mir gesagt hast.«

Kaum hatte ich das gesagt, sah ich plötzlich einen winzigen Punkt am Himmel. Zuerst dachte ich, es wäre nur ein Vogel oder vielleicht ein Flugzeug, aber als es größer und größer wurde, wurde mir klar, dass es die Rakete war, von der Valerie mir gerade erzählt hatte. Und noch schlimmer, niemand schien sie bisher bemerkt zu haben.

Also sprang ich von meinem Sitz auf und rannte zu Omega Man, der eifrig mit allen anderen klatschte. Tatsächlich klatschte er so sehr, dass er mich gar nicht bemerkte, bis ich seinen Namen rief und er überrascht zu mir heruntersah.

»Bolt?«, sagte Omega Man. »Was ist los? Hast du etwas gesehen?«

»Ja«, sagte ich. Ich zeigte auf den Himmel, direkt auf die Rakete, die auf uns zufiel. »Valerie hat mir gerade von einer Rakete erzählt, die direkt auf uns zukommt. Wir wissen nicht, was es ist, aber wir können sie nicht landen lassen.«

»Eine Rakete?«, wiederholte Omega Man. Er blickte ebenfalls zum Himmel, die Augen zusammengekniffen. »Du hast recht.«

Der Rest der Menge musste sie inzwischen auch bemerkt haben, denn immer weniger Leute klatschten und immer mehr schauten nach oben oder zeigten auf die ankommende Rakete. Mehr als ein paar sahen bereit aus, loszufliegen, um sie aufzuhalten, aber ich war mir nicht sicher, wie viele von ihnen die übermenschliche Kraft besaßen, die ebenfalls nötig wäre, um sie zu stoppen.

»Wir müssen sie aufhalten, bevor sie auf Hero Island landet und explodiert«, sagte ich.

»Natürlich«, sagte Omega Man. »Es ist keine Zeit, sie abzuschießen, was unklug wäre, falls es sich als Atombombe herausstellen sollte. Wir müssen sie selbst aufhalten.«

»Wir selbst?«, sagte ich und sah Omega Man überrascht an. »Du meinst, du und ich arbeiten zusammen, um sie aufzuhalten?«

»Natürlich«, sagte Omega Man. Er lächelte. »Was, Angst, dass du mit einem alten Knacker wie mir nicht mithalten kannst?«

Ich grinste nur zurück. »Nö. Ich hatte eigentlich Sorge, dass *du* mit *mir* nicht mithalten könntest.«

Omega Man lachte. »Dann lass uns loslegen.«

Dann schoss Omega Man in die Luft, so schnell fliegend, dass er selbst für mich zu einem verschwommenen Fleck wurde. Der Luftzug seines Fluges warf mich tatsächlich zurück, aber ich erholte mich schnell und sauste ihm in den Himmel nach, holte ihn schließlich ein, musste aber an meine Grenzen gehen, um mit ihm Schritt zu halten. Bald flogen wir beide Seite an Seite auf die riesige Rakete am Himmel zu.

Und wenn ich »riesig« sage, meine ich *riesig*. Aus der Ferne hatte sie ziemlich klein ausgesehen, aber als wir uns ihr näherten, wurde die Rakete lächerlich groß. Ich schätzte, dass sie doppelt so groß wie das Haus war und die Form eines Speers hatte, mit einem riesigen Raketenkopf, der so groß wie ein Auto aussah. Ich hatte noch nie eine solche Rakete gesehen, hielt aber nicht inne, um sie zu analysieren. Ich sah nur zu Omega Man, der mir einmal zunickte, bevor er seine Aufmerksamkeit wieder auf die Rakete richtete, der wir uns mit jeder verstreichenden Sekunde rasch näherten.

Wir krachten in die Rakete; nicht stark genug, um sie zur Explosion zu bringen, aber genug, um ihre Flugbahn erheblich zu verlangsamen. Und mein Gott, es kostete mich fast alles, was ich hatte, um das zu tun; die Rakete flog hart und schnell, drückte gegen uns, die Flammen ihres Antriebs explodierten hinter ihr. Selbst Omega Man kämpfte darum, sie zurückzuhalten, und er war viel stärker als ich.

Trotzdem schafften wir es, sie daran zu hindern, sich der Insel unter uns weiter zu nähern. Ich hatte keine Ahnung, was wir mit der Rakete machen würden, sobald wir sie gestoppt hatten, aber ich konnte nur annehmen, dass Omega Man einen Plan hatte. Vielleicht würden wir sie ins Meer werfen oder so.

Doch dann öffnete sich eine Klappe direkt hinter dem Raketenkopf, und eine Laserkanone erhob sich daraus und zielte auf uns. Sie begann sofort, gelbe Laserstrahlen auf uns abzufeuern, traf uns beide und schleuderte uns von der Rakete weg. Die Laser schmerzten und ließen mich sogar seltsam schwach fühlen, aber ich schaffte es, mein Gleichgewicht rechtzeitig wiederzuerlangen, um zu sehen, wie die Rakete an uns vorbeiraste, immer noch auf dem Weg zu der Menge von Superhelden auf Hero Island unter uns.

Ich schüttelte den Kopf, flog der Rakete hinterher und wurde bald von Omega Man eingeholt, der jetzt finster dreinblickte. Weitere Laser feuerten von der Rakete, zwangen uns zu Ausweichmanövern, um nicht getroffen zu werden. Aber das zwang uns auch, langsamer zu werden, was es unmöglich machte, die Rakete zu erreichen.

»Bolt!«, rief Omega Man plötzlich und zeigte auf die Laserkanonen, die sich aus der Rakete erhoben hatten. »Schalte die Laserkanonen aus, während ich versuche, die Rakete zu stoppen! Benutze deine Blitzkräfte!«

»Klar!«, rief ich zurück.

Ich erhöhte meine Geschwindigkeit und schoss auf die Rakete zu, während Omega Man an mir vorbeischoss und unter die Rakete flog, um sie abzufangen. Weitere Laser feuerten auf mich, aber ich schleuderte mehrere rote Blitze auf die Kanonen, die sofort explodierten, obwohl ich ein paar verfehlte, die weiter auf mich schossen.

Aber ihr Fokus lag zumindest ganz auf mir. Omega Man war wieder an die Spitze der Rakete gelangt und versuchte erneut, sie zu stoppen. Diesmal hatte er tatsächlich Erfolg. Die Rakete wurde sichtbar langsamer, fiel aber immer noch und würde wahrscheinlich bald die Insel erreichen, wenn wir sie nicht endgültig stoppen konnten.

Omega Man muss zu derselben Erkenntnis gekommen sein wie ich, denn er rief: »Bolt, zerstöre den Raketenantrieb!«

Ich nickte erneut, zerstörte die wenigen Laserkanonen, die ich beim ersten Mal verpasst hatte, und sauste dann zur Rakete selbst, auf der ich landete, während sie gegen Omega Man drückte. Die Hitze des Antriebs war selbst hier fast zu viel, besonders mit dem Wind, der um mich herum tobte, aber ich suchte nach einer Schwachstelle oder einem Riss, den ich ausnutzen konnte, um den Antrieb vom Rest der Rakete abzutrennen. Natürlich war ich mir auch zutiefst bewusst, dass ich, wenn ich die falsche Stelle traf, sowohl mich als auch Omega Man mit der Rakete direkt aus dem Himmel sprengen könnte.

Ich schlug mit der Faust auf einen Teil der Rakete, der schwach aussah. Sofort bildeten sich große Risse entlang des hinteren Teils der Rakete und der Antrieb stotterte sogar, aber er war immer noch mit der Rakete verbunden und schob sie weiter in Richtung der immer näher kommenden Menschenmenge unter uns.

Also hob ich beide Fäuste und ließ sie so hart wie möglich auf die Rakete niedersausen. Meine Fäuste durchbrachen das Metall, aber es war nicht nur Metall. Unter der Verkleidung befand sich eine Art seltsames Blut und organisches Gewebe, das sogar mit dem Metall und den Kabeln verwoben zu sein schien, aber ich konnte es nicht genau erkennen, weil der Raketenantrieb am Ende der Rakete explodierte.

Die Explosion war stark genug, um mich von der Rakete zu schleudern und unkontrolliert durch die Luft zu wirbeln. Aber ich schaffte es schnell genug, die Kontrolle über meinen Flug wiederzuerlangen und in der Luft anzuhalten, obwohl ich mit ekligem Ruß und einer seltsamen grünen Flüssigkeit bedeckt war, die wie Blut aussah, aber nach Mist stank. Trotzdem schien ich keine schweren Verletzungen davongetragen zu haben, also dachte ich, dass ich in Ordnung sein würde.

Dann erinnerte ich mich daran, dass Omega Man immer noch versuchte, die Rakete zu stoppen, und ich sah nach unten, um zu sehen, dass die Rakete, obwohl sie keinen Antrieb mehr hatte, immer noch zur Erde fiel und Omega Man mit sich zog. Aber ich konnte erkennen, dass sie sich dank Omega Mans Kraft und dem fehlenden Antrieb bereits verlangsamte, obwohl er sie offensichtlich nicht ganz allein aufhalten konnte.

Also schoss ich hinunter und gesellte mich zu Omega Man an der Spitze der Rakete. Wir setzten all unsere Kraft ein, um sie zu stoppen, aber ein schneller Blick über meine Schulter verriet mir, dass wir uns mit jeder Sekunde dem Boden immer weiter näherten.

Aber die anderen Superhelden waren bereits dabei, sich zu zerstreuen und uns einen guten Platz zu verschaffen, um die Rakete zu landen. Also senkten Omega Man und ich die Rakete langsam aber sicher vorsichtig auf den Boden, wo sie nun sehr ruhig lag. Sie explodierte nicht einmal, obwohl ich mich nicht sofort entspannte.

Ich nahm meine Hände von der Rakete und wischte mir den Schweiß ab, der sich in meinen Haaren angesammelt hatte, als Omega Man sagte: »Das war knapp.«

»Allerdings«, sagte ich. Ich schaute noch einmal auf die Rakete. »Aber was ist das? Und … blutet es etwa?«

Das war die beste Beschreibung dafür. Der hintere Teil, wo der Antrieb gewesen war, rauchte und sonderte dieses eklige grüne Blut ab, das mich überall bedeckt hatte. Es war das Seltsamste, was ich je gesehen hatte, und ich hatte in meiner Zeit als Superheld schon eine Menge seltsamer Dinge gesehen.

Omega Mans Augen weiteten sich. »Oh mein Gott. Ich glaube, ich weiß, was das ist.«

»Wirklich?«, sagte ich und sah ihn überrascht an. »Was ist es?«

Aber Omega Man antwortete nicht. Er blickte sich in der Menge der versammelten Superhelden um und rief: »Alle! Entfernt euch so weit wie möglich von diesem Ding, bevor es explod—«

Ohne Vorwarnung explodierte die Rakete plötzlich.

Kapitel Zwei

Die gewaltige Explosion der Rakete entfesselte eine dicke Wolke gelben Gases. Sie warf mich, Omega Man und jeden anderen Superhelden in der Nähe zu Boden, während sich die Gaswolke rasant um uns herum ausbreitete und unseren Blick auf den Himmel und die Sonne verdunkelte. Alles wurde viel düsterer, als es noch Sekunden zuvor gewesen war.

Während ich benommen am Boden lag, begann ich plötzlich, mich schwächer zu fühlen. Und das lag nicht an irgendwelchen Verletzungen; nein, es war, als würde meine Kraft aus meinem Körper gesaugt. Es war ein vertrautes Gefühl, aber im Moment war ich zu betäubt von der Wucht der Explosion, um mich genau daran zu erinnern, wann ich mich schon einmal so gefühlt hatte.

Trotzdem schaffte ich es, auf die Beine zu kommen, aber es war viel schwerer als zuvor. Ich fühlte mich völlig erschöpft und schläfrig, als hätte ich tagelang nicht geschlafen und die letzte Woche nur von Kaffee gelebt. Trotzdem sah ich mich um, um zu sehen, ob sich etwas verändert hatte.

Leider konnte ich nicht so viel sehen, wie ich gerne wollte. Die riesige, dicke Gaswolke um mich herum machte es schwierig, weit oder viel zu erkennen. Die Rakete selbst war noch da; anscheinend war sie nicht wirklich explodiert, sondern hatte sich geöffnet und das Gas freigesetzt. Ich hatte Angst, dass sie tatsächlich explodieren könnte, wenn ich sie berührte, aber sie sah ziemlich stabil aus, also machte ich mir darüber keine Sorgen.

Mehr Sorgen machte ich mir um meine Superheldenkollegen. Überall, wo ich hinsah, lagen Superhelden bewusstlos oder möglicherweise sogar tot am Boden. Wegen des dicken gelben Gases war es unmöglich zu sagen, wer nur bewusstlos und wer tatsächlich tot war.

Alles, was ich feststellen konnte, war, dass es in der ganzen Gegend unheimlich still geworden war. Ich hörte keine Schreie oder Rufe oder auch nur Bewegungen. Es war, als hätte jemand allen Ton in der Umgebung abgestellt, außer dem Schlag meines Herzens, obwohl selbst der in der Wolke seltsam klang.

Ich blickte auf Omega Man hinunter. Er war nur bewusstlos; seine Brust hob und senkte sich, was bedeutete, dass er zumindest atmete. Nicht dass das viel bedeutete, angesichts des schrecklichen Geschmacks dieses Gases. Ich wünschte fast, ich würde nicht atmen, allein schon, weil das Gas so furchtbar war.

Ich kniete mich neben Omega Man und sagte: »Omega Man, bist du wach? Kannst du mich hören? Hallo?«

Omega Mans Augen flackerten auf. Er sah mich mit benommenen Augen an. »Bolt? Bist du das?«

Ich nickte. »Ja. Wie fühlst du dich? Bist du verletzt?«

Omega Man stöhnte und rieb sich die Stirn. »Oh, mein schmerzender Kopf ...«

Ich schluckte. Omega Man war normalerweise nahezu unzerstörbar, doch wenn er über Schmerzen stöhnte, war das eine schlechte Nachricht. »Kannst du aufstehen?«

»Bin nicht sicher«, sagte Omega Man. »Diese Explosion ... überrascht, dass sie uns nicht direkt umgebracht hat.«

»Es wäre wahrscheinlich schlimmer gewesen, wenn wir sie nicht gestoppt hätten«, sagte ich. »Aber vorhin, bevor sie explodierte, sagtest du, du wüsstest, was das ist. Kannst du mir davon erzählen?«

»Ja«, sagte Omega Man und nickte. »Ich habe das schon einmal gesehen, es sogar erlebt. Es ist-«

Omega Man wurde von dem lauten Geräusch von Motoren unterbrochen, die über uns am Himmel dröhnten. Ich schaute gerade noch rechtzeitig nach oben, als ein kräftiger Windstoß durch die Gegend fegte und genug von dem gelben Gas verteilte, sodass ich genau sehen konnte, was diesen Lärm verursachte. Und ich muss zugeben, als ich sah, was da über uns in der Luft schwebte, konnte ich nicht anders, als eine mächtige Furcht zu verspüren.

Über uns schwebte ein absolut riesiges Raumschiff. Es sah nicht aus wie etwas, das die NASA gebaut hatte; es war unglaublich fremdartig in seinem Design, als käme es von einer anderen Welt. Es war geformt wie eine Art Wal, komplett mit gigantischen Flossen. Es sah groß genug aus, um das ganze Haus zu fassen, und war mit riesigen Kanonen ausgestattet, die wahrscheinlich Atomraketen abfeuerten. Noch schlimmer waren jedoch die seltsamen »Lichter« an der Vorderseite, die sich bewegten und blinzelten wie Augen. Und diese Lichter blickten direkt auf uns herab.

Ich hatte keine Ahnung, was dieses Ding war, also schaute ich zu Omega Man hinunter und schrie, um über den Lärm der Motoren gehört zu werden: »Was zum Teufel ist das für ein Ding? Hast du so etwas schon einmal gesehen?«

»Nicht diese im Besonderen, nein«, sagte Omega Man. Er setzte sich auf und rieb sich den Hinterkopf, während er zu dem riesigen Raumschiff aufblickte. »Aber ich habe schon ähnliche gesehen. Es ist ein Pokacu-Raumschiff.«

Plötzlich machte es in meinem Gedächtnis Klick und ich sah mich nach dem Gas um uns herum um. »Wenn das ein Pokacu-Raumschiff ist, dann ist dieses Gas -«

»Kraftloses Gas, ja«, sagte Omega Man. Er blickte niedergeschlagen auf seine eigenen Hände. »Und jeder Superheld in diesem Gebiet wurde gerade von mehr davon getroffen, als ich je zuvor an einem Ort gesehen habe.«

Meine Stimmung sank. »Heißt das ... wir sind *alle* kraftlos?«

Omega Man nickte erneut. »Ja. Das bedeutet, wir werden nicht in der Lage sein, mit dem umzugehen, was die Pokacu als Nächstes tun werden.«

Ich blickte auf meine Hände hinab. Ich versuchte, meine Kräfte zu beschwören, aber ich konnte nichts spüren. Ich fühlte mich nur müde und träge ... nein, ich fühlte mich *normal*, was unter diesen Umständen das Schlimmste war, was man sich gerade vorstellen konnte.

Ich blickte zum Pokacu-Raumschiff auf. Die Pokacu waren eine Alienrasse, die die Erde schon einmal angegriffen hatte, vor etwa fünfzehn Jahren. Die erste Invasion war durch die vereinten Anstrengungen der Neohelden-Allianz, der Unabhängigen Neohelden für Gerechtigkeit und der G-Men gestoppt worden, obwohl sie auch dank der Hilfe der außerirdischen Nicknacks erfolgreich abgewehrt wurde, die uns im Voraus gewarnt und uns genügend Zeit gegeben hatten, uns darauf vorzubereiten. Ich selbst hatte nur einen Pokacu getroffen, vor etwa zwei Monaten, aber er war von der Erde entkommen und ich hatte nicht erwartet, danach noch mehr Pokacu zu sehen.

Aber angesichts der Tatsache, dass dieser bestimmte Pokacu gesagt hatte, er würde mit einer neuen Invasionsstreitmacht zurückkehren, hätte ich das wahrscheinlich kommen sehen müssen. Andererseits hatte ich einfach angenommen, dass dieser Typ irgendwo im

Weltraum gestorben war, ohne sein Volk zu erreichen, und nicht zurückkommen würde, also ergab es Sinn, dass ich nicht damit gerechnet hatte.

Dann erinnerte ich mich an mein Team und sah in Richtung der Bühne. Leider war die Wolke zu dick, als dass ich hindurchsehen konnte, sodass ich nicht erkennen konnte, was mit Blizzard und den anderen passiert war, obwohl ich die Gerechtigkeitsstatue sehen konnte, die hoch genug war, um über die Gaswolke hinauszuragen. Sie waren wahrscheinlich von demselben kraftlosen Gas getroffen worden wie wir, also waren sie höchstwahrscheinlich kraftlos und vielleicht bewusstlos im Moment.

Ich stand auf, um nach ihnen zu sehen, aber dann zeigte Omega Man plötzlich zum Himmel und sagte: »Schau!«

Ich blickte gerade noch rechtzeitig zum Pokacu-Raumschiff auf, um zu sehen, wie sich dessen Unterseite öffnete. Sobald sie sich vollständig geöffnet hatte, flogen drei kleinere Pokacu-Raumschiffe - die genauso aussahen wie das, das der Pokacu im Meer gehabt hatte, obwohl diese in einem viel besseren Zustand und einer stilisierteren, verbesserten Form waren - aus der Unterseite des riesigen Schiffs heraus. Sie kamen direkt auf uns zu, also machte ich mich kampfbereit, obwohl ich nicht viel tun konnte, da meine Kräfte vorübergehend außer Kraft gesetzt waren.

Doch dann trennten sich die drei und flogen um die drei Ecken des Gebiets. Während ich zusah, bildeten die drei Schiffe ein Dreieck um das Gebiet. Dann feuerte eines der Schiffe einen blauen Laser auf einen seiner Verbündeten ab, der sich mit dem anderen verband, der dann einen ähnlich gefärbten Laser zum nächsten schoss, und schließlich wurde das Dreieck vervollständigt, indem das dritte Schiff einen Laser in das erste feuerte.

Sobald alle Laser verbunden waren, stürzten Wände aus hellblauem Licht von den Lasern auf den Boden. Sie waren hoch, zu hoch, als dass ich darüber springen könnte, und es gab sicherlich keine Möglichkeit, über sie zu klettern, da die Wände nicht fest zu sein schienen.

Aber ich wusste nicht genau, was ich da sah, bis Omega Man sagte: »Dreiecksgefängnis.«

»Was hast du gesagt?«, fragte ich und sah zu Omega Man hinunter.

»Dreiecksgefängnis«, sagte Omega Man. Er blickte wieder zum Raumschiff über uns auf. »Das war eine gängige Taktik der Pokacu während der ersten Invasion. Drei Schiffe bildeten eine Dreiecksformation in einem bestimmten Gebiet und schufen dann eine unüberwindbare Energiewand, um alle einzusperren, die das Pech hatten, zu diesem

Zeitpunkt darin gefangen zu sein, normalerweise um große Gruppen von Feinden einzukesseln, um sie leichter zu eliminieren.«

»Ist es möglich, durch die Wände zu gehen?«, fragte ich.

»Nein«, sagte Omega Man. »Die Energie, die verwendet wird, um die Wände zu erschaffen, ist tausendmal heißer als der menschliche Körper. Selbst eine bloße Berührung könnte deine Hand sofort verdampfen lassen. Das sollte ich wissen, denn ich habe während der ersten Invasion mehr als ein paar Neohelden dieses Schicksal erleiden sehen.«

»Können wir dann darüber hinwegfliegen?«, fragte ich.

»Wenn wir noch unsere Kräfte hätten, ja«, sagte Omega Man. »Aber wie du weißt, haben die Pokacu uns unsere Kräfte genommen, also sind wir effektiv hier gefangen, bis das kraftlose Gas nachlässt ... oder die Pokacu uns töten.«

Ich schluckte und blickte zu den Schiffen, die das Gefängnis gebildet hatten. »Denkst du, wir sind am Arsch?«

»Sag niemals nie«, sagte Omega Man, während er aufstand. »Aber ich kann nicht behaupten, dass ich sehr -«

Omega Man wurde unterbrochen, als ein riesiger Laserstrahl vom massiven Raumschiff über uns herabschoss. Zuerst dachte ich, er wäre auf uns gerichtet, aber dann traf er den Boden vor uns und verschwand, wobei er ein kleines Team von sechs Pokacu zurückließ. Sie trugen stark aussehende Kampfrüstungen und trugen riesige Armkanonen, von denen ich wusste, dass sie blauen Kleber abfeuern konnten, eine Art Substanz, die sich um jeden verfestigen und einfangen konnte, der das Pech hatte, davon getroffen zu werden. Sie konnte nur mit einer speziellen roten Flüssigkeit aufgelöst werden, die, soweit ich wusste, nur den Pokacu zur Verfügung stand.

Die sechs Pokacu richteten sofort ihre Armkanonen auf mich und Omega Man. Ich hob meine Fäuste, obwohl ich wusste, dass ich diesen Typen ohne meine Kräfte nicht gewachsen war, während Omega Man ebenfalls eine Kampfhaltung einnahm.

Doch dann trat der führende Pokacu vor und sagte mit einer durch seinen Helm verzerrten Stimme: »Maskierter Mensch? Bist du das? Kevin, glaube ich, hast du dich genannt?«

Ich zögerte. »Woher kennst du mich? Wir sind uns nie begegnet.«

»Doch, das sind wir, wenn auch vor einiger Zeit«, sagte der Pokacu. »Tatsächlich wäre ich, wenn wir uns nicht getroffen hätten, nie in der Lage gewesen, von dieser elenden Welt zu entkommen und an der Spitze einer viel mächtigeren und effektiveren Pokacu-Armee zurückzukehren. Ich sollte dir wirklich für deine Hilfe danken, obwohl ich dich wahrscheinlich stattdessen töten werde.«

Ich keuchte. »Graleex? Bist du das?«

Der Pokacu nickte. Er tippte mit seiner normalen Hand an die Seite seines Helms, wodurch sich das Visier nach oben klappte und sein hässliches, unmenschliches Gesicht mit den insektoiden Augen und der schleimigen blauen Haut enthüllte, das ich überall wiedererkennen würde. »Der Einzige und Wahre, zurück von der Mutterwelt, um zu vollenden, was mein Volk begonnen hat.«

»Bolt, du kennst diesen?«, sagte Omega Man und sah mich verwirrt an.

»Ja«, sagte ich nickend. »Als Robert damals meine Kräfte stahl, traf ich unter Wasser auf diesen Typen. Er war der einzige Überlebende der letzten Pokacu-Invasion und nutzte meine Fluchtkapsel, um die Erde zu verlassen und in seine Welt zurückzukehren. Bevor er ging, gab er mir auch das Kraftlos-Gas, das mir half, Robert zu besiegen.«

»Du hast also den anderen Menschen überlebt, der versucht hat, dich zu töten?«, fragte Graleex. »Ich war mir sicher, dass dieser Mensch dich getötet hätte, aber ich sehe, dass mein Geschenk geholfen hat. Na ja, wie auch immer, ich werde dein Leben nicht verschonen.«

»Warum nicht?«, fragte ich. »Ich meine, wir waren keine Feinde, als du gingst.«

»Natürlich waren wir das«, knurrte Graleex. »Menschen und Pokacu können niemals wirklich Freunde sein. Vorübergehende Verbündete, ja, aber nichts darüber hinaus. Außerdem habe ich dir dieses Kraftlos-Gas nur gegeben, um sicherzustellen, dass deine Welt nicht von diesem mächtigen Menschen verteidigt wird. Es scheint, mein Plan hat funktioniert.«

»Nun, wir werden dich trotzdem nicht gewinnen lassen«, sagte ich. »Wir haben euch einmal geschlagen. Wir können es wieder tun.«

»Wirklich?«, sagte Graleex. Er blickte mit einem unbeeindruckten Gesichtsausdruck auf all die bewusstlosen oder besiegten Superhelden um uns herum. »Es sieht so aus, als wäre diese Invasion bereits vorbei, wenn man bedenkt, dass die mächtigsten Verteidiger der Erde gerade als zerknitterte Haufen um uns herum liegen.« Er sah mich wieder an und lächelte. »Natürlich war das von Anfang an der Plan. Die Mutterwelt lernt immer aus ihren Fehlern, also haben wir sichergestellt, die maskierten Menschen auszuschalten, bevor wir irgendwo anders auf dieser Welt angegriffen haben.«

»Wir sind nicht die einzigen Superhelden der Welt«, sagte ich. »Es gibt andere in Ländern rund um den Planeten, die euch erledigen können.«

»Ja, aber bis einer von ihnen seine eigenen Verteidigungen vorbereitet hat, wird euer Land in Trümmern liegen und der Rest von euch winzigen Menschen wird ums Überleben kämpfen«, sagte Graleex. Er richtete seine Armkanone auf mich. »Aber genug geredet. Ich bin hier, um zu erobern, nicht um zu plaudern.« Er runzelte die Stirn. »Ich hasse Englisch. Eine plumpe und ungenaue Zunge, nichts im Vergleich zur Schönheit der Pokacu-Sprache.«

Ich war gerade dabei zu sagen, dass ich den Englischunterricht auch hasste, als Graleex einen Strahl blauen Klebstoffs auf mich abfeuerte. Er kam zu schnell, als dass ich ihm hätte ausweichen können, aber Omega Man stieß mich gerade noch rechtzeitig aus dem Weg. Ich schlug auf dem Boden auf, als der blaue Klebstoff Omega Man traf, ihn zu Boden warf und dort festhielt, während der blaue Klebstoff rasch um seinen Körper herum erstarrte.

»Omega Man!«, schrie ich entsetzt und blickte ihn an. »Nein!«

»Omega Man?«, wiederholte Graleex. »Hmm, ich erinnere mich, dass das der Name eines der maskierten Menschen war, die die erste Invasion vor so langer Zeit besiegten. Wenn dieser Mensch derselbe Omega Man ist, der die erste Invasion aufgehalten hat, dann wird das diese zweite Invasion umso einfacher machen.«

»Mach dir keine Sorgen, Bolt«, sagte Omega Man. Er kämpfte gegen den erstarrten Klebstoff an, aber er bewegte sich nicht einmal unter seinen Anstrengungen. »Ich lebe noch. Du musst nur gehen.«

»Gehen?«, sagte ich. »Aber ich will bleiben und kämpfen.«

»Ja, lass den Menschen bleiben«, sagte Graleex und richtete seine Armkanone wieder auf mich, ebenso wie die anderen fünf Pokacu bei ihm. »Lass ihn die gleiche Bitterkeit der Niederlage schmecken, die ich so viele Klicks lang gekostet habe.«

Plötzlich flog etwas Riesiges aus der Kraftlos-Gas-Wolke um uns herum und landete hart auf dem Boden zwischen mir und den Pokacu, wobei es eine kleine Staubwolke aufwirbelte. Der plötzliche Aufprall ließ die Pokacu-Soldaten zurückweichen, während ich mein Gesicht bedecken musste, um keinen Staub in die Augen zu bekommen.

In Sekundenschnelle verzog sich jedoch die Staubwolke und offenbarte einen grünhäutigen, gehörnten Außerirdischen, der an ihrer Stelle stand. Er trug eine dicke, klobige Rüstung und hatte zwei rote Schlitze als Augen und eine seltsam aussehende organische

Öffnung als Mund. Außerdem hielt er einen langen Speer in den Händen, der vor aufgeladener Energie summte.

»Nicknacks?«, sagte ich überrascht. »Was machst du hier? Ich dachte, das Kraftlos-Gas hätte alle Kräfte aufgehoben.«

Nicknacks - dessen richtiger Name N'ckn'ax war, der letzte Überlebende einer außerirdischen Rasse und der Außerirdische, der uns vor Jahren vor der ursprünglichen Pokacu-Invasion gewarnt hatte - blickte über seine Schulter zu mir. »Ich bin kein Neoheld, daher wirkt das Kraftlos-Gas nicht auf die gleiche Weise auf mich wie auf dich oder John. Ich bin nicht einmal ein Mensch.«

»Nicknacks?«, wiederholte Graleex. Seine Augen verengten sich. »Verräter!«

Nicknacks drehte sich zu Graleex um und hielt seinen Speer verteidigend vor sich. »Schön, dich auch wiederzusehen, Graleex. Wie ich sehe, bist du nach wie vor so engstirnig loyal zur Mutterwelt.«

»Nur weil die Mutterwelt uns geboren und uns Leben geschenkt hat«, sagte Graleex. »Und im Gegensatz zu dir zeige ich Dankbarkeit gegenüber denen, die mir helfen.«

»Nicknacks, was geht hier vor?«, fragte Omega Man, der inzwischen aufgehört hatte, sich aus dem blauen Klebstoff zu befreien, da seine Bemühungen so nutzlos gewesen waren. »Woher kennst du ihn? Was meint er damit, dass du ein ›Verräter‹ bist?«

»Es ist eine lange Geschichte«, sagte Nicknacks, »aber um es in Begriffen auszudrücken, die ihr Menschen verstehen würdet: Graleex ist technisch gesehen mein ›Bruder‹, wenn auch kein sehr guter.«

»Kein Bruder von mir würde jemals die Mutterwelt verraten«, sagte Graleex. »Ich wusste, dass du noch irgendwo auf dieser Welt warst, aber ich hatte nicht erwartet, dich so bald wiederzusehen. Ich dachte, ein Verräter wie du wäre irgendwann weggelaufen, aber ich nehme an, du weißt, dass es im bekannten Universum keine einzige Welt gibt, die dich vor der Mutterwelt beschützen würde.«

Nicknacks zuckte mit den Schultern. »Was soll ich sagen? Ich habe ... Gefallen an den Menschen und ihren Gewohnheiten gefunden. Hast du jemals das probiert, was die Menschen Hamburger nennen? Es ist köstlich.«

»Widerlich«, sagte Graleex. »Ich wusste, dass du ein Verräter bist, aber das Vieh der Menschen zu essen? Das ist einfach degeneriert.«

»Degeneriert oder köstlich?«, fragte Nicknacks.

Graleex schüttelte den Kopf. »Das spielt keine Rolle. Ich hatte vor, dich bei meiner Rückkehr zu töten, und jetzt hast du mir die Mühe erspart, dich zu finden. Du musst lebensmüde sein.«

»Nicht lebensmüde«, sagte Nicknacks. »Ich möchte nur eine unschuldige Spezies vor einem Genozid bewahren.«

»Genozid?«, wiederholte ich. »Du meinst, sie wollen uns nicht nur erobern?«

»Genau«, sagte Nicknacks. »Aber Bolt, du musst fliehen. Du und der Rest deines Teams müssen aus dem Dreiecksgefängnis entkommen, bevor Graleex und die anderen euch töten.«

»Fliehen?«, sagte ich. »Auf keinen Fall. Ich will kämpfen.«

»Nicknacks hat recht, Bolt«, sagte Omega Man. »Du musst gehen. Mach dir keine Sorgen um uns. Wir können auf uns selbst aufpassen.«

»Aber—«

»Du tätest gut daran, auf deine Älteren zu hören, Bolt«, sagte eine vertraute, monotone Stimme über mir. »Du könntest zur Abwechslung mal etwas lernen.«

Mecha Knight fiel plötzlich vom Himmel und landete direkt neben mir. Er stand auf, völlig unbeeindruckt von der Landung, und blickte dann zu den Pokacu hinüber. »Ah ja. Ich hatte vergessen, wie widerlich die Pokacu waren.«

»Mecha Knight?«, sagte ich. »Wie bist du noch bei Bewusstsein? Das kraftraubende Gas—«

»Wie bei Nicknacks ist das Gas aufgrund meiner... andersartigen Natur bei mir wirkungslos«, sagte Mecha Knight und klopfte sich auf die Brust. »Du weißt, wovon ich spreche.«

Das tat ich. Mecha Knight war in Wirklichkeit kein Mann in einer Rüstung. Er war tatsächlich ein Roboter mit einem menschlichen Gehirn, das in seinen Körper implantiert worden war. Ich nahm an, dass er sich deswegen so vage ausdrückte, damit niemand davon erfuhr, der es nicht wissen musste, da Mecha Knight seine wahre Natur vor allen außer dem Führungsrat, mir und einigen anderen NHA-Mitgliedern geheim hielt.

»Also stehen noch zwei von den Hunderten, die gefallen sind«, sagte Graleex. »Absolut erbärmlich. Wir werden euch beide zerquetschen, als Warnung für den Rest, was passiert, wenn man sich mit den Pokacu anlegt.«

»Nicht zwei«, sagte Nicknacks. Er deutete mit seinem Speer auf sich selbst. »Nur einer.«

»Hä?«, sagte ich. Ich blickte zu Mecha Knight auf. »Wirst du ihm nicht helfen?«

»Nein«, sagte Mecha Knight und schüttelte den Kopf. »Ich werde dich, die Jungen Neos und die Neuen Helden hier rausholen. Nicknacks wird die Pokacu alleine aufhalten.«

»Was ist mit den Erwachsenen?«, fragte ich und deutete auf all die gefallenen Superhelden um uns herum. »Kannst du sie nicht auch retten?«

»Leider können wir das nicht«, sagte Mecha Knight. »Den Erwachsenen wird es sowieso gut gehen. Wir müssen dich und die anderen jungen Übermenschen hier rausholen, damit ihr nicht getötet werdet.«

»Glaubst du wirklich, ihr könnt uns entkommen?«, sagte Graleex. »Ihr seid sehr töricht, wenn ihr denkt, wir lassen euch lebend gehen.«

Graleex richtete erneut seinen Armkanonenauf Mecha Knight, doch dann stürmte Nicknacks plötzlich vor. Er stieß mit seinem Speer nach Graleex, der es schaffte auszuweichen, aber der Pokacu-Soldat hinter ihm hatte nicht so viel Glück und ging mit einem Schrei zu Boden, als Nicknacks' Speer sein Herz durchbohrte (oder was ich für das Herz des Pokacu hielt, obwohl ich nicht wusste, ob sie überhaupt Herzen hatten).

»Los, jetzt!«, rief Nicknacks uns zu. »Solange ich sie ablenke!«

Mecha Knight nickte und packte dann meine Arme. Ohne zu zögern, schoss Mecha Knight zurück in die Luft, wobei sein eiserner Griff um meine Arme mich mitnahm und sicherstellte, dass ich nicht fallen würde. Trotzdem schrie ich, als wir flogen, hauptsächlich aus Instinkt, weil ich wusste, dass ich mich nicht abfangen könnte, wenn Mecha Knight mich plötzlich fallen lassen würde.

Kapitel Drei

Wir schwebten über dem kraftraubenden Gas, das noch immer zu dicht war, um hindurchzusehen, bis wir am Fuße der Gerechtigkeitsstatue ankamen. Dort sah ich den Rest meines Teams zusammengedrängt, zusammen mit den Neuen Helden, die alle aufblickten, als Mecha Knight und ich uns näherten.

»Bolt!«, rief Blizzard und winkte mir zu, als wir näher kamen. »Geht's dir gut?«

Wir landeten nur wenige Meter von den anderen entfernt auf dem Boden, und Mecha Knight ließ mich los. Während ich mir die Arme rieb, sagte ich: »Ja, mir geht's gut. Nur ein bisschen—«

Ich wurde unterbrochen, als Blizzard mich umarmte, so fest, dass ich kaum atmen konnte. Normalerweise genoss ich ihre Umarmungen und konnte sie dank meiner Superkräfte ertragen, aber wegen meines momentan entkräfteten Zustands tat es tatsächlich weh, wenn auch nicht sehr stark, da sie selbst nicht besonders kräftig war.

»Blizzard«, sagte ich mit erstickter Stimme. »Bitte lass los. Du tust mir weh.«

Blizzard ließ mich sofort los und sagte: »Tut mir leid. Ich habe mir solche Sorgen um dich gemacht, dass ich mich nicht beherrschen konnte.«

»Geht es allen anderen gut?«, fragte ich und sah mich um.

»Ja«, sagte Strike nickend. »Das einzige Problem ist, dass unsere Kräfte nicht funktionieren, aber abgesehen davon wurde niemand von uns durch die Explosion ernsthaft verletzt.«

»Gut zu wissen«, sagte Mecha Knight. »Jetzt müssen wir schnell von hier verschwinden, bevor die Pokacu weitere Soldaten auf uns hetzen.«

»Und die anderen zurücklassen?«, sagte Strike. »Was ist mit dem Midnight Menace und den anderen Anführern der INJ? Werden wir sie einfach im Stich lassen? Was, wenn die Pokacu sie töten?«

»Ich mag es auch nicht, sie zurückzulassen, aber wir können im Moment nicht alle retten«, sagte Mecha Knight. »Es sind einfach zu viele Leute zum Tragen. Selbst wenn das kraftraubende Gas unsere Kräfte nicht neutralisiert hätte, wäre es immer noch unpraktisch, alle herauszuholen.«

»Ja, aber—«, sagte Strike.

»Keine Widerrede«, sagte Mecha Knight und hob die Hand, um Strike zum Schweigen zu bringen. »Unsere Priorität ist es, euch alle hier rauszuholen. Ich bin sicher, der Midnight Menace würde zustimmen, dass es wichtiger ist, euch Kinder aus dem Triangle zu bringen, als sich selbst zu retten.«

Strikes Hände ballten sich zu Fäusten, als wolle er widersprechen, aber dann schüttelte er den Kopf und sagte: »Okay, wir gehen mit dir. Aber wie kommen wir durch die Laserwände?«

Mecha Knight blickte zu den riesigen Laserwänden auf, die das gesamte Gebiet umgaben. »Theoretisch könnte ich darüber hinwegfliegen, da meine Raketenstiefel mich sehr leicht durch die Luft befördern könnten. Leider glaube ich nicht, dass ich das Gesamtgewicht von euch allen mitnehmen könnte, da das mehr Treibstoff erfordern würde und wahrscheinlich meinen gesamten Treibstoff verbrennen würde, bevor wir sehr hoch kommen könnten, falls ich überhaupt abheben könnte.«

Das Geräusch von abgefeuerten Lasern ließ mich kurz über die Schulter in die Richtung blicken, aus der der Klang gekommen war. Das gelbe Gas war noch zu dick, um hindurchzusehen, aber für mich klang es, als käme der Lärm aus dem Bereich, wo Nicknacks die Pokacu aufhielt. Kurz darauf folgte ein Feuerbrüllen, das tatsächlich kurz über der Wolke des kraftraubenden Gases sichtbar war, bevor es genauso schnell wieder verschwand.

»Wenn wir nur die Schiffe zerstören könnten«, sagte Blizzard und blickte auf die drei Pokacu-Raumschiffe, die das Dreiecksgefängnis bildeten. »Aber ohne unsere Kräfte können wir nicht einmal eines erreichen.«

»Ich könnte es wahrscheinlich, aber ich nehme an, sie würden mich abschießen, bevor ich nah genug herankäme, um tatsächlich ernsthaften Schaden anzurichten«, sagte Mecha Knight. Er strich sich nachdenklich übers Kinn. »Wir müssen schnell einen Ausweg finden, denn wenn nicht—«

Mecha Knight wurde unterbrochen, als ein Laserstrahl von dem riesigen Raumschiff über uns herabschoss. Er traf den Boden vor uns und verschwand dann, wobei er drei weitere Pokacu-Soldaten offenbarte, die sofort ihre Armkanonen auf uns richteten.

Doch bevor die Soldaten schießen konnten, stürzte sich Mecha Knight auf sie. Er zog sein Schwert, während er flog, und schlug auf sie ein, wobei er sich für eine Maschine unglaublich schnell bewegte. Er schlug einem der Soldaten den Armkanone ab, schlitzte einem anderen die Brust auf und enthauptete einen dritten, wobei er alle in weniger als einer Minute tötete. Die drei toten Pokacu fielen zu Boden, während Mecha Knight das Pokacu-Blut von seinem Schwert abschüttelte und sich uns zuwandte, ohne mehr Emotionen zu zeigen als sonst.

»Das ging schnell«, sagte Mecha Knight und warf einen Blick auf die toten Pokacu, die um ihn herum lagen, »aber ich vermute, sie werden jetzt mehr schicken, da diese drei tot sind, weshalb wir—Treehugger, was ist los?«

Wir schauten zu Treehugger hinüber. Ihr Gesicht war grün geworden und sie hatte ihren Mund bedeckt. Ich verstand nicht, warum sie so krank aussah, bis mir klar wurde, dass sie auf die am Boden liegenden Pokacu-Leichen starrte.

»Ich bin nur ... nur nicht daran gewöhnt, tote Menschen so zu sehen«, sagte Treehugger. Sie bedeckte erneut ihren Mund und sah weg.

»Hey, es wird schon gut«, sagte Strike und klopfte ihr auf die Schulter. »Wir werden hier raus sein und von diesen Typen weg, ehe du dich versiehst.«

Obwohl Strike in einem freundlichen Ton sprach und sie anscheinend nicht zu hart berührte, zuckte Treehugger dennoch zusammen, als Strike sie berührte, als hätte er sie unter Strom gesetzt. Sie fasste sich dann wieder und sagte, während sie ihre Hände vom Mund nahm: »Äh, ja, mir geht's gut. Ich bin überhaupt nicht krank. Ich bin nur ein bisschen erschrocken, das ist alles.«

Für mich war es ziemlich offensichtlich, dass Treehugger einfach nicht schlecht vor Strike aussehen wollte, aber Mecha Knight nickte und sagte: »Ich verstehe. Ich mag es selbst nicht zu töten, aber manchmal ist es der einzige Weg, mit bestimmten Bedrohungen umzugehen. Jedenfalls müssen wir gehen, bevor die Pokacu mehr Soldaten hinter uns her schicken.«

»Aber wohin?«, sagte Slime. Ich erkannte ihn fast nicht, als ich ihn sah, denn seine Haut war nicht mehr schleimig und grün, sondern sehr blass weiß, obwohl er jetzt wie verrückt schwitzte. »Wir können nicht aus dem Dreiecksgefängnis entkommen.«

»Folgt mir«, sagte Mecha Knight. »Es gibt noch einen Weg, wie wir entkommen könnten, aber nur, wenn wir uns nicht verzögern.«

Mecha Knight ging sofort von den toten Pokacu weg, und wir folgten ihm ohne zu zögern. Mecha Knight führte uns um die Rückseite des Sockels der Gerechtigkeitsstatue herum, die anscheinend von der früheren Explosion unbeschädigt geblieben war, und zeigte uns eine blanke Steinmauer hinter dem Sockel der Statue.

»Wohin gehen wir, Mecha Knight?«, fragte Blizzard, als wir vor dem Sockel der Statue anhielten. »Verstecken wir uns einfach hier hinter der Statue, bis Hilfe kommt?«

»Nein«, sagte Mecha Knight. »Wartet nur einen Moment. Ich glaube, der Ausgang, an den ich denke, sollte noch hier sein, es sei denn, er wurde nach Fertigstellung der Statue versiegelt.«

»Versiegelt?«, sagte ich, als Mecha Knight zur leeren Wand ging. »Wovon sprichst du?«

»Ihr werdet schon sehen«, sagte Mecha Knight. Er legte seine Hände an die Wand und drückte sie nach innen, wodurch sie sich bewegte. »Ah, hier haben wir es. Das sollte funktionieren.«

Der Teil der Wand, den Mecha Knight nach innen gedrückt hatte, glitt zur Seite und offenbarte eine dunkle, schmale Treppe, die nach unten führte ... nun, ich war mir nicht sicher, wie weit sie nach unten ging. Es sah aus, als würde sie für immer in die Dunkelheit hinabsteigen.

Mecha Knight trat beiseite und deutete uns an einzutreten. »Geht jetzt. Es gibt keine Zeit zu verlieren.«

»Was ist das?«, fragte ich, bevor einer von uns eintrat. »Wohin führt es?«

»Das war ein Wartungstunnel, der von den Arbeitern beim Bau der Statue benutzt wurde«, erklärte Mecha Knight. »Er wurde benutzt, um den Arbeitern zu helfen, Materialien vom Lagerhaus, wo sie aufbewahrt wurden, unter die Hülle der Statue zu bringen, ohne gesehen zu werden. Ich habe ihn selbst nie benutzt, aber ich wurde darüber informiert, als die Statue gebaut wurde. Ich wusste bis zu diesem Moment allerdings nicht, ob er versiegelt worden war oder jetzt, da die Statue fertig ist, noch benutzbar ist; wir haben Glück, dass er zugänglich ist.«

»Wohin wird er uns bringen?«, fragte Stinger.

»Er sollte euch zum Lagerhaus führen, wo die Baumaterialien aufbewahrt wurden«, sagte Mecha Knight. »Das ist gleich außerhalb des Dreiecks, also werden wir frei sein, sobald wir es betreten.«

»Was werden wir von dort aus tun?«, fragte ich. »Weglaufen?«

»Wir werden warten, bis eure Kräfte zurückkehren, und dann einen Plan ausarbeiten, um die Pokacu zu besiegen«, sagte Mecha Knight. »Vielleicht versuchen, Leute außerhalb der Insel zu kontaktieren, um Hilfe zu rufen. Aber bis dahin müssen wir uns verstecken. Geht jetzt, bevor die Pokacu versuchen, uns aufzuhalten.«

Ich nickte und bedeutete den anderen, zuerst einzutreten. Blizzard und der Rest der Young Neos machten sich schnell auf den Weg die Treppe hinunter, gefolgt von Strikes Team, aber nicht von Strike selbst. Er blieb mit mir und Mecha Knight draußen, seine Augen auf den Himmel gerichtet, falls irgendwelche Pokacu-Raumschiffe uns verfolgen würden. Doch am Himmel war nichts außer der riesigen Laserwand und den Raumschiffen, die sie erzeugten und aufrechterhielten, obwohl ich bezweifelte, dass das noch lange so bleiben würde.

Als beide unserer Teams unten waren, hörte ich Blizzard rufen: »Bolt, Strike, kommt ihr zwei schon runter?«

»Wir kommen«, antwortete ich. Ich blickte noch einmal zum Himmel, bevor ich mich an Mecha Knight wandte. »Kommst du auch mit?«

»Ja«, sagte Mecha Knight. »Aber ich gehe als Letzter.«

Ich nickte, ließ aber Strike zuerst eintreten. Als er drinnen war, griff ich nach den Seiten der Türöffnung, um mich hineinzuziehen, als ich plötzlich ein seltsames, hohes Geräusch irgendwo am Himmel über uns hörte. Es klang ein bisschen wie ein Pfeifen, wurde aber mit jeder Sekunde lauter und lauter.

Ich schaute über meine Schulter zu Mecha Knight, der ungewöhnlich still geworden war. »Mecha Knight, was ist das für ein Geräusch? Es—«

»Rein mit dir!«, schrie Mecha Knight plötzlich. »Schnell! Bevor es einschlägt!«

Er schubste mich in den Treppenschacht des Tunnels. Gerade als ich gegen die gegenüberliegende Wand taumelte, zog Mecha Knight die Tür zu, die sich automatisch mit einem *Klick* verriegelte, bevor Strike oder ich reagieren konnten.

»Mecha Knight?«, sagte ich und blickte zur Tür. »Bist du noch—«

Plötzlich erschütterte eine gewaltige Explosion irgendwo über mir alles. Sie klang gedämpft, aber selbst durch die Betondecke hörte sie sich viel zu nah an für meinen

Geschmack. Das gesamte Treppenhaus bebte, was dazu führte, dass Strike und ich uns für unser Leben am Geländer festklammerten, während unsere Teamkollegen überrascht aufschrien.

Dann hörte ich, wie schwere Brocken gegen die Decke krachten, und mir fiel auf, dass ich das Pfeifen nicht mehr hören konnte. Natürlich war ich jetzt in einem Betongebäude, das wahrscheinlich einen Teil des Lärms abhielt, aber es klang trotzdem unheimlich still draußen, jetzt, da die Explosion vorbei war.

»Mein Gott …«, sagte Strike. Seine Haare waren etwas zerzaust, aber abgesehen davon sah er unverletzt aus. Er blickte zur Decke hoch. »Was *war* das?«

»Ich weiß nicht«, sagte ich. »Es klang wie eine Bombe oder so was.«

Ich schaute zur Tür. »Was ist mit Mecha Knight? Meinst du, wir sollten rausgehen und nachsehen, ob es ihm gut geht?«

»Ich bin mir nicht sicher, ob es sicher wäre, da rauszugehen«, sagte Strike. »Du hast gesehen, wozu diese Pokacu fähig sind. Wenn Mecha Knight bei der Explosion zerstört wurde, würde das Öffnen der Tür den Pokacu nur erlauben, reinzukommen und uns zu töten.«

»Aber ich muss sichergehen, dass es ihm gut geht«, sagte ich. Ich hob meine Hand an mein Ohrcom und tippte darauf. »Val, kannst du mich mit Mecha Knights Helm verbinden? Ich möchte versuchen, mit ihm zu sprechen.«

»Ja, Sir«, sagte Valerie. »Einen Moment bitte.«

Ich wartete ein paar Sekunden, während Valerie versuchte, mein Ohrcom mit Mecha Knights Helm zu verbinden. Ich kannte Mecha Knights Kommunikationskanal bereits, also dachte ich nicht, dass es für Valerie sehr schwer sein würde, uns zu verbinden … vorausgesetzt natürlich, dass Mecha Knight nicht von was auch immer da draußen explodiert war, in Stücke gesprengt wurde.

Nach ein paar angespannten Sekunden des Wartens sagte Valerie plötzlich: »Es tut mir leid, Bolt, aber ich kann keine Verbindung zu Mecha Knights Helm herstellen. Es scheint, dass sein Kommunikationskanal offline ist. Möchten Sie, dass ich in ein paar Minuten erneut versuche, ihn zu kontaktieren?«

Mit sinkendem Herzen schüttelte ich den Kopf und sagte: »Nein, Val, das ist schon in Ordnung. Aber danke … danke, dass du es überprüft hast. Wenn ich noch etwas brauche, lasse ich es dich wissen.«

»Okay«, sagte Valerie. »Ich bin immer da, wenn Sie mich brauchen.«

Damit schaltete sich mein Ohrcom aus und ich sah Strike an. »Valerie sagte, sie konnte keine Verbindung zu Mecha Knights Kommunikationskanal herstellen.«

Strikes Augen weiteten sich. »Heißt das dann, dass Mecha Knight ... tot ist?«

Ich sagte nichts darauf, hauptsächlich weil ich nicht wusste, was ich sagen sollte.

Kapitel Vier

Strike und ich gesellten uns am Fuß der Treppe zu unseren Teamkollegen, die sich dort versammelt hatten. Wir machten uns nicht die Mühe, die Tür zu öffnen und nach draußen zu schauen, vor allem wegen unserer Bedenken, von den Pokacu erwischt und getötet zu werden. Wir waren auch besorgt, dass die Explosion die Luft dort draußen möglicherweise unsicher zum Atmen gemacht hatte, obwohl wir das nicht mit Sicherheit wussten.

Die anderen wollten wissen, was mit Mecha Knight passiert war. Wir sagten ihnen, dass wir es nicht genau wüssten. Wir erzählten ihnen nur, dass Mecha Knight sich entschieden hatte, bei der Explosion draußen im Freien zu bleiben. Wir meinten, er sei wahrscheinlich okay, aber tief in meinem Inneren hatte ich meine Zweifel. Mir schien es wahrscheinlich, dass Mecha Knight tot war; und wenn er nicht tot war, dann war er vermutlich zu schwer beschädigt, um sich uns wieder anzuschließen, was bedeutete, dass er höchstwahrscheinlich ein Gefangener der Pokacu werden würde, falls sie ihn nicht erledigten.

Wie dem auch sei, wir beschlossen, dass Mecha Knight gewollt hätte, dass wir weitermachen, um aus dem Dreieck zu entkommen. Also führten Strike und ich unsere Teams den Tunnel entlang in die Richtung, die uns zum Lagerhaus führen sollte, von dem Mecha Knight uns erzählt hatte. Da ich noch nie hier unten gewesen war, hatte ich keine Ahnung, ob wir in die richtige Richtung gingen oder nicht, aber da dies die einzige Richtung war, in die der Tunnel führte, nahmen wir einfach an, dass dies der richtige Weg war.

Der Tunnel war viel breiter als die Treppe und ziemlich dunkel, aber es gab Lichter an den Wänden in Abständen von drei Metern, sodass wir nicht durch völlige Dunkelheit liefen. Trotzdem war die Sicht nicht so gut, wie sie hätte sein können, also mussten wir vorsichtig vorgehen, falls sich etwas vor uns versteckte.

Nicht, dass wir dachten, es gäbe hier unten etwas Gefährliches, natürlich. Schließlich konzentrierten sich die Pokacu immer noch auf das Gebiet um die Gerechtigkeitsstatue, soweit wir wussten. Aber die Pokacu schienen unglaublich gut vorbereitet zu sein und hätten leicht einen Hinterhalt oder eine Falle aufbauen können, um jeden zu fangen, der auf diesem Weg zu fliehen versuchte. Es half auch nicht, dass keiner von uns seine Kräfte wiedererlangt hatte; obwohl ich mich jetzt, da wir dem kraftlosen Gas nicht mehr ausgesetzt waren, viel stärker fühlte, würde es wahrscheinlich noch mindestens ein paar Stunden dauern, bis meine Kräfte vollständig zurückkehrten. Und die Frage war, ob wir überhaupt noch ein paar Stunden Zeit hatten, um unsere Kräfte zurückzubekommen.

Während wir an den verschiedenen Werkzeugen und Bruchstücken von Stein und Beton vorbeigingen, die die Arbeiter auf dem Boden zurückgelassen hatten, dachte ich an Mecha Knight und Nicknacks. Ich hoffte, dass beide überlebt hatten, aber angesichts dessen, wie mächtig, schnell und gnadenlos sich die Pokacu gezeigt hatten, erschien mir das unwahrscheinlich. Sowohl Mecha Knight als auch Nicknacks waren Veteranen der letzten Pokacu-Invasion, aber man konnte nicht wissen, über welche Waffen und Technologien die Pokacu heutzutage verfügten; Waffen und Technologien, auf die die beiden vielleicht nicht vorbereitet waren.

Und wenn Mecha Knight tot wäre ... Ich weinte nicht. Ich hatte schon Dad verloren und wollte nicht auch noch Mecha Knight verlieren, der für mich praktisch ein Mentor war. Natürlich wollte ich nicht, dass irgendjemand in der NHA oder INJ stirbt, aber Mecha Knights Tod würde mich viel mehr schmerzen als der Tod der anderen NHA-Mitglieder. Andererseits fragte ich mich, da Mecha Knight ja eigentlich ein Roboter war, ob er überhaupt sterben konnte oder ob er sein Bewusstsein von seinem jetzigen Körper in einen anderen Roboterkörper oder eine andere Maschine übertragen konnte, wenn sein jetziger Körper beschädigt oder zerstört würde.

Ich warf einen Blick auf Strike, während wir gingen. Er sah noch düsterer aus als ich. Zweifellos machte er sich Sorgen um den Midnight Menace und die anderen INJ-Anführer und -Mitglieder, die angegriffen worden waren. Er fühlte sich wahrscheinlich schuldig, weil er sie im Stich gelassen hatte; ich fühlte mich selbst schuldig deswegen, obwohl keiner von uns etwas hätte tun können, um sie zu retten.

Ich fragte mich, ob die Pokacu alle töten würden oder nicht. Ich nahm an, dass sie es tun würden, da viele von ihnen geholfen hatten, die Pokacu beim ersten Mal zu besiegen, aber es gab keine Möglichkeit, es sicher zu wissen. Ich wünschte nur, ich hätte alle retten können, obwohl ich, noch einmal, buchstäblich nichts dagegen tun konnte.

Schließlich, nach mehreren Minuten schweigenden Gehens, erreichten wir das Ende des Tunnels, wo sich eine weitere Treppe befand, die jedoch viel breiter war als die erste. Sie führte zu einer Falltür, die verschlossen war, aber Strike und ich schafften es, sie aufzubrechen, indem wir gemeinsam dagegen schlugen und sie zwangen, aufzuklappen und uns zu erlauben, den Tunnel zu verlassen und ein neues Gebäude zu betreten.

Wir befanden uns offensichtlich in dem Lagerhaus, von dem Mecha Knight uns erzählt hatte. Die Decke und die Laufstege waren hoch über uns, während Regale voller Kisten und Bauausrüstung den größten Teil des verfügbaren Platzes füllten und nur einige offene Gänge zwischen den Regalen für Personen zum Durchgehen ließen. Es war unglaublich staubig und roch, als wäre es schon lange nicht mehr gereinigt worden.

»Hallo?«, rief ich, und meine Stimme hallte in dem weiten, offenen Raum wider. »Ist jemand da? Hallo?«

Es kam keine Antwort. Ich vermutete, dass die Arbeiter diesen Ort verlassen haben mussten, nachdem die Statue fertiggestellt war, was bedeutete, dass wir hier allein waren.

Da es sicher war herauszukommen, kletterten Strike und ich zuerst aus der Falltür und halfen dann dem Rest unserer Teamkollegen in das Lagerhaus. Als alle drin waren, schlossen wir die Falltür und verriegelten sie mit einem Metallrohr, das wir durch die Griffe zogen. Wir stellten auch eine große Kiste darauf, aber ich wusste, dass es keine Pokacu-Soldaten aufhalten würde, die uns möglicherweise durch die Tür folgen wollten. Es würde sie wahrscheinlich für ein paar Minuten aufhalten, was uns genug Zeit geben würde, um zu fliehen.

Nachdem die Falltür geschlossen war, sah ich mich um. »Geht es allen gut?«

»Ja«, sagte Blizzard und nickte. »Aber was sollen wir jetzt tun?«

»Sollten wir warten, bis Mecha Knight zurückkommt?«, fragte Treehugger. Sie sah nicht mehr so krank aus wie zuvor, jetzt wirkte sie eher besorgt. »Hat er gesagt, wo er sich mit uns treffen will?«

»Mecha Knight hat nicht gesagt, wann er sich mit uns treffen würde«, sagte ich und schüttelte den Kopf. Ich sagte nicht »ob er sich mit uns treffen würde«, weil ich nicht andeuten wollte, dass er vielleicht tot sein könnte.

»Sind wir dann auf uns allein gestellt?«, fragte Slime. Er wischte sich den Schweiß von der Stirn.

»Ich möchte das nicht unbedingt so sagen, aber-«, begann ich.

»Ja«, unterbrach Strike abrupt. »Das sind wir.«

Slimes Augen weiteten sich und er setzte sich auf eine kleine Kiste, während die anderen Mitglieder beider Teams nur besorgte Blicke austauschten.

»Was sollen wir dann tun?«, fragte Talon. Sie strich sich ihre blonden Haare zurück und blickte aus den Fenstern des Lagerhauses. »Sollen wir versuchen, Hero Island zu verlassen?«

»Noch nicht«, sagte Strike. »Erstens hat keiner von uns seine Kräfte zurück. Und zweitens würden die Pokacu wahrscheinlich jedes Fahrzeug abschießen, das sie beim Versuch zu fliehen sehen würden. Da sowohl die NHA als auch die INJ außer Gefecht gesetzt sind, haben die Pokacu praktisch die Kontrolle über ganz Hero Island.«

»Ich fürchte, Strike hat Recht«, sagte Shell. Shells Rücken - der normalerweise unnatürlich groß und stark war - sah jetzt normal aus, zweifellos eine Auswirkung des kraftraubenden Gases. Er schob seine Brille hoch. »Wenn die Pokacu den Führungsrat und die Anführer der INJ sowie einen großen Teil der Mitglieder beider Organisationen haben, ist klar, dass diese Insel jetzt Pokacu-Gebiet ist.«

»Das bedeutet, es ist nur eine Frage der Zeit, bis die Pokacu uns finden«, sagte Strike. »Will jemand wetten, ob sie uns vor oder nach der Rückkehr unserer Kräfte finden werden?«

»Aber wir sollten nicht aufgeben oder verzweifeln«, sagte ich. »Im Moment scheinen die Pokacu nur die Kontrolle über das Gebiet um die Gerechtigkeitsstatue zu haben. Wenn wir uns beeilen, sollten wir es schaffen, von dieser Insel zu kommen und Hilfe anzufordern.«

»Hilfe?«, fragte Blizzard. »Hilfe von wem?«

»Erstens von den anderen NHA- und INJ-Mitgliedern, die bei der Zeremonie nicht anwesend waren«, sagte ich. »Außerdem gibt es noch die G-Men.«

Als ich die G-Men erwähnte, stöhnten alle kollektiv auf, aber ich sagte: »Ich weiß, aber die G-Men wurden unseres Wissens noch nicht von den Pokacu ausgeschaltet, also haben sie noch alle ihre Mitglieder, Stützpunkte und Ausrüstung. Und da sie bei der letzten Invasion geholfen haben, die Pokacu zu besiegen, bedeutet das, dass ihre erfahrenen Mitglieder wahrscheinlich Erfahrung im Kampf gegen die Pokacu haben, also könnten sie hilfreich sein, um sie erneut zu besiegen.«

»Das ist alles gut und schön, aber das Problem ist, dass wir tatsächlich erst einmal von Hero Island wegkommen müssen«, sagte Strike. »Oder zumindest Kontakt mit Leuten außerhalb aufnehmen müssen.«

»Keine Sorge«, sagte ich. »Valerie kann die G-Men kontaktieren, sowie alle NHA- oder INJ-Agenten außerhalb. Wartet nur einen Moment.«

Ich tippte wieder an mein Ohrom und sagte: »Val, bist du noch da? Ich brauche deine Hilfe.«

»Ja, Bolt?«, sagte Valerie. »Womit kann ich dir helfen?«

»Ich brauche dich, um so viele NHA-Mitglieder außerhalb von Hero Island wie möglich zu kontaktieren«, sagte ich. »Und auch die G-Men, wenn du sie erreichen kannst. Erzähle ihnen von dem Pokacu-Angriff und allem, was in der letzten Stunde oder so passiert ist, und bitte sie alle, zurückzukommen und-«

»Nein«, ertönte eine Stimme, die durch das ganze Lagerhaus hallte. »Rufe niemanden nach Hero Island zurück. Es ist eine Falle.«

Alarmiert schauten mein Team und ich uns wild um, bis ich Nicknacks oben auf den Laufstegen nahe der Decke entdeckte. Er sprang über das Geländer und landete geschickt auf dem Boden, obwohl ich bemerkte, dass er ein wenig stolperte, als wäre er müde oder möglicherweise sogar verletzt.

Nicknacks richtete sich auf, zeigte auf mich und sagte: »Rufe niemanden hierher, Bolt. Das ist genau das, was die Pokacu wollen.«

»Was?«, sagte ich. »Aber wir brauchen Hilfe. Omega Man, Mecha Knight, die Midnight Menace und alle anderen ... sie brauchen unsere Hilfe.«

»Und sie werden sie bekommen, aber nicht auf diese Weise«, sagte Nicknacks. Mir fiel auf, dass er viele Schnitte und Verbrennungen im Gesicht und an der Rüstung hatte, zweifellos von seinem Kampf mit Graleex und den Soldaten. »Die Pokacu haben wahrscheinlich schon Fallen aufgestellt, um jeden zu fangen, der versucht, auf die Insel zu gelangen.«

Ich nahm meine Hand vom Ohrom, als Strike sagte: »Nicknacks? Was machst du hier? Bolt sagte, du würdest gegen die Pokacu kämpfen.«

»Das tat ich, aber ich zog mich zurück, als klar wurde, dass ich sie nicht besiegen konnte«, sagte Nicknacks. Er rieb sich den Nacken und seufzte. »Es scheint, als hätten sie sich seit der ersten Invasion vor fünfzehn Jahren ziemlich weiterentwickelt. Sie benutzten neue Waffen, die ich noch nie gesehen habe, und beschädigten sogar meinen Speer.«

Nicknacks hielt seinen Speer hoch, der nicht mehr vor Energie summte. Ein langer, scharfer Riss zog sich über die gesamte Länge, was wahrscheinlich erklärte, warum er still war.

»Aber wie bist du durch das Dreiecks-Gefängnis gekommen?«, fragte ich. »Mecha Knight sagte, dass niemand da durchkommen kann.«

»Begrenzte Teleportation ist eine meiner speziellen Fähigkeiten«, sagte Nicknacks. Er grunzte und rieb sich den Rücken. »Aber ich kann nur mich selbst und meine Ausrüstung teleportieren, und das auch nur für eine sehr kurze Strecke, außerdem ermüdet es mich schnell. Ich habe mich an diesen Ort teleportiert, weil ich vermutete, dass Mecha Knight euch hierher schicken würde. Ich bin sehr froh, dass ich richtig geraten habe.«

»Hm«, sagte ich. »Ich wusste nicht, dass du dich teleportieren kannst.«

»Es ist keine Fähigkeit, die ich oft preisgebe oder nutze, da sie sehr viel Energie verbraucht«, sagte Nicknacks. »Aber das spielt keine Rolle. Wichtig ist, dass es ein törichter Fehler wäre, mehr Helden auf diese Insel zu bringen. Stattdessen müssen wir so schnell wie möglich von hier verschwinden und uns dann mit allen, die wir finden können, neu formieren.«

»Wie sollen wir das anstellen?«, fragte ich.

»Ich habe bereits eine Idee, wie wir hier rauskommen, auch wenn ich nicht sicher bin, ob die Pokacu sie schon zunichte gemacht haben«, erwiderte Nicknacks. »Auf jeden Fall müssen wir so schnell wie möglich weg. Während die Pokacu wahrscheinlich einige Zeit damit verbringen werden, die anderen Helden einzusammeln, werden sie zweifellos einige ihrer Soldaten außerhalb des Dreiecks schicken, um den Rest der Insel zu sichern und nach uns zu suchen, falls sie es nicht schon getan haben.«

»Moment mal«, sagte ich und hob die Hand. »Was meinst du mit 'die anderen Helden einsammeln'? Werden die Pokacu nicht einfach alle töten?«

Nicknacks schüttelte den Kopf. »Das bezweifle ich. So sehr die Pokacu euch Neohelden auch verabscheuen, weil ihr sie beim ersten Mal aufgehalten habt, vermute ich, dass sie wahrscheinlich einfach alle gefangen nehmen werden.«

»Warum sollten sie das tun?«, fragte Strike. »Wäre es nicht sinnvoller, sie alle zu töten und damit die größte Bedrohung für ihre Invasion zu beseitigen? Nichts hindert sie daran, das zu tun.«

»Logisch betrachtet, ja, das würde Sinn ergeben, aber ich glaube, wenn sie euch wirklich tot sehen wollten, hätten sie euch einfach mit der Rakete in Stücke gesprengt, die Omega Man und Bolt vorhin aufgehalten haben«, sagte Nicknacks und nickte mir zu, als er meinen Namen nannte. »Aber bemerkt, wie sie stattdessen nur alle entmachtet haben. Das sagt mir, dass sie andere Pläne mit den Neohelden haben, auch wenn ich noch nicht genau sagen kann, welche.«

»Werden sie alle foltern?«, fragte Treehugger und umarmte sich selbst.

»Ich wette, sie werden zuerst versuchen, wichtige Informationen aus ihnen herauszubekommen«, sagte Blizzard. »Vielleicht werden sie Omega Man und den Rest des Führungsrats verhören, um Informationen über die Erde zu erhalten, die ihre Invasion unterstützen könnten.«

»Eine wahrscheinliche Möglichkeit, aber wie auch immer, wir dürfen nicht trödeln«, sagte Nicknacks. »Im Moment sind wir nicht in der Lage, die Pokacu zu besiegen, also müssen wir die Heldeninsel verlassen und uns mit allen, die wir finden können, neu formieren, wie ich schon sagte. Kommt.«

Nicknacks wandte sich zum Gehen, aber bevor er auch nur einen Schritt machen konnte, sagte ich: »Warte mal. Ich habe ein paar Fragen.«

Nicknacks blieb stehen und sah mich über die Schulter hinweg genervt an. »Können die nicht warten, bis wir von der Heldeninsel runter sind? Sie können nicht so wichtig sein.«

»Doch, das sind sie«, sagte ich und verschränkte die Arme vor der Brust. »Vorhin im Dreieck hast du gesagt, dass Graleex dein 'Bruder' sei, und Graleex hat dich einen 'Verräter' genannt. Ich dachte, du wärst das letzte überlebende Mitglied einer Alienrasse, die von den Pokacu ausgelöscht wurde.«

Nicknacks erstarrte. Die anderen sahen ihn alle mit einer Mischung aus Überraschung und Erwartung an. Ich erinnerte mich, dass keiner von ihnen dabei gewesen war, als Nicknacks zugegeben hatte, mit Graleex verwandt zu sein, aber das war mir egal, denn ich fragte mich jetzt, wo Nicknacks' wahre Loyalität lag.

Ich dachte schon, Nicknacks würde nicht antworten, doch dann drehte er sich um und sagte: »Es tut mir leid, aber ... ich habe gelogen. Ich bin nicht das letzte überlebende Mitglied einer von den Pokacu ausgelöschten Alienrasse. Die Wahrheit ist ... ich bin selbst ein Pokacu.«

Alle machten einen kollektiven Schritt von Nicknacks zurück, auch ich, obwohl Nicknacks nicht auf uns zukam oder versuchte, uns zu schaden. Dennoch war diese Enthüllung angesichts der jüngsten Pokacu-Invasion nicht gerade erfreulich zu hören, oder sogar angesichts der letzten, wenn man bedenkt, wie viel Chaos und Zerstörung die Pokacu beim ersten Mal angerichtet hatten.

»Aber du siehst gar nicht aus wie ein Pokacu«, sagte Strike. »Du siehst völlig anders aus als all die, die ich gesehen habe.«

»Wie ihr Menschen kommen auch wir Pokacu in verschiedenen Rassen vor, oder besser gesagt Unterarten, da das eine treffendere Beschreibung dessen ist, was ich bin«, erklärte Nicknacks. Er legte eine Hand auf seine Brust. »Ich gehöre zu dem, was man die Unterstützungsklasse nennen könnte, während Graleex zur Soldatenklasse gehört. Das macht uns 'verwandt', insofern als wir in der gleichen Umgebung gezüchtet wurden und aus der gleichen Charge genetisch gestalteter Individuen stammen. Die Soldatenklasse ist diejenige, die die Invasionen auf Planeten anführen soll, während die Unterstützungsklasse das Rückgrat der Armee bildet, indem sie verwundete Soldaten medizinisch versorgt, Nachschub auf das Schlachtfeld bringt und verschiedene andere Aufgaben erledigt, um sicherzustellen, dass die Soldaten alles tun können, was sie tun müssen.«

»Ich wusste nicht, dass die Pokacu ein Klassensystem haben«, sagte ich. »Warum hast du sie überhaupt verraten?«

Nicknacks nahm die Hand von seiner Brust. »Seht ihr, die Erde ist nicht der erste Planet, den die Pokacu invadiert haben. Die Pokacu waren schon immer ein kriegerisches Volk, also begannen sie, als sie die Raumfahrt entwickelten, andere Planeten zu erobern. Im Laufe der Jahrhunderte haben die Pokacu unzählige Welten erobert und zerstört, von denen ihr die meisten noch nie gehört habt, und ganze Zivilisationen innerhalb von Monaten ausgelöscht.«

»Zerstört?«, wiederholte Blizzard entsetzt. »Du meinst, sie erobern sie nicht einfach nur?«

»Natürlich nicht«, sagte Nicknacks und schüttelte den Kopf. »Einen Planeten zu erobern, erfordert sicherzustellen, dass die Bewohner des Planeten sich nicht auflehnen und ihre Heimatwelt zurückerobern. Es ist viel einfacher, ein ganzes Volk zu töten und dann zur nächsten Welt überzugehen.«

»Warum?«, fragte ich. »Was gewinnen die Pokacu dadurch?«

»Ich wusste nie warum«, sagte Nicknacks achselzuckend. »Als Mitglied der niederen Unterstützungsklasse war ich nie in die Beweggründe für die Invasion eines bestimmten

Planeten eingeweiht. Soweit ich das beurteilen konnte, war der einzige Grund, warum die Pokacu ganze Welten überfielen und zerstörten, dass sie es konnten.«

»Du hast immer noch nicht erklärt, warum du sie verraten hast«, sagte ich.

»Ich musste erst erklären, wer die Pokacu waren, damit ihr meine Motive versteht«, sagte Nicknacks. »Wisst ihr, ich wurde der Zerstörung so vieler unschuldiger Welten überdrüssig. Als Mitglied der Unterstützungsklasse sah ich selten die eigentlichen Schlachten und die Vernichtung, die mein Volk anrichtete. Aber einmal ... habe ich es gesehen.«

Nicknacks blickte wieder zu Boden, als wäre er zu beschämt, uns auch nur anzusehen. »Es war während der Eroberung eines besonders schwierigen Planeten, einer der wenigen Planeten, die wir angriffen, deren Bewohner bereits eigene Raumschiffe besaßen. Es war einer der längsten und blutigsten Konflikte in unserer Geschichte als Volk, der erste, bei dem wir knapp davor waren, tatsächlich zu verlieren, obwohl unsere erste wirkliche Niederlage erst später erfolgen sollte, während der ersten Invasion der Erde.«

»Was hast du gesehen?«, fragte ich. »Was ist passiert?«

»Es war während einer der Schlachten gegen Ende dieses Krieges«, sagte Nicknacks. »Ich wurde auf die Oberfläche des Planeten geschickt, um wichtige Vorräte an einen unserer Trupps zu liefern. Der Teleporter funktionierte jedoch nicht richtig und teleportierte mich einige Kilometer von dem Ort entfernt, wo ich eigentlich landen sollte. Trotzdem kannte ich die Koordinaten des Standorts und beschloss, zu Fuß dorthin zu gehen, weil es nicht sehr weit war und die Vorräte, die ich trug, nicht besonders schwer waren.«

Nicknacks' Stimme wurde leiser. »Zufällig stieß ich auf ein Dorf, das von meinem Volk zerstört worden war. Dort wurde ich Zeuge, wie ein paar der Pokacu-Soldaten - ohne wirklichen Grund - eine Familie der Planetenbewohner, einschließlich ihrer zwei Kinder, brutal folterten. Ich wusste, dass Folter ein routinemäßiger Teil jeder Invasion war, aber es tatsächlich so persönlich zu sehen ... Ich bin mir nicht sicher, was passiert ist, aber es brachte mich dazu, meine Unterstützung für die Invasionen meines Volkes zu überdenken. Die Schreie ... Ich höre sie manchmal immer noch in meinen Träumen.«

Dann blickte Nicknacks zu uns auf. Obwohl seine Augen nicht sehr menschlich waren, sah er dennoch ziemlich verstört aus von der Geschichte, die er uns erzählte. »Danach beschloss ich, dass ich diese Invasionen nicht länger unterstützen konnte. Ich konnte nichts für die Planeten tun, die wir bereits zerstört hatten, aber es bestand noch die

Chance, andere Welten zu retten, indem ich sie vor der bevorstehenden Invasion warnte, denn die Pokacu kündigten ihre Invasionen nie im Voraus an. Also fand ich heraus, welcher Planet als nächstes invadiert werden sollte, stahl eine Rettungskapsel und floh heimlich von der Flotte. Ich kam nicht lange danach auf der Erde an, aber lange bevor die Pokacu eintreffen würden.«

»Und dann hast du der NHA von der bevorstehenden Invasion erzählt«, sagte ich. »Richtig?«

»Korrekt«, sagte Nicknacks. »Sie waren leider die einzigen Menschen, die bereit waren, mir zuzuhören. So konnte sich die Erde gegen die Pokacu wehren. Indem ich der NHA alles erzählte, was ich über die Technologie, Taktik und Weltanschauung meines Volkes wusste, konnte die NHA mit den Pokacu viel leichter umgehen als jede andere zuvor invadierte Gruppe von Menschen. Infolgedessen erlitten die Pokacu ihre erste - und nach meinem Wissen einzige - Niederlage, die sie zwang, sich für fast zwei Jahrzehnte von der Erde zurückzuziehen.«

»Hast du dem NHA-Führungsrat jemals von deiner Verbindung zu den Pokacu erzählt?«, fragte Nicknacks.

»Nein«, sagte Nicknacks. »Ich verbarg meine wahre Herkunft, weil ich nicht wollte, dass sie denken, ich sei in Wirklichkeit ein Pokacu-Spion, der versucht, in die Menschheit einzudringen. Das und ich schämte mich für das, was mein Volk war und was es tat, und wollte nicht mit ihnen in Verbindung gebracht werden.«

»Ich verstehe«, sagte ich. »Hattest du jemals vor, jemandem die Wahrheit über deine wahre Spezies zu erzählen oder nicht?«

»Irgendwann vielleicht, aber ich wurde ... selbstgefällig«, sagte Nicknacks. »Ursprünglich wollte ich wegzugehen und andere Welten finden, die ich vor der Pokacu-Bedrohung warnen konnte, aber meine Rettungskapsel war beschädigt und die derzeitigen Raumschiffe der Erde sind einfach nicht in der Lage, zu anderen Sonnensystemen zu fliegen. Deshalb bin ich auf der Erde geblieben, obwohl ich in den Jahren seit meiner Ankunft die Menschheit liebgewonnen habe und mich hier trotz der Unterschiede zwischen Menschen und Pokacu, die die Dinge manchmal für mich verwirrend und unangenehm machen, recht wohl fühle.«

»Hast du erwartet, dass die Pokacu irgendwann zurückkehren würden?«, fragte ich.

»Nein«, sagte Nicknacks. »Ich dachte, sie hätten die Erde vielleicht aufgegeben, aber ich sehe, dass dem nicht so ist. Ich weiß nicht, was ihr Plan ist, aber es ist offensichtlich, dass sie wieder gestoppt werden müssen.«

»Richtig«, sagte ich. »Gibt es sonst noch etwas, das du uns über die Pokacu erzählen kannst, das uns helfen könnte, sie zu besiegen?«

Nicknacks zögerte für einen Sekundenbruchteil, bevor er sagte: »Nein, zumindest nicht hier. Wir haben schon zu viel Zeit mit Reden verschwendet. Wir müssen gehen, bevor-«

Plötzlich war ein Geräusch zu hören, als würde etwas Schweres gegen eine Wand geschleudert. Wir schauten uns alle alarmiert um und versuchten, die Quelle des Geräuschs ausfindig zu machen, aber aufgrund der weiten Offenheit des Lagerhauses war es unmöglich, die Quelle des Geräuschs zu orten.

Bis etwas durch die Decke über uns krachte und durch das Loch auf den Boden fiel. Das Ding landete mit einem Krachen auf dem Boden und zwang uns, auseinanderzustieben, um ihm auszuweichen. Als wir uns alle davon entfernt hatten, blieben wir stehen und drehten uns um, um das Ding anzuschauen, das kurz von einer großen Staubwolke verdeckt wurde, bevor es sich aufrichtete.

Die Kreatur - oder vielleicht Maschine, da sie mechanisch aussah - die vor uns stand, war riesig. Sie hatte einen kugelförmigen Körper mit zwei Augenstielen, die aus ihrem Torso ragten. Sie stützte sich auf sechs lange, tentakelartige Beine, die in Klauen endeten, die scharf genug aussahen, um Stahl zu schneiden. Ihre glühend roten Augen blickten uns alle an, waren aber aufgrund ihrer Fremdartigkeit unmöglich zu lesen.

»Oh nein«, sagte Nicknacks.

»›Oh nein‹?«, wiederholte ich und sah Nicknacks entsetzt an. »Was meinst du mit ›oh nein‹? Hast du dieses Ding schon einmal gesehen?«

»Ja«, sagte Nicknacks und nickte. »Und es wird uns alle töten, wenn wir es nicht zuerst aufhalten.«

Kapitel Fünf

Die seltsame Maschine schleuderte sofort eine ihrer Klauen auf Nicknacks. Doch Nicknacks wehrte sie mit seinem Speer ab und zwang die Maschine, ihre Klauen zurückzuziehen, obwohl die Maschine selbst davon kaum beeindruckt schien.

»Was ist das?«, fragte ich und hob meine Fäuste, obwohl meine Kräfte noch immer nicht zurückgekehrt waren. »Eine weitere Waffe der Pokacu?«

»Ja«, sagte Nicknacks und hielt seinen Speer in einer Verteidigungsposition vor sich. »Sie werden Gliedmaßendrohnen genannt. Zumindest ist das die Übersetzung ihres Namens aus der Pokacu-Sprache ins Deutsche; ihr echter Name ist für menschliche Lippen unaussprechbar.«

»Was kann sie tun?«, fragte ich und behielt die Gliedmaßendrohne genau im Auge, wobei ich mich fragte, warum sie noch nicht mehr angegriffen hatte.

»Dich töten«, sagte Nicknacks schlicht. »Normalerweise, indem sie dich mit ihren sehr scharfen und sehr gefährlichen Klauen in Stücke reißt. Ich vermute, sie haben sie geschickt, weil sie zu beschäftigt sind, sich mit den anderen Superhelden auseinanderzusetzen, um echte Soldaten zu entbehren.«

»Wie besiegen wir sie?«, fragte ich. »Kennst du ihre Schwachstelle?«

»Ja, aber du kannst ihr ohne deine Kräfte nichts anhaben«, sagte Nicknacks. »Ich werde sie ablenken, während du und die anderen von hier verschwindet. Selbst wenn mein Speer nicht so funktioniert, wie er sollte, habe ich bessere Chancen, sie abzulenken, als du es hättest.«

»In Ordnung«, sagte ich. Ich sah zu den anderen und rief: »Alle! Wir verschwinden von hier, während Nicknacks—«

Ich wurde unterbrochen, als eine der Klauen der Gliedmaßendrohne auf mich zuschoss. Aber dann stellte sich Nicknacks zwischen uns und hielt sie mit seinem Speer auf, wobei er die Klaue der Maschine zurückhielt, die gegen ihn drückte.

»Geht einfach!«, rief Nicknacks. »Jetzt, bevor sie merkt, was wir vorhaben!«

Ich nickte und rannte weg, zusammen mit den anderen. Wir teilten uns in kleine Gruppen auf, wobei Blizzard und Dizzy mir folgten. Wir hielten nicht an, um zu besprechen, wohin wir gingen, aber unser Ziel war dasselbe: Den Ausgang finden und aus diesem Ort verschwinden, bevor die Gliedmaßendrohne uns erwischte.

Während wir durch die Gänge des Lagerhauses rannten, hörte ich die Geräusche von Nicknacks' Kampf mit der Gliedmaßendrohne. Ich hörte Metall, das durch Kisten krachte, und Metall, das Beton zerbrach, aber ich hielt nicht an und sah nicht zurück. Ich konzentrierte mich nur darauf, so weit wie möglich von der Maschine wegzukommen, obwohl ich ab und zu zurückblickte, um sicherzugehen, dass Blizzard und Dizzy mit mir Schritt hielten.

Glücklicherweise dauerte es nicht lange, bis wir eine Tür am anderen Ende des Lagerhauses fanden, und wir kamen etwa zur gleichen Zeit dort an wie alle anderen. Die Kampfgeräusche zwischen Nicknacks und der Gliedmaßendrohne waren so laut wie eh und je, aber es war unmöglich zu sagen, wer gerade gewann und wer verlor. Ich hoffte, dass Nicknacks die Oberhand hatte, wenn auch nur, weil ich wusste, was mit uns passieren würde, wenn er es nicht schaffte.

Strike trat die Tür auf und trat beiseite, während er rief: »Alle raus! Wir müssen weitergehen.«

»Aber was ist mit Nicknacks?«, fragte Blizzard und sah über ihre Schulter, gerade als eine riesige Feuereruption irgendwo in der Nähe des Kampfes zwischen Nicknacks und der Gliedmaßendrohne ausbrach. »Werden wir ihn zurücklassen?«

»Ja«, sagte Strike. »Mach dir keine Sorgen um ihn. Er wird schon klarkommen. Wir müssen nur—«

Plötzlich kam etwas durch die Luft über uns geflogen. Wir duckten uns alle, als das große Ding an uns vorbeiflog und gegen die Wand über der Tür prallte, von der es dann mit einem dumpfen Schlag herunterfiel. Ich sah hinüber, um zu sehen, was geworfen worden war, und spürte, wie mein Herz in die Hose rutschte.

Es war Nicknacks. Seine Rüstung war an mehreren Stellen zerschnitten und zerbrochen, während er nur noch die Hälfte seines Speers in den Händen hielt. Er hatte viele Schnitte und Wunden im Gesicht, und seine Beine sahen gebrochen aus. Seltsames grünes Blut sickerte aus seinen Wunden, was ihn noch schlimmer aussehen ließ, als er es ohnehin schon tat.

»Nicknacks?«, sagte ich. Ich beugte mich über ihn und schüttelte ihn. »Nicknacks, kannst du mich hören? Nicknacks?«

Nicknacks öffnete die Augen, stöhnte aber vor Schmerz. »Au ... kann nicht stehen ...«

»Was?«, fragte ich. »Wovon redest du?«

»Kann nicht ... stehen«, sagte Nicknacks. Er deutete auf seine Beine. »Beine ... gebrochen.«

Ich sah auf Nicknacks' Beine. Sie waren in unnatürlicher Weise verdreht, sodass ich keine Schwierigkeiten hatte zu glauben, dass sie tatsächlich gebrochen waren. Nicknacks' schmerzerfüllte Stimme machte das nur noch offensichtlicher.

»Die Gliedmaßendrohne ...«, sagte Nicknacks. Er verzog das Gesicht, bevor er fortfuhr. »Es ist mir gelungen, sie zu lähmen, aber es wird nicht lange dauern, bis sie sich erholt und euch wieder verfolgt.«

»Okay«, sagte ich nickend. »Dann bringen wir dich hier raus, bevor sie sich erholt.«

»Nein«, sagte Nicknacks und schüttelte den Kopf. »Rettet euch selbst. Lasst mich zurück.«

»Auf keinen Fall«, sagte ich. »Du kommst mit uns, ob du willst oder nicht. Wir werden deine Hilfe brauchen, wenn wir die Pokacu besiegen wollen.«

Ich sah zu den anderen auf. »Stinger, Strike, ich brauche eure Hilfe, um Nicknacks hochzuheben. Und zwar schnell.«

Stinger und Strike verloren keine Zeit und halfen mir, Nicknacks hochzuheben. Der Alien stöhnte vor Schmerzen, widersetzte sich unserer Rettungsaktion aber nicht mehr, wahrscheinlich weil er zu sehr litt, um zu protestieren. Wir brachten ihn aus dem Lagerhaus und schlossen die Tür hinter uns, doch bevor wir weit kommen konnten, hörten wir etwas durch das Dach des Lagerhauses hinter uns krachen und sahen gerade noch, wie die Gliedmaßendrohne an uns vorbeiflog.

Sie landete hart auf der Straße vor uns und hinterließ dabei tatsächlich Risse im Asphalt. Sie richtete sich zu ihrer vollen Größe auf und blickte mit ihren toten roten Augen ohne jegliche Gefühlsregung oder Gnade auf uns herab.

Wir versuchten nach links auszuweichen, aber die Gliedmaßendrohne versperrte uns den Weg mit einem ihrer Glieder und schnitt dann mit ihrem rechten Glied auch den anderen Fluchtweg ab. Das bedeutete, dass wir effektiv zwischen der Gliedmaßendrohne und dem Lagerhaus gefangen waren, denn es gab keine Möglichkeit, unter ihr hindurchzugehen, es sei denn, wir wollten sterben.

Wir drückten uns gegen die Außenwand des Lagerhauses und blickten zu der Gliedmaßendrohne auf. Wir versuchten, keine Angst zu zeigen, aber es war schwer, weil es jetzt offensichtlich war, dass es kein Entkommen gab. Die Gliedmaßendrohne musste nur mit ihren anderen Gliedern angreifen und alles wäre vorbei.

Die Gliedmaßendrohne hob zwei ihrer anderen Glieder, bereit zuzuschlagen. Ich trat nach vorne, nicht weil ich stark genug war, ihre Angriffe auszuhalten, sondern weil ich meine Freunde beschützen wollte. Ich starrte einfach zu der Gliedmaßendrohne hoch, als ihre Glieder mit entblößten Klauen auf mich zuflogen, scharf genug, um mich wie Buttermesser zu durchschneiden.

Doch kurz bevor die Gliedmaßendrohne mich treffen konnte, schoss eine große schwarze Schattenwand vor mir aus dem Boden. Sie blockierte die beiden Klauen, die nutzlos dagegen krachten, bevor sie sich zurückzogen, obwohl die Wand selbst an Ort und Stelle blieb.

»Hä?«, sagte ich und starrte die schwarze Wand überrascht an. »Wo kam die denn her?«

Kaum hatte ich das gesagt, lugte ein vertrautes, blasses und feminines Gesicht aus der Schattenwand hervor. Das Gesicht lächelte. »Bolt, ich dachte, du würdest meine Kräfte überall erkennen. Warum so überrascht?«

Ich blickte das Gesicht überrascht an. »Shade? Bist du das?«

Shade nickte und trat aus der Schattenwand heraus. Sie war eine junge Frau, wahrscheinlich Anfang zwanzig oder so, und außerdem eine Agentin der G-Men, des Superhelden-Teams der Regierung. Sie trug einen G-Men-Aufnäher auf ihrer rechten Schulter, obwohl ich den gar nicht ansehen musste, um zu wissen, für wen sie arbeitete.

»In Fleisch und Blut«, sagte Shade. Sie sah zu meinen Freunden und den New Heroes und winkte ihnen zu. »Oh, hallo. Ich glaube, ich habe noch nicht alle eure Freunde kennengelernt, obwohl ich Nicknacks natürlich schon begegnet bin.«

Mein Team und die New Heroes sahen äußerst verwirrt über Shades Erscheinen aus. Ich war auch ziemlich verwirrt, also sagte ich: »Aber was machst du hier? Wie bist du überhaupt hierhergekommen? Ich dachte, du solltest in Washington oder so sein.«

»Oh, ich habe immer noch den Auftrag, dich zu überwachen«, sagte Shade. Sie klopfte mir auf die Schulter, als wäre ich ihr bester Freund. »Ich habe die ganze Eröffnungszeremonie gesehen, konnte aber dem kraftlosen Gas ausweichen und aus dem Dreieck entkommen. Ich hätte dir schon viel früher geholfen, aber ich musste zuerst Direktor Smith kontaktieren und einen vorläufigen Bericht über die Situation abgeben. Ich musste eingreifen, als ich sah, wie dieses Ding euch in die Enge getrieben hat.«

Shade deutete mit dem Daumen über ihre Schulter auf die Gliedmaßendrohne, die Shade nun beobachtete, als suche sie nach ihren Schwächen. Shade sah sie nicht einmal an, als hätte sie keine Angst vor dem riesigen außerirdischen Roboter hinter ihr, der sie in Stücke schneiden konnte, wenn er wollte.

»Du beobachtest mich immer noch?«, sagte ich. Ich fluchte. »Ich dachte, ihr hättet diesen Unsinn nach unserer Begegnung in der Höhle eingestellt.«

Shade zuckte mit den Schultern. »Ich folge einfach den Befehlen, die Direktor Smith mir gibt. Nicht, dass ich mich beschweren würde, natürlich.«

Shade zwinkerte mir zu, als sie das sagte, was mich sehr unwohl fühlen ließ, besonders als ich bemerkte, wie Blizzard sie böse anstarrte.

Also sagte ich: »Okay, gut. Danke für deine Hilfe.«

»Hey, danke mir noch nicht«, sagte Shade. »Diese Maschine ist noch aktiv, oder?«

Shade drehte sich plötzlich um und winkte mit den Händen zur Schattenwand, die wie Treibsand im Boden versank. Die Gliedmaßendrohne schoss ihre Klauen auf sie, aber Shade wedelte mit den Händen und zwei Schattenklingen schossen aus dem Boden und durchschnitten die herannahenden Klauen, trennten sie ab und ließen sie unkontrolliert auf dem Boden herumzappeln, bevor sie zum Stillstand kamen.

Als Shades Schattenklingen die Klauen abtrennten, sprühten jedoch nicht nur Funken. Mehr von diesem seltsamen Blut quoll aus den abgetrennten Gliedmaßen und die Gliedmaßendrohne gab tatsächlich eine Art seltsames kreischendes Geräusch von sich, als stünde sie unter schrecklichen Schmerzen. Ich hatte keine Ahnung, wie ein Roboter oder eine Maschine Schmerzen empfinden konnte, aber andererseits waren die Maschinen der Pokacu vielleicht anders konstruiert als unsere.

Jedenfalls schien die Gliedmaßendrohne uns nun völlig vergessen zu haben. Sie schleuderte ihre anderen Glieder auf Shade, aber diese verschwand sofort in einem Schattenpool, der sich zur Drohne schlängelte, sodass deren Arme nur den Boden trafen, wo sie zuvor gestanden hatte. Shade tauchte dann direkt unter der Gliedmaßendrohne aus dem Boden auf und riss ihre Arme nach oben.

Sobald sie das tat, schossen zwei Schattenklingen aus ihren Armen und trafen die Unterseite der Gliedmaßendrohne. Die Gliedmaßendrohne stieß ein weiteres seltsames, metallisches Kreischen aus, bevor Shade ihre Arme auseinanderriss und die Drohne in zwei Hälften schnitt. Die beiden Hälften der Drohne fielen mit lautem *Klonk* zu Boden und leckten immer noch grünes Blut, obwohl es mehr nach Öl als nach Blut roch.

Shade drehte sich dann um, um uns anzusehen, und lächelte. »So. Das war doch gar nicht so—«

Shade wurde von einer der Klauen der Gliedmaßendrohne unterbrochen, die erneut auf sie zukam. Aber sie wich ihr im letzten Moment aus und zerschnitt sie mit einer ihrer Schattenklingen, bevor sie auch die Augenstiele der Gliedmaßendrohne abtrennte. Die Körperteile der Gliedmaßendrohne hörten sofort auf, sich zu bewegen, was ein gutes Zeichen dafür war, dass sie diesmal wirklich tot war.

»Meine Güte«, sagte Shade und strich sich ein paar lose Haarsträhnen aus dem Gesicht. »Diese Dinger sind hartnäckig, selbst wenn man sie tötet, nicht wahr?«

Ich sah den Rest meines Teams und die Neuen Helden an. Alle starrten Shade fassungslos an. Keine Überraschung. Ich hatte schon immer gewusst, dass Shade ziemlich mächtig war, aber sie so mit dieser Limb-Drohne den Boden aufwischen zu sehen, war eine ganz andere Sache. Zum ersten Mal war ich froh, dass sie mich mochte, denn wenn nicht ... nun, sagen wir einfach, ich war mir nicht so sicher, ob meine Supergeschwindigkeit mich vor ihr retten würde, falls sie sich jemals entschließen sollte, mich auszuschalten.

»Danke für die Rettung«, sagte ich zu Shade. »Mir war nicht klar, dass du so mächtig bist.«

Shade zuckte mit den Schultern. »Ich kann mir das nicht zuschreiben. Der Großteil meiner Kraft kommt von meiner lieben alten Mutter. Sie war selbst eine ziemlich mächtige Superheldin.«

»Deine Mutter war eine Superheldin?«, fragte ich überrascht.

»Ja, aber das ist im Moment irrelevant«, sagte Shade. »Ich wette, die Pokacu werden eine weitere ihrer Maschinen hinter uns herschicken, sobald sie merken, dass diese tot ist. Also müssen wir euch hier alle rausholen.«

»Wie?«, fragte Shell. Ich bemerkte, dass sein Rücken wieder anfing zu wachsen und schalenartiger zu werden, was ein Zeichen dafür war, dass das kraftraubende Gas nachließ. »Wenn wir versuchen, den Neocopter zu benutzen, werden die Pokacu uns wahrscheinlich einfach abschießen.«

»Ich kann euch alle von hier wegbringen«, sagte Shade. Die Schattenklinge um ihre Arme verschwanden. »Ich kann durch Schatten reisen, also kann ich euch dreizehn einfach von der Heldeninsel wegbringen.«

»Du hast schon mal so vielen Menschen zur Flucht verholfen?«, fragte ich zweifelnd. »Bist du sicher, dass du uns alle so mitnehmen kannst?«

»Nicht alle auf einmal, fürchte ich«, sagte Shade. »Aber ich kann zwei auf einmal mitnehmen und ich bin ziemlich schnell, also sollte ich euch alle im Nu von der Heldeninsel runter haben, auch wenn ich nur zwei auf einmal mitnehme.«

Shade trat vor und streckte ihre Hand nach mir aus, aber dann tauchte Strike wie aus dem Nichts auf und packte ihren Arm, sodass sie ihn überrascht ansah.

»Strike, was machst du da?«, fragte ich verwirrt.

Strike sah Shade misstrauisch an, seine Augen analysierten ihr Gesicht, als suchte er nach einem Trick. »Warum sollten wir dir vertrauen? Du gehörst zu den G-Men, oder? Du bist diejenige, die in die Höhle eingebrochen ist, wenn ich mich nicht irre.«

Shades Arm verwandelte sich sofort in Schatten, sodass Strikes Hand hindurchging. Shade zog ihren Arm zurück und funkelte Strike verärgert an.

»Und du bist Strike, richtig? Anführer der Neuen Helden?«, sagte Shade. Sie schnalzte mit der Zunge. »Du bist niedlicher auf den Fotos, weißt du das?«

»Hör auf, der Frage auszuweichen«, fauchte Strike. »Ich weiß alles über die G-Men. Die Mitternachtsbedrohung sagt, wir können euch nicht trauen.«

»Die Mitternachtsbedrohung ist, wenn ich mich nicht irre, momentan auch machtlos und in den Fängen der Pokacu«, sagte Shade. »Genau wie du, außer dem 'in den Fängen der Pokacu'-Teil, obwohl sich das wahrscheinlich ändern wird, wenn du nicht mit mir kommst.«

»Wohin wirst du uns bringen?«, fragte Strike. »Und warum sollten wir mit dir kommen?«

»Ich würde euch zu einer geheimen Einrichtung der G-Men bringen, wo ihr vor diesen gruseligen Pokacu-Aliens sicher seid«, sagte Shade. »Und warum ihr mit mir kommen solltet, nun, abgesehen davon, dass ich sehr hübsch bin, ist es auch eure beste Chance, lebend und mit intakten Kräften von der Heldeninsel zu kommen.«

»Strike«, sagte ich, »so sehr ich dir auch in Bezug auf die G-Men zustimme, wir haben wirklich keine Zeit, darüber zu streiten. Ich wäre viel lieber in den Händen der G-Men als in denen der Pokacu, weißt du?«

»Siehst du? Bolt stimmt zu«, sagte Shade. Sie zwinkerte mir zu. »Klug *und* süß.«

Ich konnte spüren, wie Blizzard Shade immer noch Blicke zuwarf, was die ganze Situation viel peinlicher machte, als sie hätte sein sollen.

Strike öffnete den Mund, um zu widersprechen, aber dann sagte plötzlich Nicknacks - der wegen seiner gebrochenen Beine still gewesen war - »Bitte hört auf zu streiten. Wir sollten mit Shade gehen. Sie ist unsere einzige Chance, lebend und in einem Stück von der Heldeninsel zu kommen und die Pokacu aufzuhalten. Die G-Men haben uns schließlich geholfen, die erste Pokacu-Invasion abzuwehren, also werden sie uns auch helfen können, diese zu besiegen.«

»Genau«, sagte Shade. Sie warf Strike einen überheblichen Blick zu. »Du solltest auf deine Älteren hören. Du könntest sogar etwas lernen.«

Strike sah verärgert aus, widersprach dem Plan aber nicht. Er trat einfach von ihr weg und verschränkte die Arme vor der Brust. »Okay, gut. Wir gehen mit dir. Ich schätze, die G-Men sind besser als die Pokacu.«

»Ausgezeichnet«, sagte Shade. »Jetzt haben wir keine Zeit zu verlieren. Ich fange sofort an, euch paarweise mitzunehmen, bevor die Pokacu eine weitere ihrer Tötungsmaschinen hinter uns herschicken.«

Kapitel Sechs

Shade teleportierte uns jeweils zu zweit von der Heldeninsel weg, genau wie sie es angekündigt hatte. Die Ersten, die gingen, waren Stinger und Nicknacks, weil Nicknacks ärztliche Hilfe brauchte und Shade sagte, dass es in der G-Men-Basis, zu der sie uns brachte, einen Sanitäter gäbe, der ihm helfen könnte, sowie ein Zimmer, in dem er sich ausruhen und erholen könnte. Ich muss zugeben, dass ich ein bisschen besorgt war, dass die G-Men Nicknacks einfach in Gewahrsam nehmen würden, anstatt ihn zu behandeln, weil er ja ein Außerirdischer war, aber da wir keine große Wahl hatten, behielt ich diese Sorgen für mich.

Shade war sehr schnell und brachte uns in rascher Folge zu zweit weg, bis nur noch ich und Strike übrig waren, der wie üblich zurückgeblieben war, falls die Pokacu angreifen sollten. Zum Glück bewegte sich Shade so schnell, dass wir von keinen Pokacu-Soldaten oder -Robotern angegriffen wurden.

Als Shade von ihrer Reise mit Blizzard und Dizzy zurückkehrte, packte sie meinen Arm und Strikes Arm und wollte uns gerade in die Dunkelheit ziehen, als sie innehielt und sagte: »Oh, ich hätte fast etwas vergessen.«

»Vergessen?«, fragte ich. »Was denn?«

Shade sah mich mit einem schelmischen Lächeln an. »Schattenreisen kann ziemlich … verwirrend sein, besonders wenn man nicht daran gewöhnt ist.«

»Ist es schmerzhaft?«, fragte Strike.

»Nicht wirklich, aber der Schatten blockiert fast alle deine Sinne für die Dauer der Reise, was desorientierend sein und manchmal sogar Panik bei manchen Leuten auslösen kann«, erklärte Shade. »Aber macht euch darüber keine Sorgen. Wir sind schneller da, als ihr denkt.«

Strike und ich hatten nur einen Moment Zeit, um unsichere Blicke auszutauschen, bevor Shade uns beide mit sich in die Schatten zog. Sie war viel stärker, als sie aussah, und zog uns durch den Schatten, als wären wir unter Wasser.

Und es fühlte sich wirklich an, als wären wir unter Wasser. Das musste ich wissen, denn ich war einmal auf dem Meeresgrund gewesen, und es war dort extrem dunkel gewesen.

Doch dies war sogar noch dunkler als der Ozean. Zumindest am Meeresgrund hatte ich ein kleines Licht gehabt, das mir erlaubt hatte, zumindest etwas von meiner Umgebung zu sehen. Hier konnte ich jedoch überhaupt nichts sehen; weder mich, noch Strike und nicht einmal Shade. Ich konnte spüren, wie sie mich mitzog, konnte Strikes Atmen neben mir hören, aber es war so dunkel, dass ich tatsächlich spürte, wie Panik in mir aufstieg. Es half nicht gerade, dass meine Kräfte immer noch nicht zurückgekehrt waren, und ich fragte mich, was passieren würde, wenn Shade mich versehentlich loslassen würde, bevor wir unser Ziel erreichten. Würde ich irgendwo aus den Schatten zurück auf die Erde fallen oder würde ich einfach endlos durch die leere Dunkelheit schweben?

Diese düsteren Gedanken wurden unterbrochen, als wir plötzlich aus der Dunkelheit fielen und ins Licht kamen. Alle drei landeten wir auf unseren Füßen, was ein seltsames Gefühl war, denn es hatte sich gerade noch so angefühlt, als würden wir durch die Dunkelheit schwimmen. Vielleicht funktionierte die Physik in den Schatten anders oder so.

Jedenfalls hatten meine Augen Mühe, sich an das helle Licht des Raumes zu gewöhnen. Aber sie passten sich schnell genug an, sodass ich sehen konnte, wo genau wir gelandet waren.

Wir standen in einem offenen Raum, der anscheinend speziell dafür konzipiert worden war, große Gruppen von Menschen wie uns aufzunehmen. Der Raum war ziemlich karg, ohne Teppichboden oder Tapeten, und er hatte auch keine Möbel oder Fenster. Es gab eine einzelne Tür, die anscheinend der Ausgang war und die auch unverschlossen zu sein schien. Das war gut, denn dieser Ort erinnerte mich an eine echte Gefängniszelle.

»Hier sind wir«, sagte Shade und deutete auf den Raum, in dem wir standen. »Unser Ziel. Wie fühlt ihr beiden euch?«

Ich legte eine Hand auf meinen Magen, der anfing zu rebellieren. »Okay. Ich muss mich wahrscheinlich nur ein bisschen ausruhen und entspannen. Strike, wie fühlst du dich?«

Strike atmete schnell ein und aus, was mich denken ließ, dass er sich gleich übergeben würde, aber dann schüttelte er den Kopf und sagte: »Ich ... brauche ... Luft ...«

»Also werdet ihr vollkommen in Ordnung sein«, sagte Shade fröhlich.

Strike sah Shade wieder verärgert an, aber bevor er etwas sagen konnte, kam Blizzard - die auf der anderen Seite des Raums mit dem Rest der Young Neos und der New Heroes gestanden hatte - zu uns gelaufen und sagte: »Bolt, geht es dir gut? Du siehst krank aus.«

»Mir geht's gut«, sagte ich, als ich meine Hand von meinem Magen nahm. »Das Schattenreisen hat mir einfach nicht so gut getan. Wie ist es bei dir?«

»Genauso«, sagte Blizzard. Sie deutete auf die anderen, wodurch ich Shell bemerkte, der mit todkrankem Gesichtsausdruck auf dem Boden saß, während Treehugger ihn sanft tätschelte und ihm etwas zumurmelte. »Shell hat sich tatsächlich übergeben, aber die Leute, die Nicknacks mitgenommen haben, haben es aufgewischt, als sie herkamen, deshalb siehst du es nicht.«

»Die Leute, die Nicknacks mitgenommen haben?«, sagte ich und sah Blizzard verwirrt an. Plötzlich schaute ich mich im Raum um, konnte Nicknacks aber nirgends sehen. »Sag mal, wo ist Nicknacks überhaupt? Ich sehe ihn nirgendwo.«

»Als wir hier ankamen, kamen ein paar Leute herein, die behaupteten, Ärzte zu sein, und nahmen ihn mit«, sagte Blizzard. »Sie sagten, sie würden sich seine Beine ansehen und ihn sofort versorgen.«

Ich sah Shade misstrauisch an. »Shade, kannst du das erklären?«

»Klar«, sagte Shade. »Was deine Freundin wahrscheinlich gesehen hat, war das medizinische Personal der Einrichtung. Ich habe ihnen vorher eine Nachricht geschickt und sie gewarnt, dass ich euch alle hierher schicken würde und dass Nicknacks sofort nach seiner Ankunft medizinische Hilfe brauchen würde.«

»Du meinst, sie haben sich so schnell organisiert und vorbereitet?«, fragte ich erstaunt.

»Natürlich«, sagte Shade. »Die medizinische Belegschaft der Einrichtung gehört zu den besten des Landes. Sie haben schon alle möglichen seltsamen medizinischen Probleme behandelt, da sie für die G-Men arbeiten. Ich denke also nicht, dass sie Schwierigkeiten haben werden, ihn schnell wieder auf die Beine zu bringen.«

Ich hob skeptisch eine Augenbraue. »Kann ich dein Wort darauf haben, dass sie ihn tatsächlich heilen und ihm nicht schaden werden?«

Shade zuckte mit den Schultern. »Wenn sie ihm schaden wollten, glaubst du, du könntest irgendetwas dagegen tun?«

Meine Hände ballten sich zu Fäusten und ich erwiderte Shades Blick ohne zu blinzeln. »Ja.«

Wir starrten einander an, was sich wie Stunden anfühlte - obwohl es wahrscheinlich nur ein paar Sekunden waren -, bevor Shade wegschaute und kicherte.

»Hä?«, sagte ich. »Warum kicherst du?«

»Oh, nichts«, sagte Shade. Sie klopfte mir auf die Schulter. »Du bist einfach so süß, wenn du versuchst, hart auszusehen.«

Sofort schlug Blizzard Shades Hand von meiner Schulter, was Shade überrascht zu ihr aufblicken ließ.

»Fass ihn nicht an«, sagte Blizzard. »Sonst.«

»Sonst was?«, sagte Shade. Sie grinste nur. »Willst du mich einfrieren? Das wird nicht funktionieren, weißt du, denn nichts ist kälter als Dunkelheit.«

»Wenn du kämpfen willst -«, sagte Blizzard und trat einen Schritt vor, aber ich stellte mich sofort zwischen sie.

»Moment mal, ihr beiden«, sagte ich und hob die Hände. »Kein Grund zu kämpfen. Wir haben gerade einen viel größeren Feind zu bekämpfen. Lasst uns nicht von unserem Ärger ablenken.«

Sowohl Shade als auch Blizzard starrten mich wütend an. Ich verspürte den Drang, zu schrumpfen und ganz klein zu werden, aber stattdessen schaute ich über meine Schulter zu Strike und sagte: »Strike, kannst du mich dabei unterstützen?«

Aber Strike sah nicht so aus, als wäre er in der Verfassung, irgendjemandem zu helfen. Er lehnte an der Wand, sein Gesicht immer noch ziemlich grün, während er sich den Bauch hielt. Er sah bei weitem nicht so gutaussehend aus wie normalerweise, was mir recht leid für ihn tat, aber bei weitem nicht so leid wie für mich selbst, denn ich war mir ziemlich sicher, dass Shade und Blizzard mich mit bloßen Händen in Stücke reißen würden, wenn ich nicht aus dem Weg ginge.

Genau in diesem Moment schwang jedoch die einzige Tür des Raumes auf, was alle dazu brachte, hinüberzuschauen, als ein vertrauter großer, schwarz gekleideter Mann, der aussah, als wäre er Anfang vierzig, den Raum betrat. Seine Augen, die viel älter wirkten als die eines typischen Mannes Anfang vierzig, schweiften kurz durch den Raum, bevor sie bei mir, Shade, Blizzard und Strike verweilten.

»Cadmus Smith?«, sagte ich überrascht und starrte den Anführer der G-Men an. »Was machst du hier?«

»In Anbetracht der Tatsache, dass dies eine von den G-Men betriebene Einrichtung ist, solltest du nicht überrascht sein, mich hier zu sehen«, sagte Cadmus trocken. Dann blickte er zu Shade und sagte: »Shade, was machst du da?«

»Nichts«, sagte Shade, wandte sich von mir und Blizzard ab und sprach mit der unschuldigsten Stimme überhaupt zu Cadmus. »Ich habe nur ein bisschen Spaß mit den Teenagern.«

Cadmus hob eine Augenbraue, die mir verriet, dass er wusste, was Shade wirklich getan hatte, aber dann schüttelte er den Kopf und sagte: »Wie auch immer. Hast du es geschafft, jedes Mitglied der Young Neos und New Heroes hierher zu bringen, plus Nicknacks?«

»Jawohl, Sir«, sagte Shade. Sie deutete auf die anderen, die alle schweigend Cadmus anstarrten, wahrscheinlich weil dies das erste Mal war, dass sie ihn tatsächlich persönlich sahen. »Alle sind anwesend und erfasst.«

»Gute Arbeit«, sagte Cadmus. Dann richtete er seine Aufmerksamkeit auf mich. »Bolt, fühlst du dich fit genug, um mit mir zu kommen? Shade hat mir bereits einen kurzen Bericht über das Geschehene gegeben, aber ich hätte gerne mehr Details über den Angriff, und Shades Bericht zufolge warst du einer der beiden Neohelden, die versuchten, die Rakete zu stoppen, also nehme ich an, du kennst einige Fakten, die Shade nicht kennt.«

»Äh, klar«, sagte ich. »Aber was ist mit meinem Team? Wo werden sie hingehen?«

»Ich werde einen meiner Agenten beauftragen, sie in eine schönere Suite zu bringen«, sagte Cadmus. Er deutete auf den Raum, in dem wir standen. »Dieser spezielle Raum wird normalerweise als Lager genutzt, weshalb er nicht sehr komfortabel ist. Aber sei versichert, dass ich sie an einen viel angenehmeren Ort bringen lasse, während wir uns unterhalten.«

»Du meinst, sie werden nicht bei uns sein?«, fragte ich.

»Nein«, sagte Cadmus. »Da du einer der Zeugen des Angriffs warst, schätze ich deine Meinung mehr als die der anderen. Außerdem werden wir einige wichtige Angelegenheiten besprechen, die deine Freunde nicht wissen müssen.«

»Was für wichtige Angelegenheiten genau?«, fragte ich.

»Das ist alles, was ich im Moment vor deinen Teamkollegen darüber sagen kann«, sagte Cadmus. »Oh, und ich möchte, dass Strike auch mitkommt, obwohl er im Moment ziemlich krank aussieht.«

Ich schaute zu Strike hinüber. Er war inzwischen auf den Boden gerutscht und sah aus, als würde er sich gleich übergeben, aber als Cadmus seinen Namen erwähnte, blickte er auf und sagte: »Nein ... nein, ich kann reden.« Seine Stimme klang schrecklich, als würde er versuchen, durch einen Mund voller Schlamm zu sprechen.

»Gut«, sagte Cadmus, obwohl er nicht völlig von Strikes Gesundheitszustand überzeugt klang. »Shade, bitte bring Bolt und Strike in zehn Minuten zum Kontrollzentrum. In der Zwischenzeit werde ich mich auf das Treffen vorbereiten.«

Damit verließ Cadmus den Raum, was mich darüber nachdenken ließ, worum es bei unserer Besprechung gehen würde und ob Cadmus einen Plan hatte, die Pokacu zu besiegen oder nicht.

Kapitel Sieben

Zehn Minuten später folgten Strike und ich Shade einen langen, gewundenen Korridor entlang, der dem Lagerraum ähnelte, in dem wir angekommen waren, nur dass er mehr Lichter und Türen hatte und viel schmaler war. Strikes Gesicht war nicht mehr grün; anscheinend war seine Übelkeit nur vorübergehend gewesen, obwohl er sich ab und zu den Magen rieb, als wolle er ihn beruhigen.

Was unsere Teams betraf, so wurden sie in einen anderen Teil der »Einrichtung«, wie Shade es genannt hatte, gebracht, wo sie bleiben würden, während Strike und ich mit Cadmus sprachen. Ich fühlte mich ein wenig unwohl dabei, von meinem Team getrennt zu sein, aber Blizzard hatte mir versichert, dass es ihnen gut gehen und sie auf sich selbst aufpassen könnten. Trotzdem rieb ich ab und zu an meinem Ohrhörer, der es mir ermöglichen würde, direkt mit Blizzard zu sprechen, falls wir sofort miteinander reden müssten.

Shade schien sich in diesem Ort völlig wohl zu fühlen und ging, ohne auch nur zurückzublicken, um zu sehen, ob wir ihr folgten. Sie wiegte ihre Hüften ständig hin und her; ich war mir nicht sicher, ob das einfach ihr Gang war oder ob sie das absichtlich machte, aber auf jeden Fall war es schwer zu ignorieren. Doch der Gedanke daran, was Blizzard sagen würde, wenn sie sähe, wie ich auf Shades Hintern starrte, reichte normalerweise aus, um mich zur Besinnung zu bringen. Strike hingegen schien kein Problem damit zu haben, gelegentlich hinzuschauen, trotz seines allgemeinen Misstrauens gegenüber den G-Men.

»Was ist die Einrichtung eigentlich?«, fragte ich Shade, als wir ihr um die Ecke folgten, in der Hoffnung, dass die Fragen mich davon ablenken würden, dorthin zu schauen, wo ich nicht sollte. »Wo befindet sie sich?«

»Du erinnerst dich nicht an diesen Ort?«, sagte Shade und blickte über ihre Schulter zu mir.

»War ich schon mal hier?«, fragte ich überrascht und sah mich im Gang um, ob ich etwas entdecken konnte, das meine Erinnerung anregen würde.

»Nein, Dummerchen«, sagte Shade und schüttelte den Kopf. »Erinnerst du dich an Master Chaos? Das war genau die Einrichtung, in die er eingebrochen ist, um an diese Waffen zu kommen, mit denen er letztes Jahr versucht hat, dich umzubringen.«

Ich verzog das Gesicht bei der Erwähnung des ersten Superschurken, gegen den ich gekämpft hatte, Master Chaos. »Ja, daran erinnere ich mich. Ich wusste aber nicht, dass dies der Ort war, aus dem er diese Roboter und Waffen gestohlen hatte.«

»Na ja, technisch gesehen ist er nicht ›eingebrochen‹«, sagte Shade. »Wir vermuteten, dass er einen Freund im Inneren hatte, der ihm half, an die Waffen zu kommen, aber bis heute haben wir keine Ahnung, wer dieser Freund war oder ist, obwohl wir nach Master Chaos' Tod jeden, der hier arbeitete, gründlich verhört haben.«

»Woher wissen wir, dass du es nicht warst?«, sagte Strike und sah Shade skeptisch an.

»Weil ich nur süßen Typen helfe, ist doch klar«, sagte Shade und wischte Strikes Theorie beiseite, als wäre es das Dümmste, was sie je gehört hatte. »Und Master Chaos war hässlich. Groß und stark, ja, aber hässlich. Und sein richtiger Name war Bernard, was auch nicht sehr sexy ist. Außerdem hat Direktor Smith mich mit seiner Telepathie freigesprochen.«

»Du hast uns immer noch nicht gesagt, wo sich dieser Ort befindet«, sagte ich.

»Das ist streng geheim«, sagte Shade. »Es ist nicht so sicher oder geschützt wie das Compound, aber es ist ziemlich unwahrscheinlich, dass die Pokacu uns hier finden. Also sind wir hier ziemlich sicher, auf jeden Fall viel sicherer als auf Hero Island.«

»Stimmt«, sagte ich. »Ist diese Einrichtung dann Teil von Projekt Neo?«

»Ja«, sagte Shade. »Normalerweise dürfte ich dir nicht einmal so viel sagen, weil ich damit in Schwierigkeiten geraten würde, aber da jeder weiß, dass die Waffen, die Master Chaos gestohlen hat, Teil von Projekt Neo waren, kann ich es kaum leugnen.«

»Projekt Neo ist immer noch aktiv?«, sagte Strike überrascht. »Erschafft ihr wirklich eine Armee von Pokacu/Superhuman-Hybridsoldaten, die der Bundesregierung helfen sollen, die Welt zu übernehmen?«

Shade sah Strike mit einem verständnislosen Gesichtsausdruck an. »Was?«

»Das ist nur eine Verschwörungstheorie von meiner Freundin Dizzy«, sagte Strike. »Sie steht auf... solche Sachen.«

Shade schüttelte nur den Kopf und blickte wieder in die Richtung, in die wir gingen. »Was für eine alberne Idee. Wir züchten tatsächlich eine Armee von Cyborg-Superhumans unter dem direkten Kommando von Präsident Plutarch. Ist doch klar.«

Strike und ich tauschten besorgte Blicke aus. Shade könnte nur mit uns gespielt haben, aber es war schwer zu sagen.

Bevor wir jedoch noch etwas sagen konnten, blieb Shade vor einer Tür stehen, sagte: »Hier sind wir!« und öffnete sie und trat ein, wobei sie uns aufforderte, ihr zu folgen. Strike und ich traten nach ihr ein und kamen in einen anderen Raum, aber dieser unterschied sich von dem letzten Raum, in dem wir gewesen waren.

Zum einen gab es hier Möbel: Ein großer, runder Tisch mit etwa einem Dutzend Drehstühlen drumherum. Ein riesiger, derzeit leerer Monitor stand an der Wand am anderen Ende des Raums, während ein geschlossener Laptop-Computer auf dem Tisch am nächsten Ende zum Monitor stand.

Und wir waren auch nicht die einzigen Personen im Raum. Hinter dem Laptop saß Cadmus Smith selbst, während zu beiden Seiten von ihm zwei Typen saßen, die ich noch nie zuvor gesehen hatte. Aufgrund der G-Men-Aufnäher auf ihren rechten Schultern nahm ich an, dass es sich um G-Men-Agenten handelte.

Der Typ zu Cadmus' Rechten war ein kahlköpfiger Mann mittleren Alters mit einem sehr fein gekämmten Schnurrbart. Der Kerl sah nicht nach viel aus, aber mir fiel auf, dass er einen Bogen über der Schulter trug, sowie einen Köcher voller Pfeile. Er nippte auch an einer Tasse Tee, was ihn vornehm aussehen ließ, obwohl ich aus irgendeinem Grund das Gefühl hatte, dass er rauer war, als er aussah.

Zu Cadmus' Linken saß ein Mann, der nervös und unruhig wirkte. Im Gegensatz zu dem Mann mittleren Alters hatte dieser Mann langes, schwarzes Haar und eine gepiercte Nase. Er zuckte fast zusammen, als wir den Raum betraten, entspannte sich aber, als er Shade sah, wahrscheinlich weil sie wie er selbst ein G-Man war. Aber er betrachtete mich und Strike mit Argwohn und Misstrauen, obwohl wir ihm nichts getan hatten und ihn noch nie zuvor gesehen hatten. Vielleicht lag es daran, dass wir von der NHA und INJ waren, zwei Organisationen, die in der Vergangenheit nicht gerade gut mit den G-Men ausgekommen waren.

Cadmus blickte von seinem Laptop auf, als wir eintraten. »Ah, Bolt, Strike, schön zu sehen, dass ihr pünktlich seid. Bitte nehmt Platz, dann können wir über diesen Pokacu-Angriff sprechen.«

Strike und ich nahmen am Ende des Tisches Platz, während Shade sich schnell um den Tisch herum zu Cadmus bewegte, bis sie hinter ihm stand, wo sie stehen blieb. Cadmus nickte Shade nur zu, als wolle er sagen »Gut gemacht«, bevor er Strike und mich wieder ansah.

»Zunächst einmal«, sagte Cadmus. »Könnt ihr eure Kräfte schon wieder einsetzen?«

Ich schüttelte den Kopf. »Nein. Das kraftraubende Gas beginnt nachzulassen, aber meine Kräfte sind noch nicht vollständig zurück.«

»Bei mir ist es genauso«, sagte Strike. »Aber ich bin sicher, sie werden bald zurückkommen.«

»Ja, das kraftraubende Gas hielt während der ersten Invasion höchstens ein paar Stunden an«, sagte Cadmus. »Es sei denn, die Pokacu haben die Formel für das Gas verbessert, um die entkräftende Wirkung zu verlängern. Ich nehme an, dasselbe wird bald auch für euch und eure Teamkollegen gelten.«

Ich nickte und sah dann kurz zu den beiden namenlosen G-Men hinüber. »Ja, aber, ähm, wer sind diese beiden? Ich glaube nicht, dass ich sie schon mal getroffen habe.«

»Stimmt, das habe ich vergessen«, sagte Cadmus. Er deutete auf den Mann mittleren Alters zu seiner Rechten. »Das ist Mr. Apollo, einer unserer ältesten und besten Mitglieder. Er ist gut darin, Informationen für Missionen zu beschaffen, und einer meiner vertrauenswürdigsten Agenten.«

»Schön, Sie kennenzulernen«, sagte Mr. Apollo, der mit einem sehr gepflegten Akzent sprach. »Bolt, nicht wahr? Ja, ich erinnere mich, Ihren Vater, Genius, getroffen zu haben, als er noch am Leben war. Ich habe seine Intelligenz immer respektiert, auch wenn er mich nie besonders mochte.«

»Und was ist mit mir?«, sagte Strike. »Haben Sie mir etwas zu sagen?«

»Nein«, sagte Mr. Apollo brüsk.

Strike sah niedergeschlagen aus, als Mr. Apollo das sagte, aber Cadmus schien es nicht zu bemerken oder es kümmerte ihn nicht. Er deutete einfach auf den Mann, der zu seiner Linken saß und immer noch so nervös und unruhig aussah wie zuvor.

»Und das ist Agent Wind«, sagte Cadmus. »Er ist ein weiterer meiner vertrauenswürdigen Agenten, der euch sicher auch helfen kann.«

»Hi«, sagte ich. »Was für Kräfte hast du?«

»Mein Geheimnis«, sagte Wind. Er hatte eine etwas heisere Stimme, als wäre er ein ehemaliger Raucher oder so. »Es ist sowieso nichts, worüber es sich zu reden lohnt. Nichts Besonderes.«

Ich wollte gerade etwas darüber sagen, wie unhöflich das war, als ich Shades Blick auffing und mich an etwas erinnerte, das sie mir vor einer Weile erzählt hatte, als wir uns zum ersten Mal trafen, nämlich dass man seine Kräfte vor potenziellen Feinden geheim halten sollte. Dass weder Mr. Apollo noch Wind uns etwas über ihre Kräfte gesagt hatten, bedeutete, dass sie uns entweder als potenzielle Feinde betrachteten oder einfach so verschwiegen waren wie Cadmus und der Rest der G-Men. In jedem Fall mochte ich es nicht, weil es mir unmöglich machte zu bestimmen, ob ich sie in einem Kampf besiegen könnte.

»Wind ist unser hauseigener Spion«, sagte Cadmus. »Nicht ganz so gut wie Mimic es war, aber er weiß, wie man in fast jede Art von Gebäude hinein- und wieder herauskommt, ohne gesehen zu werden.«

»Warum hast du also diese beiden hergeholt?«, fragte ich.

»Weil beide in der ersten Pokacu-Invasion gekämpft haben«, sagte Cadmus. »Sie haben also Erfahrung im Kampf gegen diese Außerirdischen und können uns einige Einblicke in diese Angelegenheit geben.«

Mr. Apollo seufzte und rieb sich die Stirn. »Leider. Beim letzten Mal, als sie angriffen, verbrachte ich eine Woche im Krankenhaus. Und fangen Sie gar nicht erst mit diesem elenden kraftraubenden Gas an; es nahm mir nicht nur meine Kräfte, sondern roch auch noch furchtbar.«

»In der Tat«, sagte Cadmus. »Aber dieses Mal sind wir darauf vorbereitet.«

»Darauf vorbereitet?«, fragte ich. »Was meinst du damit?«

»Das wirst du schon bald sehen«, sagte Cadmus. »Jedenfalls, erzählt mir alles, was auf Hero Island passiert ist, angefangen mit dem Angriff der Pokacu. Lasst nichts aus.«

Ich nickte und erzählte Cadmus und den anderen G-Men-Agenten die ganze Geschichte, beginnend mit dem Auftauchen der Rakete am Himmel bis zu unserem Kampf mit der Gliedmaßen-Drohne. Während ich sprach, fragte ich mich, warum Cadmus nicht einfach meine Gedanken las und alles auf diese Weise herausfand, aber vielleicht wollte er, dass ich es ihm mündlich erzählte, damit Shade, Mr. Apollo und Wind es auch hören konnten.

Als ich fertig war, lehnte sich Cadmus in seinem Stuhl zurück und begann, sich das Kinn zu reiben, mit einem besorgten Gesichtsausdruck.

»Wie viele Neohelden waren bei der Eröffnungszeremonie anwesend?«, fragte Cadmus, aber ich bemerkte, dass er mich nicht ansah; vielmehr hatte er die Frage aus irgendeinem Grund an Shade gerichtet.

»Fünfhundertzehn nach meiner Zählung«, sagte Shade. »Die Hälfte von der NHA, die andere Hälfte von der INJ.«

»Das sind also fünfhundert der mächtigsten und erfahrensten Übermenschen nicht nur in Amerika, sondern in der ganzen Welt, die sich jetzt im Besitz der Pokacu befinden«, sagte Cadmus. »Ich schätze, die Pokacu haben aus ihren Fehlern vom letzten Mal gelernt.«

»Wir müssen sie retten«, sagte ich und lehnte mich vor. »Ich denke, wenn wir jetzt zurückgehen—«

»Würden wir nur getötet werden«, sagte Mr. Apollo. Er schauderte. »Oder schlimmer, ein Gefangener der Pokacu werden.«

»Aber unsere Superheldenkollegen sind dort«, sagte Strike. »Die Pokacu könnten sie jederzeit töten, wenn sie es nicht schon getan haben.«

»Nein, ich bezweifle, dass sie versuchen werden, Omega Man und die anderen zu töten«, sagte Cadmus.

»Was?«, fragte ich. »Warum sollten sie das nicht tun? Haben sie nicht während der ersten Invasion eine Menge Übermenschen getötet?«

»Stimmt, aber sie haben auch genauso viele gefangen genommen und ihnen alle möglichen schrecklichen Dinge angetan«, sagte Cadmus. »Außerdem hätten sie, wenn sie alle hätten töten wollen, einfach eine echte Bombe auf Hero Island abgeworfen und nicht eine Rakete voller entkräftendem Gas.«

»Oh«, sagte ich und lehnte mich zurück. »Guter Punkt. Aber wenn sie sie nicht töten wollen, was machen sie dann mit ihnen?«

»Das weiß ich nicht«, sagte Cadmus. »Nicknacks könnte uns da vielleicht helfen, aber da er gerade bewusstlos ist, während unsere Chirurgen an seinen Beinen arbeiten, bezweifle ich, dass wir ihn in nächster Zeit fragen können.«

»Ich verstehe einfach nicht, wie sie das herausgefunden haben«, sagte Wind. Er schüttelte den Kopf. »Die Pokacu wussten irgendwie von Hero Island und dass sich dort heute viele Helden versammeln würden. Woher hatten sie diese Information?«

Ich spürte, wie mein Nacken vor Verlegenheit zu glühen begann. »Nun ... da war dieser Pokacu namens Graleex, dem ich vor ein paar Monaten unter Wasser begegnet bin. Erinnerst du dich an ihn, Cadmus?«

»Ich erinnere mich, dass Mimic einen Bericht über deine Begegnung mit einem Überlebenden der ursprünglichen Invasion gegeben hat, ja«, sagte Cadmus. »Was ist damit?«

»Nun, dieser Typ ist in den Weltraum entkommen, nachdem er einige meiner Erinnerungen in den Computer seines Schiffes kopiert hatte«, sagte ich. »Und da ich Graleex vor nicht einmal einer Stunde gesehen habe, denke ich, dass er seinem Volk die Fakten, die er aus meiner Erinnerung gelernt hat, weitergegeben haben muss, um diese Invasion erfolgreicher zu machen als die letzte.«

»Das bedeutet also, mein Junge, dass dieses ganze Schlamassel zumindest teilweise *deine* Schuld ist?«, fragte Mr. Apollo.

Mein Nacken wurde jetzt zu heiß, aber ich nickte und sagte: »Ja. Aber ich dachte nicht ... ich meine, ich dachte nicht, dass das passieren würde. Ich wusste nicht einmal, dass er zurückkehren würde. Ich dachte, er würde einfach irgendwo mitten im Weltraum sterben oder in ein schwarzes Loch gesaugt werden oder so.«

»Moment, du meinst, der ganze Grund, warum die NHA und die INJ gelähmt wurden, ist wegen etwas, das *du* getan hast?«, sagte Strike.

»Ich meinte es nicht so«, sagte ich und hob beschwichtigend die Hände, um Strikes Wut zu besänftigen. »Wie gesagt, ich hatte keine Ahnung, dass Graleex überhaupt zurückkehren würde.«

»Also ist das wirklich alles deine Schuld«, sagte Strike. Seine Hände ballten sich zu Fäusten. »Wenn du diesen Alien nicht deine Erinnerungen hättest kopieren lassen, dann wären der Midnight Menace und die anderen jetzt vielleicht nicht in den Fängen eines Haufens mörderischer Außerirdischer.«

Strike klang wütender, als ich ihn je zuvor gehört hatte. Das einzige andere Mal, dass ich ihn so wütend gesehen hatte, war damals, als ich die Cavern besuchte und er mich allein in den untersten Ebenen des Ortes herumirrend fand. Damals funktionierten seine Kräfte natürlich noch, aber selbst ohne seine Kräfte gelang es Strike immer noch, sehr einschüchternd zu wirken.

»Was soll ich denn machen?«, sagte ich. »Ich habe doch schon gesagt, dass ich nichts Böses im Sinn hatte. Reicht dir das nicht?«

Strike sah aus, als wollte er sagen, dass nein, das nicht reichte, aber Cadmus hob die Hand und sagte: »Jungs, hört auf zu streiten. Was in der Vergangenheit geschehen ist, ist vorbei. Was jetzt zählt, ist die Rettung der NHA und der INJ und die Niederlage der Pokacu, bevor sie sich über den Planeten ausbreiten können.«

Strike wandte den Blick von mir ab, obwohl ich sehen konnte, dass er immer noch verärgert war. »Du hast recht. Der wahre Feind hier sind die Pokacu.«

Trotz dem, was Strike sagte, war es offensichtlich, dass er mir nicht ganz verziehen hatte. Das ärgerte mich, denn ich sah nicht, was ich dagegen tun sollte. Es war nicht einmal wirklich meine Schuld, wenn man darüber nachdachte, denn ich konnte nicht kontrollieren, was Graleex und die Pokacu mit den Informationen machten, die sie aus meinem Kopf gezogen hatten.

»Genau«, sagte Cadmus. »Und wir haben Glück, denn im Moment bleiben die Pokacu bisher nur an einem leicht zu findenden Ort. Wenn wir schnell handeln-«

Cadmus hörte auf zu sprechen, nicht weil einer von uns etwas gesagt hatte, sondern weil er anscheinend etwas zuhörte. Er hob die Hand an sein Ohr, und da bemerkte ich, dass er sein eigenes Earcom hatte, obwohl es schwer zu sagen war, ob es wie meines aussah oder nicht.

Nicht dass es wirklich wichtig war, denn Cadmus bellte plötzlich Shade an: »Shade, schalte den Monitor ein. Ich erhalte einen Bericht von Iron Horn, dass im Fernsehen etwas Seltsames zu sehen ist.«

Ohne ein Wort nahm Shade eine Fernbedienung und drückte einen Knopf, der sofort den TV-Monitor einschaltete, der einen dieser großen 24/7-Nachrichtensender zeigte, die gerade etwas Empörendes diskutierten, das Präsident Plutarch angeblich kürzlich gesagt hatte. Es sah zunächst ganz normal aus, bis der Bildschirm anfing, ein- und auszublenden, schnell zwischen den beiden sprechenden Köpfen und einem anderen Bild hin und her zu blinken, aber es blinkte zu schnell, als dass ich das andere Bild hätte erkennen können, bis es plötzlich aufhörte zu blinken.

Jetzt sahen wir nicht mehr zwei sprechende Köpfe; stattdessen blickten wir direkt in das Gesicht eines Pokacu-Soldaten. Und es war nicht irgendein Pokacu; es war Graleex, sein hässliches blaues Gesicht zu einer brutalen Grimasse verzogen.

»Was ist das?«, sagte Cadmus und starrte ungläubig auf den Monitor. »Wie macht er das?«

»Es scheint, dass die Pokacu in unsere Netzwerksatelliten eingedrungen sind und eine Nachricht an die ganze Welt senden«, sagte Valerie, deren Stimme plötzlich in meinem Earcom knisterte. »Zumindest denke ich das.«

Bevor ich sie fragen konnte, wie das überhaupt möglich war, sprach Graleex mit hoher, triumphierender Stimme: »Menschen der Erde, ich bin Kommandant Graleex, Befehlshaber der Pokacu-Armee. Vor etwa einer Erdstunde haben meine Streitkräfte eure Welt erneut invadiert, mit der Absicht, dort weiterzumachen, wo wir vor fünfzehn eurer Erdjahre aufgehört haben. Wir haben eure Satelliten gehackt und senden diese Botschaft an jeden Bildschirm und Monitor auf dem Planeten, damit jeder einzelne von euch erbärmlichen Menschen weiß, wie verdammt eure Welt ist.«

»Sieht aus, als hätte ich Recht gehabt«, sagte Valerie in mein Ohr und klang dabei ziemlich selbstzufrieden.

»Vor ungefähr einer Erdstunde haben meine Streitkräfte die Insel angegriffen und eingenommen, die ihr Menschen Heldeninsel nennt«, fuhr Graleex fort. »Dort haben wir alle mächtigsten Verteidiger eures Planeten mit einem Schlag besiegt; das heißt, die beiden Organisationen, die als Neohelden-Allianz und Unabhängige Neohelden für Gerechtigkeit bekannt sind. Wir haben viele ihrer Mitglieder als Geiseln genommen, einschließlich der Führung beider Organisationen. Euer Planet ist jetzt völlig schutzlos gegen unsere Macht.«

Ich fand es irgendwie schwer zu glauben, dass unser Planet völlig schutzlos war; andererseits, angesichts der Macht und Fortschrittlichkeit der Pokacu-Technologie, hatte Graleex vielleicht recht. Es half nicht gerade, dass Cadmus und die anderen G-Men ziemlich grimmig dreinschauten, als Graleex das sagte, obwohl ich hoffte, dass das keine Bestätigung dessen war, was er gerade gesagt hatte.

»Einige von euch Menschen mögen meinen Behauptungen skeptisch gegenüberstehen, besonders da sich das Wissen über diese neue Invasion noch nicht weit verbreitet hat«, sagte Graleex. »Lasst mich euch den Beweis für meine Behauptungen zeigen, damit ihr vor Angst zittert.«

Graleex' Bild wurde durch ein weitaus grimmigeres ersetzt: Es war der Bereich der Enthüllungszeremonie auf der Heldeninsel, aber er sah jetzt viel schlimmer aus. Hunderte von Neohelden beider Organisationen knieten, ihre Arme in seltsamen Ketten gefesselt, die wie eine Mischung aus Metall und Ranken aussahen, während der niedrige gelbe Dunst des kraftlosen Gases über ihnen allen schwebte. Pokacu-Soldaten gingen zwischen ihnen umher oder standen da, wie Gefängniswärter, die sicherstellen, dass keine Gefangenen zu fliehen versuchen. Ich sah Mecha Knight nirgendwo unter ihnen, aber angesichts der hohen Wahrscheinlichkeit, dass Mecha Knight bei dieser Explosion in Stücke gesprengt worden war, machte mich das nicht gerade glücklicher.

Dann hob sich die Kamera, bis sie auf die Gerechtigkeitsstatue gerichtet war; oder besser gesagt, auf das, was davon übrig war. Die Explosion, die wir unter der Statue gehört hatten, musste tatsächlich eine Bombe gewesen sein, denn jetzt lag die Hälfte der Statue am Boden, während die andere Hälfte noch aufrecht stand, wenn auch leicht rauchend.

Und an der Statue hängend, den Kopf gesenkt und sein Kostüm und Umhang an mehreren Stellen zerrissen, war Omega Man. Er sah aus, als wäre er gekreuzigt worden, aber als die Kamera heranzoomte, zeigte sich, dass er einfach an den Armen mit Ketten von den Überresten der Statue hing. Trotzdem sah er unglaublich schwach aus und war so reglos, dass ich gedacht hätte, er wäre tot, wenn ich nicht gesehen hätte, wie sich seine Brust mit jedem Atemzug hob und senkte.

»Seht her«, sagte Graleex, seine Stimme irgendwo außerhalb des Bildschirms. »Eure Helden und Verteidiger, alle machtlos und besiegt. Und euer größter Held von allen - der, den ihr Omega Man nennt - so schwach und erbärmlich wie ein Säugling.«

Plötzlich erschien Graleex' hässliche Visage wieder, immer noch triumphierend grinsend. »Wir sind uns eurer menschlichen Technologie und der Art von Waffen, die ihr habt, bewusst, aber wir wissen auch, dass eure menschlichen Waffen niemals unserer Macht ebenbürtig sein werden. Unsere Technologie erlaubt es uns, überall und jederzeit zu sein, jede menschliche Waffe, die wir für angemessen halten, zu deaktivieren und zu zerstören. Ohne eure Verteidiger seid ihr wie Kinder, die so tun als ob, Kinder, die wir wie Schafe abschlachten werden.«

Neben mir spannte sich Strike an, als wolle er aufspringen und Graleex' selbstgefälliges Gesicht schlagen. Ich verstand dieses Gefühl nur zu gut, aber da Graleex nur ein Kopf auf einem Bildschirm war und nicht tatsächlich hier in Fleisch und Blut, konnten wir nur dasitzen und zuhören.

»Aber wir sind nicht gnadenlos, wie einige von euch Menschen vielleicht annehmen«, sagte Graleex. »Obwohl wir diese mickrige Welt leicht mit schieren Zahlen überrennen und jedes Lebewesen auf ihrer Oberfläche auslöschen könnten, geben wir euch Menschen eine Chance, friedlich zu kapitulieren. Ihr habt achtundvierzig Erdstunden Zeit, der

Kapitulation zuzustimmen; wenn ihr das tut, werden wir eure Städte und eure Welt verschonen. Aber wenn nicht ...«

Der Bildschirm wechselte erneut. Diesmal zeigte er eine Luftaufnahme von San Francisco, das heute unheilvoll friedlich aussah. Ich sah zu Strike, der aus Kalifornien stammte, aber er schaute mich nicht an. Seine Augen waren auf den Bildschirm fixiert und er murmelte die Worte: »Nein ... bitte nicht ...«

Ich wusste nicht, worüber er sich Sorgen machte, bis plötzlich eines der massiven walartigen Schiffe von der ersten Invasion direkt über der Stadt erschien. Da die Aufnahme herausgezoomt war, war es unmöglich zu sagen, wie die Reaktion der Menschen war, aber ich konnte mir vorstellen, dass sie zum Himmel zeigten und sich fragten, was dieses Schiff war.

Dann fiel plötzlich etwas von unter dem Schiff. Es sah ein bisschen aus wie die Rakete, die die Heldeninsel getroffen hatte, nur kleiner. Sie fiel schnell in Richtung San Francisco, zu schnell, als dass ich ihr hätte folgen können.

Sie verschwand zwischen ein paar hohen Gebäuden, und sobald sie das tat, brach eine massive Explosion - viel größer als jede Explosion, die ich je in meinem Leben gesehen hatte - von innen heraus. Riesige Flammen breiteten sich überall aus, zerstörten ganze Gebäude und Wolkenkratzer in ihrem Kielwasser, warfen alle Gebäude um, die sie nicht verbrennen konnten. All das in völliger Stille, vielleicht weil das Video keinen Ton hatte oder von den Pokacu stumm geschaltet worden war.

Plötzlich wechselte das Bild wieder, zurück zu Graleex' Gesicht. Nur war sein Gesicht diesmal viel größer und näher, was viel mehr Details zeigte, als wir brauchten, als ob die Kamera an ihn herangezoomt wäre.

»Was mit dieser Stadt geschehen ist, wird mit jeder größeren Stadt der Welt geschehen, wenn die Anführer eurer Welt sich nicht sofort den Pokacu ergeben«, sagte Graleex. »Und glaubt mir, diese Bombe war eine unserer schwächeren. Wir haben Bomben in unserem Arsenal, die so mächtig sind, dass sie eure Atomwaffen wie Feuerwerkskörper aussehen lassen. Und wir haben keine Angst davor, sie einzusetzen.«

Ein Timer, der 48 Stunden anzeigte, erschien plötzlich am unteren Rand des Bildschirms, als Graleex sagte: »Eure achtundvierzig Stunden beginnen jetzt. Wenn ihr euch bis dahin weigert zu kapitulieren oder während dieser Zeit irgendwelche Angriffe gegen unsere Soldaten oder Waffen unternehmt, werden wir jedes Lebewesen auf diesem Planeten gnadenlos vernichten.«

Damit verschwand Graleex' Bild vom Bildschirm, ersetzt durch die Nachrichtentalkshow von vorher, nur dass die Sprecher jetzt hektisch über die Zerstörung von San Francisco und Graleex' düstere Botschaft diskutierten.

Kapitel Acht

Sobald die Videonachricht endete, stand Cadmus sofort auf und sagte: »Mr. Apollo, Wind, folgt mir. Präsident Plutarch wird zweifellos eine Konferenz einberufen, um dies mit uns zu besprechen. Shade, bring Strike und Bolt zu ihren Teams zurück.«

»Was?«, sagte ich und sah Cadmus alarmiert an. »Warum? Was werden wir tun? Gehen wir ihnen nach oder-«

»Hör auf, sinnlose Fragen zu stellen«, fuhr Cadmus mich an. »Die Zeit drängt, also haben wir keine Zeit zu verschwenden, um euch beiden alles zu erklären.«

Cadmus ging sofort um den Tisch herum, Mr. Apollo und Wind folgten ihm hastig. Die drei waren im Nu verschwunden, aber wir blieben auch nicht lange hier. Shade - die viel ernster aussah als normalerweise - scheuchte mich und Strike aus dem Besprechungsraum und brachte uns zu der Suite, in der unsere Teams waren, die sich zufällig nur ein paar Gänge vom Besprechungsraum entfernt befand.

Die Suite war schön, aber nicht so schön wie unsere Zimmer im Haus. Es gab einen großen Tisch, wahrscheinlich für Mahlzeiten, sowie einen Fernseher an der Wand, der die gleichen Kommentatoren aus dem Besprechungsraum zeigte, die immer noch die Nachricht und die möglichen Reaktionen von Präsident Plutarch und den übrigen Weltführern auf diese tragische und plötzliche Entwicklung diskutierten. Unsere Teams saßen auf oder standen in der Nähe der Sofas, die um den Fernseher herum aufgestellt waren, ihre Augen waren auf den Bildschirm fixiert, als könnten sie nicht glauben, was sie gerade gesehen hatten.

Aber sobald Strike und ich eintraten, richtete sich ihre Aufmerksamkeit auf uns. Alle unsere Teamkollegen sahen unglaublich verloren, verwirrt und sogar verängstigt aus, was genau dem entsprach, wie ich mich gerade fühlte.

»Bolt? Strike?«, sagte Blizzard. Sie erhob sich vom Sofa, wo sie neben Stinger und Dizzy gesessen hatte, Sorge in ihren wunderschönen dunklen Augen. »Habt ihr gesehen, was passiert ist? San Francisco ...«

Ich nickte. »Haben wir. Wir haben die ganze Nachricht gesehen. Stimmt's, Strike?«

Strike schien mich jedoch nicht zu hören. Er ging einfach zum Sofa, wo seine Teamkollegen saßen, und setzte sich neben Dizzy. Da bemerkte ich, dass Dizzy ihren Helm abgenommen hatte, was mir erlaubte zu sehen, dass sie lange schwarze Haare hatte, aber ich konnte ihr Gesicht nicht sehen, weil sie in ihre Hände schluchzte. Strike legte einen Arm um ihre Schultern und sprach sanft mit ihr, während Slime und die Blitz-Drillinge in der Nähe standen oder saßen, vielleicht um Dizzy moralische Unterstützung zu geben.

»Was ist los mit Dizzy?«, flüsterte ich Blizzard zu, die zu mir gekommen war.

»Ihre Eltern«, flüsterte Blizzard zurück. »Anscheinend leben sie in San Francisco. Oder ... lebten, jedenfalls.«

Ich blickte entsetzt zu Dizzy und dann wieder zu Blizzard. »Sind sie tot?«

»Sie weiß es nicht«, sagte Blizzard. »Sie hat versucht, sie zu kontaktieren, aber niemand ging ans Telefon. Und die Stelle, wo diese Bombe einschlug ... sie sagte, das war die Gegend, in der ihre Eltern wohnten.«

Ich konnte mir nicht einmal vorstellen, welchen Schmerz Dizzy gerade durchmachte. Ich meine, ich hatte zwar meinen Dad verloren, aber ich hatte ihn wenigstens gesehen, als er starb, und konnte noch ein paar letzte Worte mit ihm wechseln, aber Dizzy war offenbar nicht das gleiche Privileg mit ihren Eltern gewährt worden. Ich wünschte, ich könnte etwas sagen, um ihr zu helfen, aber ich kannte Dizzy nicht gut genug, um zu wissen, was ich sagen sollte. Zumindest hatte sie ihre Teamkollegen, um sie zu trösten; sonst hätte ich nicht gewusst, was ich tun sollte.

»Was werden wir jetzt tun?«, sagte Treehugger. Sie umarmte eines der Sofakissen und sah ängstlich von mir zum Fernseher. »Hat Cadmus Smith etwas gesagt?«

»Ich weiß es nicht«, sagte ich. »Cadmus hat mir und Strike nur gesagt, wir sollen hier bei euch bleiben. Er wollte den Präsidenten anrufen und das mit ihm besprechen, aber-«

»Du meinst Präsident Plutarch?«, sagte Stinger mit einem Schnauben. »Der Typ ist verrückt.«

»Aber er ist nun mal der Präsident, ob es uns gefällt oder nicht«, sagte Shell. Er deutete auf den Fernseher. »Sie sagen, er wird in ein paar Minuten eine Ansprache an die Nation zu diesem Thema halten.«

»Wen kümmert's?«, sagte Talon. Sie packte ihr perfekt gestyltes Haar und zog es in Qualen herunter. »In achtundvierzig Stunden werden wir wahrscheinlich alle tot sein. Und es wird keine Rolle spielen, ob wir uns ergeben oder nicht; diese Monster werden uns so oder so vernichten. Da bin ich mir sicher.«

»Hast du Omega Man gesehen?«, fragte Treehugger. Sie schauderte. »Er sah furchtbar aus, so schlimm habe ich ihn noch nie gesehen. Er könnte genauso gut tot sein.«

»Immerhin wissen wir, dass Omega Man noch am Leben ist«, sagte ich. Ich schlug vor Frustration meine Faust in die andere Hand. »Wir wissen immer noch nicht, ob Mecha Knight lebt oder nicht.«

Genau in diesem Moment piepte plötzlich meine Anzug-Uhr. In der Hoffnung, es sei Mecha Knight, schaute ich nach unten und sah die Nummer von Malcolm Rayner, meinem Freund aus Silvers, Texas.

»Wer ist es?«, fragte Blizzard und beugte sich vor, um einen Blick auf meine Uhr zu werfen. »Mecha Knight?«

»Nein«, sagte ich kopfschüttelnd. »Nur ein Freund. Wartet kurz. Ich nehme den Anruf draußen an.«

Ich verließ den Raum und trat in den Flur, schloss die Tür hinter mir, bevor ich auf den Bildschirm tippte und sagte: »Hey, Mal, was-«

»Kevin!«, schrie Malcolm, seine Stimme so laut, dass ich tatsächlich zusammenzuckte, besonders als der Lautsprecher meiner Uhr knackte. »Lebst du noch? Haben dich die Pokacu?«

»Mir geht's gut«, sagte ich und rieb mir die Ohren. »Ich verstecke mich gerade mit dem Rest meines Teams, aber bin noch am Leben und munter.«

»Oh, gut«, sagte Malcolm mit einem Seufzer. »Ich habe gerade diese Nachricht von diesem Pokacu-Typen gesehen und dachte, er hätte dich auch erwischt, aber ich habe dich nicht in den Aufnahmen der gefangenen Helden gesehen, also-«

»Es ist okay«, sagte ich. »Beruhige dich, ja? Ich konnte von Hero Island entkommen, wenn auch nur knapp. Es besteht kein Grund zur Panik.«

»Das hat James auch gesagt«, meinte Malcolm und bezog sich dabei auf seinen älteren Bruder, der ein G-Man namens Renaissance war. »Er hat uns angerufen, nachdem die Nachricht überbracht wurde, und uns gesagt, wir sollen uns keine Sorgen um ihn machen, da er noch im Compound ist, das noch nicht angegriffen wurde. Aber Mann, diese Bombe, die auf San Francisco geworfen wurde ... das ist sogar schlimmer als der elfte September, wenn du mich fragst.«

»Ja«, sagte ich. »Ich weiß.«

»Und nur achtundvierzig Stunden?«, fragte Malcolm. »Diese Typen nehmen keine-«

Malcolm wurde plötzlich von einem weiteren Piepen meiner Uhr unterbrochen, was mich dazu brachte, auf die Benachrichtigung zu schauen und zu sehen, dass Mom versuchte, mich anzurufen.

»Warte kurz, Mal«, sagte ich. »Meine Mom ist in der anderen Leitung. Lass mich kurz mit ihr sprechen und ich bin gleich wieder bei dir.«

Ich schaltete auf Moms Leitung um, bevor Mal antworten konnte, aber dann sagte Mom: »Kevin, geht es dir gut? Ich habe-«

»Das Video von Graleex gesehen«, beendete ich den Satz für sie. »Ja, ich auch, und ja, meinen Freunden und mir geht es gut. Wir sind in einer G-Men-Einrichtung weit weg von Hero Island, also sind wir vor ihnen sicher.«

»Oh, Gott sei Dank«, sagte Mom. »Ich dachte, du und deine Freunde ... na ja, ich konnte den Gedanken nicht ertragen, dich zusätzlich zu-«

Dieses Mal wurde Mom von einem weiteren Piepen unterbrochen. Wieder überprüfte ich, wer anrief, und war schockiert zu sehen, dass es Tara Reynolds war, eine andere nicht-superhumane Freundin von mir aus Texas.

»Mom, Tara ist in der anderen Leitung, lass mich ihr kurz Hallo sagen, okay?«, sagte ich, bevor ich zu Tara umschaltete, ohne dass Mom reagieren konnte. »Hi, Tara, ich-«

»Kevin, was ist passiert?«, kam Taras genervte, aber besorgte Stimme über die Uhr. »Was war das für ein Ding im Fernsehen? Es sah grässlich aus. Und es wird die Welt in achtundvierzig Stunden zerstören? Bist du in seiner Gefangenschaft oder so?«

»Nein, mir geht's gut«, sagte ich. »Aber danke, dass du anrufst, um nach mir zu sehen. Kannst du mich später zurückrufen? Ich habe mindestens zwei andere Leute in der Leitung und nicht viel Zeit zum Reden gerade.«

»Okay, aber was wirst du wegen diesem Alien unternehmen?«, fragte Tara. Sie klang unglaublich besorgt. »Wird er wirklich in achtundvierzig Stunden die Welt zerstören?«

»Ich weiß es nicht«, sagte ich. »Aber ich rufe dich später wieder an, okay?«

»In Ordnung«, sagte Tara. »Aber pass auf dich auf, ja?«

»Werde ich«, sagte ich.

Ich beendete meinen Anruf mit Tara und ging zurück zu Mom und sagte: »Mom, bist du noch da?«

»Ja, bin ich, Kevin«, sagte Mom. »Was macht Graleex wieder auf der Erde? Ich dachte, er wäre im Weltraum.«

»Er muss irgendwie zurück zur Heimatwelt der Pokacu gelangt und Verstärkung geholt haben«, sagte ich. »Ich weiß es nicht. Wo bist du?«

»Ich bin in unserem Haus in Silvers«, sagte Mom. »Ich sehe nirgendwo Pokacu-Raumschiffe oder Soldaten, aber ich fürchte, sie könnten versuchen, Austin oder Houston oder sogar Dallas zu bombardieren. Sie sagten ja, sie würden mehrere Großstädte angreifen.«

»Ja, ich weiß, aber mit etwas Glück werden wir sie aufhalten, bevor sie jemand anderen verletzen oder eine andere Stadt in die Luft jagen können«, sagte ich.

»'Wir'? Kevin, willst du gegen diese Dinger kämpfen?«, fragte Mom ängstlich. »Sie haben all die anderen Superhelden besiegt. Bist du sicher, dass du das kannst?«

»Ja«, sagte ich. »Ich muss. Ich und mein Team. Ich muss Omega Man und die anderen retten. Wir sind die Einzigen, die es können.«

»Was ist aber mit diesem Kraftlosigkeitsgas?«, fragte Mom. »Ich habe dieses gelbe Gas in der Luft gesehen und es sah aus wie das Zeug, das Graleex uns gegeben hatte, bevor er ging.«

»Wir werden auch das herausfinden«, sagte ich. »Bleib einfach, wo du bist, okay? Vielleicht fragst du bei den Nachbarn nach und stellst sicher, dass du weißt, wo alle sind. Wir werden diese Situation bald geklärt haben, mach dir keine Sorgen.«

»Ich hoffe es«, sagte Mom. »Aber ich bin ein wenig überrascht, dass Graleex das tut. Ich dachte, er hätte vielleicht irgendwo in seiner Seele etwas Gutes, da er uns dieses Kraftlosigkeitsgas gegeben hatte, das uns half, Robert zu besiegen, aber ich schätze, es hat wirklich nichts bedeutet, oder?«

Ich nickte. »Nein, hat es nicht. Jedenfalls, Mom, ich rufe dich später an. Malcolm ist in der anderen Leitung und hat lange genug gewartet.«

»Okay«, sagte Mama. »Bleib einfach in Sicherheit, ja? Lass dich nicht umbringen.«

»Natürlich«, sagte ich. »Du bleibst auch in Sicherheit. Ich rufe dich später wieder an. Tschüss.«

Ich beendete das Gespräch mit Mama und schaltete zu Malcolm um. Und bevor ich etwas sagen konnte, rief Malcolm: »Kevin! Bist du noch da?«

»Ja, ich bin noch hier«, sagte ich. »Ich hatte nur gerade eine Menge anderer Anrufe gleichzeitig.«

»Gut zu hören, aber verdammt, diese Pokacu sind gruselig«, sagte Malcolm. »Wie wollt ihr die besiegen?«

»Ich weiß es noch nicht«, sagte ich. Ich ballte meine Hand zur Faust. »Ich wurde von diesem Kraftlos-Gas getroffen, also kann ich meine Kräfte nicht einsetzen. Sie kommen zurück, aber bisher ziemlich langsam, und ich weiß nicht, ob sie rechtzeitig zurückkommen, damit ich sie im Kampf gegen die Pokacu einsetzen kann.«

»Ich hoffe, sie tun es«, sagte Malcolm. »Aber verdammt, ich habe Flashbacks zu Robert. Nur noch schlimmer, denn Robert hat wenigstens nicht einfach so eine ganze Stadt in die Luft gejagt.«

»Das würde er wahrscheinlich, wenn er noch am Leben wäre«, sagte ich. »Aber ja, du hast Recht. Das ist extrem ernst.«

»Viel zu ernst für mich, Mann«, sagte Malcolm. »Ich bin den ganzen Tag auf Neo Ranks und da gibt es all diese wilden Spekulationen darüber, was passieren wird und was los ist, aber niemand weiß irgendetwas sicher.«

»Du solltest dich wahrscheinlich vorerst von Neo Ranks fernhalten«, sagte ich. »Die Situation ist schon stressig genug. Es gibt keinen Grund, sich durch falsche Gerüchte noch mehr Sorgen zu machen.«

»Ja, ich weiß, aber trotzdem«, sagte Malcolm. »Ich war, wie, gerade erst ein Kind, als die erste Invasion passierte. Ich kann mich nicht mal erinnern, ob die erste Invasion so angespannt war oder nicht.«

»Geht mir genauso«, sagte ich. »Jedenfalls muss ich jetzt bei meinem Team sein. Du und deine Familie, bleibt in Sicherheit, okay? Und ruf mich an, falls irgendetwas passiert oder ihr angegriffen werdet.«

»Okay«, sagte Malcolm. »Aber pass du auch auf dich auf, Kumpel. Und versuch nebenbei die Welt zu retten.«

Ich konnte nicht anders, als zu grinsen, als Malcolm das sagte. »Klar doch, Kumpel. Tschüss.«

Ich beendete mein Gespräch mit Malcolm und drehte mich um, um wieder den Raum zu betreten, als jemand sagte: »Muss schön sein, so viele Leute zu haben, denen man so wichtig ist.«

Ich hielt inne, als ich die Stimme hörte, und schaute über meine Schulter, um Shade zu sehen, die an der gegenüberliegenden Wand lehnte. Ich hatte sie vorher nicht bemerkt; tatsächlich war ich mir ziemlich sicher, dass vor wenigen Augenblicken niemand außer mir im Flur gewesen war. Vielleicht hatte sie sich in den Schatten versteckt oder so; wenn ja, fand ich das unheimlich und fragte mich, wie lange sie schon zugehört hatte.

Aber ich zeigte keine Überraschung. Ich sagte nur: »Hast du keine Familie oder Freunde, die sich um dich sorgen?«

Shade schüttelte nur den Kopf. »Nein. Meine Eltern starben, bevor ich geboren wurde, und ich war mein ganzes Leben lang Waise. Die G-Men sind praktisch die einzige Familie, die ich je hatte.«

»Hm«, sagte ich. »Das wusste ich nicht.«

»Es gibt vieles, was du nicht über mich weißt«, sagte Shade mit ungewöhnlich ernster Stimme. Dann hellte sich ihr Ton auf. »Aber egal, es ist gut, dass du Familie und Freunde hast, die sich um dich sorgen. Gibt dir etwas, wofür du kämpfen kannst, oder?«

»Stimmt«, sagte ich. »Aber warum bringst du das zur Sprache? Ich dachte, du wärst gegangen, um mit Cadmus zu sprechen.«

»Das habe ich, aber er hat mir gesagt, ich soll dich und Strike holen«, sagte Shade. »Präsident Plutarch will mit euch beiden über die Pokacu-Invasion sprechen und Pläne für den Umgang damit besprechen.«

»Äh, okay«, sagte ich. »Wo werden wir reden?«

»Das wirst du schon sehen«, sagte Shade. »Hol einfach Strike, damit ihr beide mir folgen könnt. Ich zeige euch den Weg.«

Kapitel Neun

Präsident Adam Lucius Plutarch - der amtierende Präsident der Vereinigten Staaten von Amerika und ehemals bekannt als der Superschurke der Milliardär - sah besorgt aus. Und das war erwähnenswert, denn Plutarch strotzte normalerweise vor Selbstvertrauen (manchmal vielleicht ein bisschen zu viel Selbstvertrauen) und Charisma. Dass er besorgt aussah, zeugte von der Ernsthaftigkeit der Situation, was mich selbst nur noch besorgter machte, auch wenn ich versuchte, nicht zu sehr darüber nachzugrübeln und mich auf die Gegenwart zu konzentrieren. Er hatte zuversichtlicher ausgesehen während der kurzen Rede, die er vor fünf Minuten an die Nation gerichtet hatte, in der er behauptete, dass die USA einen Weg finden würden, mit dieser neuen Bedrohung umzugehen, obwohl ich selbst da etwas Sorge in seinem Gesicht gesehen hatte.

Wir waren wieder in dem Besprechungsraum von vorhin; ich, Strike, Shade und Cadmus. Ich konnte Wind oder Mr. Apollo nirgendwo sehen, und weder Cadmus noch Shade erwähnten auch nur, wo die beiden sein könnten. Angesichts dessen, was Cadmus mir über ihre Spezialgebiete erzählt hatte, vermutete ich jedoch, dass sie wahrscheinlich gerade Informationen über die Pokacu sammelten.

Was Plutarch betraf, so war sein riesiges Gesicht auf dem Fernsehbildschirm zu sehen, auf dem die Nachricht von Graleex abgespielt worden war. Natürlich sah sein Gesicht nur deshalb so riesig aus, weil er sich zur Kamera beugte.

»Direktor Smith«, sagte Plutarch. Er klang gehetzt, als wäre er gerade aufgewacht und nicht in der Stimmung, herumzualbern oder vom Thema abzukommen. »Wie zum Teufel konnte das unter unserer Aufsicht passieren?«

»Ich weiß es nicht, Sir«, sagte Cadmus, die Hände in den Taschen, während er sich gegen den Tisch lehnte. »Die Pokacu haben sich schnell und ohne Vorwarnung bewegt. Sie haben das offensichtlich schon eine Weile geplant.«

»Das will ich meinen«, sagte Plutarch. Dann sah er mich an und lächelte. »Bolt! Was gibt's Neues? Es ist lange her, seit wir zuletzt gesprochen haben. Hab von deinem Vater gehört. Tut mir leid, auch wenn er zu meinen Superschurkenzeiten immer ein Dorn in meinem Auge war.«

Ich nickte. Aus irgendeinem Grund hatte Plutarch mich ins Herz geschlossen, sogar schon bevor ich ihn vor dem Visionisten-Attentäter gerettet hatte, der versucht hatte, ihn vor seiner Wahl zum Präsidenten auszuschalten. »Danke.«

»Aber zurück zum Geschäft«, sagte Plutarch. »Direktor Smith, wie ist die Lage auf Hero Island?«

»Ungewiss«, sagte Cadmus. »Nach dem, was Bolt und Strike uns erzählt haben, scheint die ganze Insel jetzt unter der Kontrolle der Pokacu zu stehen. Hero Island scheint die Operationsbasis für die Pokacu-Invasion zu sein, also müssen wir dort zuschlagen, wenn wir sie stoppen wollen.«

»Gute Idee«, sagte Plutarch, aber ich bemerkte einen Hauch von Zweifel in seiner Stimme. »Wir werden uns von diesen Verlierern nicht herumkommandieren lassen, nicht nachdem wir ihnen das letzte Mal in den Hintern getreten haben. Wir sind Amerikaner. Wir gewinnen immer.«

»Aber vielleicht diesmal nicht, Herr Präsident«, sagte eine Stimme hinter uns.

Wir drehten uns alle um und sahen Nicknacks, der jetzt in einem Rollstuhl saß, den Raum betreten. Er sah viel besser aus als vorher, aber seine Beine waren eingegipst und seine Stimme klang schwächer. Immerhin war er am Leben.

»Nicknacks?«, sagte ich. »Geht es dir gut? Bist du sicher, dass du hier sein solltest?«

»Mir geht es gut, Bolt«, sagte Nicknacks, als er in seinem Rollstuhl auf uns zurollte. »Als Pokacu heile ich viel schneller als Menschen. Es sollte nicht lange dauern, bis meine Beine wieder normal sind und ich wieder zu meiner normalen Stärke zurückgekehrt bin, aber ich musste aus dem Bett, weil ich einige wichtige Informationen habe, die du - und alle anderen - über mein Volk wissen müssen.«

»Wichtige Informationen?«, wiederholte Plutarch. »Welche wichtigen Informationen?«

»Es geht um die Pokacu«, sagte Nicknacks, der neben Cadmus zum Stehen kam und zu Plutarchs Gesicht auf dem Bildschirm aufblickte. »Graleex' Streitkräfte zu besiegen und Hero Island zu befreien, wird nicht ausreichen, um die Invasion zu stoppen; tatsächlich könnte es die Dinge sogar verschlimmern.«

»Verschlimmern?«, sagte Plutarch. »Wovon redest du? Es gibt keine Möglichkeit, dass ich diese verdammten Aliens auch nur einen Zentimeter amerikanischen Bodens auch nur einen Tag lang kontrollieren lasse.«

»Ich weiß, Herr Präsident, aber die Pokacu haben eindeutig bereits eine Fähigkeit zur Vorausplanung und zum Lernen aus ihren Fehlern gezeigt, die sie vorher nicht hatten«, sagte Nicknacks.

»Wen kümmert's?«, sagte Plutarch genervt. »Ich war bei der letzten Invasion dabei. Ich erinnere mich, wie ihr Jungs die Pokacu besiegt habt. Ihr habt ein paar Schiffe in die Luft gejagt, ihre Soldaten abgeschlachtet und dafür gesorgt, dass es keine Überlebenden gab.«

»Ja, aber es gibt einen Grund, warum es relativ einfach war, die Pokacu beim ersten Mal aufzuhalten«, sagte Nicknacks. »Es liegt daran, dass diese erste Streitmacht, gegen die wir kämpften, auf den Widerstand der Erde nicht vorbereitet war, weil die Mutterwelt die Erde bereits als ›primitive‹ Welt eingestuft hatte, für deren Eroberung nicht viel Feuerkraft oder Mannstärke nötig sein würde. Deshalb schickten sie beim ersten Mal so wenige; sie dachten, dass schon eine kleine Invasionstruppe mehr als genug wäre, um diesen Planeten zu erobern.«

»Moment, willst du damit sagen, dass die erste Invasion ... ein Test war?«, fragte Plutarch. »Du meinst, all diese Schiffe und Soldaten, die sie beim ersten Mal geschickt haben, waren nicht einmal ihre Hauptstreitmacht?«

»Genau«, bestätigte Nicknacks. »Diesmal jedoch haben sie eine viel bessere Vorstellung davon, welchen Widerstand die Menschheit leisten kann. Die Zerstörung von San Francisco? Das konnten sie schon immer. Sie sahen beim ersten Mal einfach keine Notwendigkeit dafür.«

Wir tauschten alle besorgte Blicke, als Nicknacks das sagte. Sogar Cadmus, der normalerweise nicht viel Furcht zeigte, verlagerte sein Gewicht von einem Fuß auf den anderen, als versuchte er, seine eigene Angst zu verbergen.

Plutarch hingegen meinte: »Dann werden wir sie mit *unseren* stärksten Waffen treffen. Doppelt so hart zuschlagen, sage ich immer.«

»Das würde ich nicht empfehlen«, sagte Nicknacks und schüttelte den Kopf. »Erstens würden Atomwaffen Hero Island völlig zerstören und jeden darauf töten, einschließlich der Mitglieder der NHA und der INJ, und das kann ich nicht zulassen, da sie meine Waffenbrüder sind. Außerdem habt ihr keine Ahnung, wie groß die Pokacu-Armee ist; selbst wenn ihr ihre Erdstreitkräfte mit Atomwaffen vernichtet, würde das vielleicht nur einen kleinen Teil ihrer Gesamtstreitmacht auslöschen, und ich bezweifle, dass sie zögern würden, Verstärkung zu schicken, bis sie uns durch schiere Überzahl überrennen würden. Das ist eine ihrer gängigen Taktiken.«

»Dann nehmen wir ihren Anführer, Graleex, gefangen und halten ihn als Geisel, bis die Pokacu einwilligen, uns die NHA und INJ zurückzugeben und die Erde zu verlassen«, schlug Plutarch vor.

»Das wird auch nicht funktionieren, weil Graleex gar nicht der eigentliche Anführer der Pokacu ist«, erwiderte Nicknacks. »Tatsächlich ist er nicht einmal der Anführer der Pokacu-Armee, technisch gesehen, obwohl er offensichtlich für diese spezielle Invasion mit dem Kommando über die Erdstreitkräfte betraut wurde.«

»Wer ist dann, wenn ich fragen darf, der *tatsächliche* Anführer der Pokacu?«, fragte Plutarch. »Ist er hier auf der Erde oder auf der Heimatwelt der Pokacu?«

»Nicht er, sondern sie«, korrigierte Nicknacks. »Und sie ist weder auf der Erde noch auf unserer Heimatwelt, weil sie die Heimatwelt der Pokacu *ist*, auch wenn wir sie die Mutterwelt nennen.«

»Was?«, sagte ich, was Nicknacks dazu brachte, mich anzusehen. »Was meinst du damit, die Mutterwelt sei ihr Anführer?«

»Offensichtlich hat er einen Übersetzungsfehler zwischen Pokacu und Englisch gemacht«, meinte Shade. »Oder?«

»Nein«, sagte Nicknacks und schüttelte den Kopf. Er lehnte sich in seinem Rollstuhl zurück, die Schultern hängend. »Ich meine, was ich gesagt habe: Die Mutterwelt ist der Anführer der Pokacu. Ich habe sowieso nichts übersetzt, da ich die ganze Zeit Englisch gesprochen habe.«

»Zugegeben, ich bin kein Wissenschaftler, aber das ergibt keinen Sinn«, sagte Plutarch. Er fuhr sich mit der Hand durch sein blondes Haar. »Planeten leben nicht. Sie können niemandem Befehle erteilen.«

»Die Erde und die benachbarten Planeten in der Milchstraße können das nicht«, stimmte Nicknacks zu. »Aber was ihr nicht versteht, ist, dass das Universum ein riesiger Ort ist und dass das, was für eine Ecke dieses Universums gilt, nicht unbedingt für die nächste gelten muss.«

»Willst du damit sagen, dass die Mutterwelt ein Bewusstsein hat?«, fragte Cadmus ungläubig. »Sie kann denken?«

»Denken und kommunizieren, wenn auch nicht so, wie normale Wesen wie du und ich es tun«, erklärte Nicknacks. »Die Pokacu-Spezies hat sich aus der Mutterwelt entwickelt, weshalb wir sie als unsere ›Mutter‹ bezeichnen, denn von ihr stammen wir ab, durch sie erhielten wir Leben und existieren überhaupt.«

»Wie ist das überhaupt möglich?«, fragte Strike. Er schüttelte den Kopf. »Planeten haben kein Bewusstsein.«

»Ich weiß es nicht«, sagte Nicknacks mit einem Schulterzucken. »Als ich noch ein Pokacu war, habe ich das Bewusstsein der Mutterwelt nie hinterfragt. Ich tat einfach, was sie befahl. Ich weiß nur, dass sie seit Tausenden, vielleicht sogar Millionen von Jahren existiert, was sie wahrscheinlich zum ältesten lebenden Wesen im bekannten Universum macht. Wie sie entstanden ist, weiß ich nicht, aber sie existiert, und das lässt sich nicht leugnen.«

»Nehmen wir an, du sagst die Wahrheit über diese Mutterwelt, von der du sprichst«, sagte Plutarch. »Was dann?«

»Was dann?«, wiederholte Nicknacks. »Das ist ganz einfach. Die Mutterwelt hat die vollständige Kontrolle über die Pokacu. Deshalb seht ihr so wenig Individualität bei meinem Volk; weil wir von ihr abstammen, kontrolliert sie unsere Bewegungen, obwohl sie einige unabhängige Bewegungen zulässt, damit sie nicht buchstäblich jede unserer Bewegungen steuern muss.«

»Du meinst, die Pokacu sind wie Drohnen?«, fragte ich.

»Ähnlich, ja«, sagte Nicknacks. »Es ist für uns möglich, uns von der Kontrolle der Mutterwelt zu lösen und unsere eigene Individualität zu behaupten - was ich getan habe -, aber es ist schwierig und traumatisierend und führt normalerweise zum Tod des betreffenden Pokacu. Ich hatte Glück und habe überlebt.«

»Du hast dich also von der Kontrolle der Mutterwelt befreit?«, fragte Strike. »Wie hast du das geschafft?«

»Das spielt keine Rolle«, sagte Nicknacks. »Was jedoch wichtig ist, ist die Tatsache, dass das Töten der Pokacu hier sie nicht vollständig aufhalten wird. Solange die Mutterwelt existiert, wird sie weiterhin Schiffe und Soldaten schicken, bis die Erde zerstört ist.«

»Warum?«, fragte Plutarch. »Warum zum Teufel will sie die Erde zerstören? Wir haben ihr nie etwas getan, abgesehen davon, dass wir ihre Kinder beim ersten Mal besiegt haben. Ist sie einfach neidisch auf unsere Großartigkeit?«

»Ich weiß es nicht«, sagte Nicknacks. »Die Mutterwelt hat es sich zur Aufgabe gemacht, so viele Welten wie möglich zu erobern und zu zerstören. Ich weiß nicht, warum sie das gewählt hat oder was sie davon zu gewinnen hofft, aber es spielt keine Rolle, denn unabhängig von ihrem Motiv wird sie uns zerstören.«

»Wenn es nicht funktioniert, diese Invasion zurückzuschlagen, wie schlägst du dann vor, sie zu stoppen?«, fragte Plutarch. »Ich höre zu.«

»Unsere einzige Chance, sicherzustellen, dass die Pokacu endgültig gestoppt werden, besteht darin, zur Mutterwelt zu gehen und sie zu zerstören«, sagte Nicknacks. »Wenn wir das schaffen, müssen wir uns nie wieder Sorgen um die Pokacu machen.«

»Willst du mir sagen, dass wir in weniger als achtundvierzig Stunden zu einer anderen Welt reisen und sie zerstören müssen?«, fragte Plutarch. »Einen Planeten, der sich dem Anschein nach am anderen Ende des Universums befindet?«

»Ja«, sagte Nicknacks.

»Dir ist schon klar, dass es mehr als achtundvierzig Stunden dauert, um, du weißt schon, überhaupt erst die Erdatmosphäre zu verlassen?«, sagte Plutarch. »Und das unter der Annahme, dass wir innerhalb einer Stunde ein Schiff von der NASA startklar bekommen, was ich dir garantieren kann, dass wir das nicht können. Völlig aussichtslos.«

Ich stimmte Plutarch zu, dass die Idee, die Erde zu verlassen und zur Mutterwelt zu reisen, verrückt war, aber Nicknacks schüttelte den Kopf. »Das stimmt nicht unbedingt. Ich meine, ja, wenn wir von menschlichen Raumschiffen sprechen, die die Erdatmosphäre verlassen, dann ist das alles richtig, aber ich habe nie gesagt, dass wir menschliche Raumschiffe benutzen müssen, um die Mutterwelt zu erreichen.«

»Ach ja?«, sagte Plutarch. »Wie schlägst du dann vor, dass wir dorthin kommen? Ich bin ganz Ohr.«

»Der Plan, den ich gleich vorschlagen werde, ist äußerst gefährlich, aber er hat eine viel höhere Chance, die Erde und die Menschheit zu retten als jeder andere«, sagte Nicknacks. Er rückte auf seinem Sitz zurecht, bevor er fortfuhr. »Wir werden ein Pokacu-Schiff stehlen und durch die Wurmlöcher fliegen, die die Pokacu-Flotte benutzt, um von Welt zu Welt zu reisen.«

»Ein Raumschiff stehlen?«, sagte Strike ungläubig. »Und was sind diese Wurmlöcher, von denen du sprichst?«

»Ich weiß, wovon Nicknacks spricht«, sagte Cadmus und zog die Aufmerksamkeit auf sich. »Während der ersten Invasion erinnere ich mich, dass Nicknacks uns erzählte, dass die Pokacu künstliche Wurmlöcher benutzen, um von Planet zu Planet zu reisen. So können sie das Universum in angemessener Zeit durchqueren; andernfalls würde es Jahrhunderte über Jahrhunderte dauern, von Galaxie zu Galaxie und sogar von Welt zu Welt zu reisen.«

»Genau«, sagte Nicknacks. »Die Wurmlöcher werden von den Schiffen selbst erzeugt, die sich fast überall im Universum öffnen können. Sie können sich sogar innerhalb der Atmosphäre eines bestimmten Planeten öffnen, obwohl das aufgrund der Natur der Wurmlöcher gefährlich sein kann.«

»Glaubst du, es gibt Wurmlöcher in der Nähe der Erde, die wir benutzen könnten, um zur Mutterwelt zurückzukehren?«, fragte ich.

»Natürlich gibt es die«, sagte Nicknacks. »Oder besser gesagt, es ist möglich, welche zu erzeugen. Aber um das zu tun, müssen wir ein Pokacu-Schiff stehlen, wie ich schon sagte.«

»Warum müssen wir eins stehlen?«, fragte ich. Ich sah Cadmus an. »Habt ihr Jungs nicht schon die *Spinner*? Das ist im Grunde doch nur ein umgebautes Pokacu-Raumschiff, oder?«

»Weil es nicht die Fähigkeit hat, Wurmlöcher zu öffnen«, sagte Nicknacks. »Sein Wurmlochgenerator wurde während der ersten Invasion zerstört, und die G-Men konnten ihn, soweit ich das beurteilen kann, nicht reparieren.«

»Stimmt«, sagte Cadmus. »Wir mussten viele beschädigte Teile aus dem Schiff entfernen, um es zum Laufen zu bringen. Ich vermute, wir müssen auch den Wurmlochgenerator irgendwann entfernt haben, obwohl wir wahrscheinlich nicht wussten, was es war.«

»Es klingt immer noch verrückt, wenn du mich fragst«, sagte Strike. »Du sagst uns, wir müssen einen verdammten Planeten in die Luft jagen. Was, wenn wir scheitern?«

»Wenn ihr scheitert, wird die Erde selbst zerstört«, sagte Nicknacks. »Ihr kennt die Risiken. Ihr habt die Aufnahmen von San Franciscos Zerstörung gesehen. Es ist in der Tat ein riskanter Plan, aber es ist der einzige Weg, um sicherzustellen, dass die Pokacu nie zurückkehren werden.«

»Er hat recht«, sagte Shade. Sie grinste. »Außerdem wollte ich schon immer ins All. Das könnte richtig Spaß machen.«

»Spaß? Eher gefährlich«, schnaubte Strike.

»Wo ist der Unterschied?«, fragte Shade.

»Wie dem auch sei«, sagte Cadmus, was uns alle dazu brachte, ihn anzusehen, »die Entscheidung, ob Nicknacks' Plan durchgeführt wird oder nicht, liegt allein bei Präsident Plutarch. Herr Präsident? Was denken Sie?«

Plutarch strich sich übers Kinn. Er schien ernsthaft darüber nachzudenken; keine Überraschung, angesichts der Gefährlichkeit dieser Mission. Ich selbst war mir nicht so sicher, da es offensichtlich verrückt war. Trotzdem, wenn das nötig war, um die Welt zu retten, war ich voll dabei.

Schließlich senkte Plutarch die Hand und lächelte. »Ein Alien-Raumschiff kapern und es benutzen, um einen anderen Planeten in die Luft zu jagen? Wie könnte ich zu so einem Plan jemals Nein sagen? Das ist extrem amerikanisch, was schockierend ist, wenn man bedenkt, dass es von einem Außerirdischen wie dir kommt.«

Nicknacks zuckte mit den Schultern. »Amerikanisch oder nicht, es ist der einzige Plan, der wirklich eine Chance hat zu funktionieren. Es ist ja nicht so, als würdest du planen, dich ihnen zu ergeben.«

»Natürlich nicht«, sagte Plutarch. Er schlug sich auf die Brust. »Ich würde mich diesen Mistkerlen niemals ergeben, besonders wenn es eine Chance gibt, ihren Planeten in die Luft zu jagen und sie für immer loszuwerden.«

»In Ordnung«, sagte Cadmus. Er stieß sich vom Tisch ab und blickte zum Bildschirm. »Herr Präsident, kann ich davon ausgehen, dass Sie diese Mission den G-Men übertragen?«

»Natürlich«, sagte Plutarch. »Das ist genau der Kram, für den wir euch Jungs bezahlen. Das Militär wird selbstverständlich in Bereitschaft sein, falls ihr Unterstützung braucht oder falls diese Pokacu-Bastarde es leid werden zu warten und beschließen, eine unserer Städte anzugreifen.«

»Jawohl, Sir«, sagte Cadmus. Er drehte sich zu uns um. »Bolt, Strike, ich werde die Hilfe der Young Neos und der New Heroes brauchen, um diese Mission durchzuführen. Kann ich auf eure Unterstützung zählen?«

»Auf jeden Fall«, sagte ich und zeigte Cadmus den Daumen nach oben.

»Klar«, sagte Strike. »Alles, um San Francisco und all die unschuldigen Menschen, die dort gestorben sind, zu rächen.«

»Ausgezeichnet«, sagte Cadmus. »Nun lasst uns alles vorbereiten. Wir haben keine Zeit zu verlieren.«

Kapitel Zehn

Unsere Teamkollegen, Strike und ich standen etwa eine Stunde nach unserem Gespräch mit dem Präsidenten in einem der unterirdischen Stockwerke der Einrichtung. Wir warteten darauf, dass Shade und Mr. Apollo uns die Ausrüstung zeigten, die wir für den Kampf gegen die Pokacu brauchen würden. Laut Cadmus würden unsere derzeitige Ausrüstung und Kostüme nicht ausreichen, um es mit den Pokacu aufzunehmen, besonders wenn wir zur Mutterwelt reisen würden. Er hatte Mr. Apollo autorisiert, uns neue Ausrüstung zu geben, die im Rahmen von Projekt Neo entwickelt worden war und uns bessere Überlebenschancen auf der Pokacu-Mutterwelt geben würde, sobald wir dort ankämen.

Ich wusste nicht, was wir bekommen würden. Die letzten Waffen, die ich aus Projekt Neo gesehen hatte, waren dieser seltsame, sternförmige Teleporter gewesen, der Superkräfte neutralisieren konnte, und die sich verwandelnden Roboter, die mich beinahe getötet hätten. Trotzdem hatte Cadmus mir versichert, dass das, was sie uns geben würden, sehr wichtig und hilfreich sein würde und uns nicht schaden würde, es sei denn, wir würden es falsch benutzen.

Das unterirdische Stockwerk, in dem wir standen, war ziemlich groß und weitläufig, mit Metallplatten entlang des Bodens, der Wände und der Decke. Leuchtstoffröhren an der Decke erhellten den Raum und gaben uns einen guten Blick auf das Geländer oben, wo Einrichtungsmitarbeiter und Wissenschaftler hin und her eilten. Das Wort »B1« war in roter Farbe an die hinterste Wand gemalt, was die Bezeichnung für dieses Stockwerk war und anzeigte, dass es sich um das erste Kellergeschoss handelte. Man hatte mir gesagt, dass sich die Einrichtung tatsächlich tief in die Erde erstreckte, genau wie die Höhle, aber wir mussten die tiefsten Stockwerke nicht sehen. Das war auch in Ordnung, denn im

Allgemeinen hasste ich es, unter der Erde zu sein, und ich merkte, dass ich mich selbst in dieser Tiefe ein wenig klaustrophobisch fühlte.

Ich sah mich um, während wir warteten. Besonders konzentrierte ich mich auf Dizzy. Sie hatte ihren Helm wieder aufgesetzt und aufgehört zu schluchzen, aber ich konnte erkennen, dass sie immer noch tief vom wahrscheinlichen Tod ihrer Eltern betroffen war. Dennoch ließ sie sich davon offenbar nicht davon abhalten zu helfen, da sie sich freiwillig für die Mission zur Mutterwelt gemeldet hatte, nachdem Strike und ich zurückgekommen waren und allen erzählt hatten, was wir vorhatten. Wir hatten jedoch immer noch nichts von jemandem aus San Francisco gehört, also mussten wir davon ausgehen, dass ihre Eltern wahrscheinlich tot waren, obwohl natürlich niemand das laut ausgesprochen hatte.

Jedenfalls machte ich mir Sorgen, ob wir das rechtzeitig schaffen würden. Wir hatten jetzt weniger als siebenundvierzig Stunden Zeit, um die Welt zu retten. Jede verstreichende Sekunde, die wir hier verschwendeten, war eine weitere Sekunde, die nicht damit verbracht wurde, zur Heldeninsel zu gehen und die Pokacu zu besiegen. Zugegeben, wir konnten nicht einfach in eine solche Situation hineinstürzen, zumindest nicht ohne einen Plan und etwas Ausrüstung, aber ich war mir trotzdem schmerzlich bewusst, wie die Zeit uns wie Sand durch die Finger rann. Ich fragte mich, wie andere Länder auf die Bedrohung reagierten; ich bezweifelte jedoch, dass eines von ihnen uns helfen konnte, da keines von ihnen nah genug dran war, um sich mit den Pokacu auseinanderzusetzen.

Aber zumindest kehrten meine Kräfte langsam zurück. Ich konnte bereits spüren, wie meine Superkraft zurückkehrte, was bedeutete, dass ich bald wieder einsatzbereit sein würde. Es erinnerte mich daran, dass wir noch ein bisschen warten mussten, bevor wir losgingen, damit all unsere Kräfte zurückkehren konnten, obwohl ich trotzdem ungeduldig war aufzubrechen.

Meine Gedanken wurden von einem Rumpeln im Boden unterbrochen. Blizzard und ich hielten uns instinktiv an den Händen, während die anderen alle alarmiert auf den Boden blickten. Stinger flog sogar in die Luft und hielt sich mit seinen Flügeln in der Schwebe, aber wie sich herausstellte, wurden wir nicht von einem Erdbeben angegriffen.

Stattdessen teilte sich ein Teil des Bodens vor uns. Metallplatten schoben sich beiseite und gaben ein riesiges, tiefes Loch frei, das so groß war wie ein kleiner Swimmingpool. Dann begann etwas Großes langsam, aber sicher daraus emporzusteigen, bis das große

Ding vollständig aus dem Boden aufgetaucht war und nun das Loch bedeckte, aus dem es gestiegen war, und der Boden unter unseren Füßen aufhörte zu beben.

Das Ding, das aus dem Boden gestiegen war, war eine Art riesige Metallkiste. Sie ragte über uns alle hinaus und war so groß, dass ich mich von ihrer Größe tatsächlich ein wenig eingeschüchtert fühlte. Daneben standen Shade und Mr. Apollo, die anscheinend mit ihr aus dem Boden aufgestiegen waren. Shade lehnte an der Kiste, während Mr. Apollo beide Hände auf einen Stock vor sich gestützt hatte.

»Hallo«, sagte Mr. Apollo. Er hob seinen Stock und klopfte ein paar Mal auf die Stahlkiste. »Dies ist der Behälter mit den Anzügen und der Ausrüstung, die ihr alle brauchen werdet, um effektiv gegen die Pokacu zu kämpfen. Ein Großteil dieser Technologie wurde von abgestürzten Pokacu-Raumschiffen und erbeuteten Pokacu-Waffen aus der letzten Invasion nachentwickelt, natürlich mit einigen Modifikationen unserer eigenen G-Men-Wissenschaftler, um sie zu verbessern und für den menschlichen Gebrauch geeigneter zu machen.«

»Na, worauf warten wir dann noch?«, sagte ich. »Lasst uns sehen, was ihr habt.«

»In der Tat«, sagte Mr. Apollo. »Shade, würdest du bitte den Behälter öffnen? Direktor Smith hat uns nur ein paar Stunden Zeit gegeben, um diesen Kindern die Waffen zu zeigen, die sie benutzen werden, also lasst uns keine Zeit damit verschwenden, ihnen beizubringen, was sie wissen müssen.«

Shade nickte und drehte sich um, nachdem sie sich von dem Behälter abgestoßen hatte. Sie tippte so schnell einen Code in einen Touchscreen an der Seite ein, dass ich nicht erkennen konnte, was es war.

Eine Sekunde später schob sich die Vorderseite des Behälters heraus und dann nach oben und enthüllte eine erstaunliche Vielfalt an Waffen und Ausrüstung, die ich noch nie zuvor gesehen hatte. Es gab Rüstungen, Gewehre, sogar Schwerter und Speere, plus andere Arten von Waffen, die in einer Militäreinrichtung nicht fehl am Platz gewesen wären. Sie waren alle ordentlich an Haken und Stangen angeordnet, was mich fragen ließ, wie sie es geschafft hatten, all das dort hineinzupassen, ohne dass es überfüllt wirkte.

Mr. Apollo deutete mit seinem Stock auf den Behälter. »Dies sind die streng geheimen Prototypenwaffen von Projekt Neo, die ihr auf unserer Mission zur Heldeninsel einsetzen werdet. Bis heute wurden sie hauptsächlich in Trainingseinheiten und geheimen Militär- und G-Men-Missionen eingesetzt, aber sie wurden speziell für diese Art von Situation entwickelt, also sollten sie hilfreich sein, wenn wir gegen die Pokacu kämpfen.«

»Sie meinen, Sie Leute haben erwartet, dass die Pokacu irgendwann zurückkommen würden?«, sagte ich.

Mr. Apollo schüttelte den Kopf. »Nicht speziell die Pokacu, nein, aber die erste Invasion der Pokacu bewies zweifelsfrei, dass wir in diesem Universum doch nicht allein sind. Daher wollte die US-Regierung für den Fall einer weiteren Invasion vorbereitet sein, möglicherweise von einer anderen außerirdischen Spezies. Deshalb erhielten wir den Auftrag, so viel Pokacu-Technologie wie möglich aus der letzten Invasion zu bergen und für uns selbst nutzbar zu machen.«

»Ist das also der wahre Zweck von Projekt Neo?«, fragte ich. »Die US-Armee auf eine weitere Alien-Invasion vorzubereiten?«

»Ich bin nicht befugt, Ihnen das mitzuteilen«, sagte Mr. Apollo. »Aber ja, das ist einer der Zwecke von Projekt Neo. Lassen Sie mich Ihnen nun einige der Ausrüstungsgegenstände zeigen, die Sie bei unserer bevorstehenden Mission verwenden werden.«

Shade drückte einen Knopf unter dem Touchscreen, woraufhin sich eine Reihe von Anzügen, die ein wenig wie Raumanzüge aussahen, an einer Stange aus dem Container herausschob. Mr. Apollo deutete mit seinem Stock auf die Anzüge.

»Dies ist Projekt Neo Waffe I«, sagte Mr. Apollo, »oder, wie wir sie inoffiziell nennen, Environs.«

»Environs?«, wiederholte Shell. Er kratzte sich am Kopf. »Aber das sind doch Anzüge, keine Umgebungen.«

»Der Name soll widerspiegeln, dass sie dafür konzipiert sind, den Träger in verschiedenen Umgebungen zu schützen«, erklärte Mr. Apollo, »von der Tiefsee bis zum Weltraum und alles dazwischen. Sie sind mit Lasern, Miniraketen, Raketenstiefeln und eigenen Lufttanks ausgestattet, plus der Fähigkeit, alle Giftstoffe in der Luft Ihrer Umgebung herauszufiltern, um sie für Menschen atembar zu machen.«

Ich betrachtete die Environs genauer. »Hey, die habe ich schon mal gesehen. Als ich damals vor Robert auf der Flucht war, trug ich einen dieser Anzüge unter Wasser, obwohl es ein Pokacu-Anzug war, den Graleex mir überlassen hatte, und er nicht so neu aussah wie diese hier.«

»Ich dachte mir, dass Sie sie vielleicht wiedererkennen würden«, sagte Mr. Apollo. »Ja, wir haben diese Environs auf Kopien desselben Anzugs basiert, die wir nach der ersten Invasion gesammelt haben, modifiziert, um besser zum menschlichen Körper zu passen. Unsere Ingenieure haben uns versichert, dass diese Anzüge genauso gut sind wie die der Pokacu, wenn nicht sogar besser.«

»Warum müssen wir sie tragen?«, fragte Treehugger und legte den Kopf schief. »Sie sehen wirklich klobig und unbequem aus.«

»Das liegt daran, dass Sie ihr wahres Potenzial offensichtlich nicht verstanden haben«, sagte Mr. Apollo. »Sehen Sie, wenn Sie diesen Anzug tragen, schützt er Ihren Körper vor dem Machtlos-Gas der Pokacu. Selbst wenn Sie von einer Rakete wie der getroffen werden, die die Pokacu früher benutzten, wird der Luftfilter des Anzugs das Gas draußen halten, während Sie weiterhin atmen und Ihre Kräfte einsetzen können.«

»Außerdem werdet ihr, wenn ihr zur Mutterwelt geht, eure eigene Luftversorgung brauchen«, sagte Shade. »Wir haben keine Ahnung, ob die Umgebung der Pokacu-Mutterwelt für menschliches Leben geeignet ist, also sollte der Anzug euch schützen und alles geben, was ihr zum Überleben dort braucht, egal wie feindlich die Oberfläche der Mutterwelt sein mag.«

»Oh«, sagte Treehugger. »Aber wird er unsere Kräfte in irgendeiner Weise beeinträchtigen oder ihre Anwendung erschweren?«

»Nein«, sagte Mr. Apollo. »Wie eure Kostüme sind die Anzüge darauf ausgelegt, mit verschiedenen Kräften umzugehen, da sie sowohl von übermenschlichen als auch normalen menschlichen Soldaten im Falle einer solchen Invasion getragen werden sollten.«

»Das heißt, ich muss mir keine Sorgen machen, dass ich mit meiner Superkraft oder meinen Blitzkräften versehentlich meinen Anzug beschädige?«, fragte ich.

»Genau«, sagte Mr. Apollo. »Aber ich würde Sie zur Vorsicht beim Einsatz Ihrer Blitzkräfte mahnen. Diese Anzüge sind zwar robust, aber zu viel Elektrizität kann manchmal ihre Systeme überlasten und zum Versagen bringen. Ich empfehle Ihnen dringend, den Einsatz Ihrer Blitzkräfte in Ihrem Environ zu begrenzen.«

Ich nickte. »Okay. Was haben wir sonst noch?«

Mr. Apollo nickte Shade zu, der etwas auf dem Touchscreen antippte.

Die Reihe der Anzüge fuhr wieder ein, während gleichzeitig eine Reihe von Gegenständen, die wie Gewehre aussahen, herausfuhr. Diese Gewehre ähnelten Gewehren, waren aber klobiger und durch ein dünnes, flexibles Rohr mit etwas verbunden, das wie ein Wassertank aussah.

»Dies ist Projekt Neo Waffe II«, sagte Mr. Apollo, »oder, wie wir sie gewöhnlich nennen, Freezer.«

»Freezer?«, sagte Slime. »Was machen die, halten sie unser Essen kalt?«

Mr. Apollo verdrehte die Augen. »Natürlich nicht. Was sie tun, ist, das Nitrat in den angeschlossenen Tanks zu nehmen und daraus eiskalte Frostschüsse zu erzeugen, die praktisch alles einfrieren, was sie treffen.«

»Sollen wir sie also benutzen, um die Pokacu einzufrieren?«, fragte Blizzard. Sie deutete auf sich selbst. »Das scheint irgendwie überflüssig, wenn man bedenkt, dass ihr ja, nun, mich habt.«

»Aber nicht jeder hat Eiskräfte wie du, junge Dame«, sagte Herr Apollo. »Außerdem basieren diese Waffen auf einer Entdeckung, die während der ersten Invasion gemacht wurde; nämlich, dass die Pokacu ungewöhnlich anfällig für Eis und kalte Temperaturen sind. Wenn du einen Kältestrahl auf die Pokacu abfeuerst, solltest du sie sofort einfrieren und töten, was diese Waffe sehr nützlich machen sollte, falls du dich von Angesicht zu Angesicht mit einem Pokacu-Soldaten wiederfindest.«

»Was sind die Gefahren?«, fragte Strike mit vor der Brust verschränkten Armen.

»Nun, offensichtlich willst du sicherstellen, dass der Tank nicht explodiert, während er an deinem Rücken befestigt ist«, sagte Herr Apollo und deutete auf den Tank. »Das wäre ziemlich schmerzhaft und wahrscheinlich tödlich. Und sie haben begrenzte Munition, was bedeutet, dass du nicht einfach einen kontinuierlichen Strom von Nitrat abfeuern kannst, es sei denn, du willst dein ganzes Nitrat auf einmal verbrauchen. Wenn du das tust, wird der Gefrierapparat nicht mehr als totes Gewicht an deinem Körper sein und muss im Kampf, wenn du Beweglichkeit brauchst, komplett aufgegeben werden.«

»Was gibt es noch?«, fragte ich.

»Shade, zeig ihnen das Nächste, was sie mitnehmen müssen«, sagte Herr Apollo.

Shade nickte und tippte erneut etwas auf dem Touchscreen. Die Gefrierapparate verschwanden wieder im Container und wurden dann durch eine Reihe von Stäben ersetzt, die vollständig aus Metall bestanden, obwohl ich bemerkte, dass ihre Spitzen leuchtend rot waren.

»Dies ist Projekt Neo Waffe III«, sagte Herr Apollo. »Wie immer ist das ihr offizieller Name; den Namen, den wir ihnen gegeben haben, ist Bombenstäbe.«

»Bombenstäbe?«, fragte Dizzy. »Was bedeutet das?«

»Ganz einfach, es bedeutet, dass sie bei Aufprall explodieren können«, sagte Herr Apollo. »Natürlich nur, wenn du die leuchtenden Köpfe entfernst und sie wie eine Granate wirfst. Ansonsten sind sie sehr gut dafür geeignet, Dinge damit zu schlagen.«

»Das ist alles?«, fragte ich. »Sie sind gut dafür, Dinge in die Luft zu jagen und zu schlagen?«

»Mehr oder weniger«, sagte Herr Apollo. »Natürlich können sie auch zum Stechen verwendet werden, da sie unter den explodierenden Spitzen eine messerscharfe Klinge haben. Du könntest also einem Pokacu-Soldaten das Auge ausstechen, falls er irgendwie die Explosion der Spitze überlebt.«

»Das scheint nicht sehr beeindruckend im Vergleich zu den Environs und den Gefrierapparaten«, sagte ich.

»Ich habe vergessen zu erwähnen, dass die Spitzen, wenn sie explodieren, ganze Wolkenkratzer zum Einsturz bringen können«, sagte Herr Apollo. »Ich nehme an, das bedeutet, dass sie eines dieser riesigen Schiffe, die die Pokacu fliegen, ausschalten könnten, vorausgesetzt, du platzierst die Spitze an der richtigen Stelle.«

Wir alle machten einen Schritt von den Bombenstäben weg, als Herr Apollo das sagte, und betrachteten ihre roten Spitzen misstrauisch, falls sie explodieren würden.

»Oh, kein Grund, so besorgt zu sein«, sagte Herr Apollo. »Sie sind derzeit deaktiviert, aber ich empfehle, sie im Einsatz nur zu benutzen, wenn es absolut notwendig ist, schon allein deshalb, weil die Chance besteht, dass ihr zusammen mit euren Zielen in die Luft gesprengt werdet.«

»Cool«, sagte Dizzy. »Können wir sie gleich hier ausprobieren?«

»Nein«, sagte Herr Apollo. »Es sei denn, du möchtest die ganze Anlage über unseren Köpfen zum Einsturz bringen und zu interessanten Artefakten werden, die zukünftige Archäologen finden und über die sie debattieren können.«

Dizzys Schultern sackten herab, als wäre sie tatsächlich enttäuscht, dass sie hier keine Bombe testen konnte, die in der Lage war, einen Wolkenkratzer zu zerstören. Ich muss zugeben, das machte mich ein wenig besorgt.

»Diese drei Waffen, die wir euch gezeigt haben, werden eure Hauptausrüstung während eures Angriffs auf die Pokacu sein«, sagte Herr Apollo. »Wir haben natürlich weit mehr als das, aber das meiste davon ist streng geheim und wir haben festgestellt, dass das alles ist, was ihr brauchen werdet, um gegen die Pokacu zu kämpfen.«

»Also vertraut ihr einem Haufen Teenager Sprengstoffe an, die stark genug sind, um ganze Wolkenkratzer dem Erdboden gleichzumachen?«, fragte ich.

»Ja«, sagte Herr Apollo. Er neigte den Kopf zur Seite. »Worauf willst du hinaus?«

»Nichts, nichts«, sagte ich und schüttelte den Kopf. »Es ist nur-«

Ich wurde von einem Knacken in meinem Ohrcom unterbrochen, gefolgt von Valeries plötzlicher und hastiger Stimme. »Kevin! Ich entschuldige mich, dass ich dich während dieses wichtigen Treffens unterbreche, aber etwas Schreckliches ist passiert und du musst es wissen.«

»Was ist es?«, fragte ich, ohne meine Stimme zu senken. »Haben die Pokacu eine weitere Stadt zerstört?«

»Nein«, sagte Valerie. »So schlimm ist es nicht, aber es ist trotzdem sehr schlimm, zumindest für dich.«

»Was ist es dann?«, fauchte ich. »Sag es mir endlich.«

»Es ist deine Mutter«, sagte Valerie. »Sie wurde von den Pokacu entführt und wird jetzt zusammen mit allen anderen auf Hero Island als Geisel gehalten.«

Kapitel Elf

Weißglühende Wut schoss durch meine Adern, als ich Valerie das sagen hörte. Am liebsten wäre ich sofort aus diesem Ort gerannt und direkt zur Heldeninsel geeilt, auch wenn das bedeutet hätte, den Rest des Teams im Stich zu lassen und mich selbst in Gefahr zu bringen, aber ich blieb, wo ich war.

Stattdessen sagte ich, so ruhig wie ich konnte: »Was ist passiert?«

»Es war gerade erst vor ein paar Minuten«, sagte Valerie. »Ich überwachte die Sicherheitssysteme eures Hauses und stellte sicher, dass sie auf dem neuesten Stand und funktionsfähig waren, weil ich vermutete, dass die Pokacu aufgrund von Graleex' Vergangenheit mit ihr irgendwann hinter deiner Mutter her sein könnten.«

»Wie haben sie sie geschnappt?«, fragte ich. »Wie?«

»Sie haben ihre fortschrittliche Technologie benutzt, um mich zu überlisten«, erklärte Valerie. »Sie hatten einen EMP-Generator dabei, der den Strom im Haus lahmlegte. Ich konnte nichts tun, um deine Mutter zu retten. Es tut mir leid. Als die Stromversorgung des Hauses wieder online kam, waren sie längst verschwunden.«

Meine Hände zitterten. »Warum? Warum haben sie sie entführt?«

»Ich weiß es nicht«, sagte Valerie. »Sie waren so schnell, und ich war während des Großteils der Entführung außer Gefecht gesetzt. Ich kann mir nicht vorstellen, warum sie es getan haben, nur dass sie es getan haben.«

»Und jetzt ist sie auf der Heldeninsel?«, fragte ich. »Ist sie in Sicherheit?«

»Möglicherweise«, antwortete Valerie. »Im Moment weiß ich nichts über ihren aktuellen Status. Sie hatte ein Ohrmikrofon, das Genius ihr vor seinem Tod gegeben hatte, aber die Pokacu haben es ihr aus dem Ohr gerissen und zerstört, sodass ich sie nicht wie üblich orten kann.«

»Danke, dass du mich informiert hast, Val«, sagte ich, immer noch mit ruhiger Stimme. »Ich weiß das zu schätzen. Halte mich über alle weiteren Entwicklungen auf dem Laufenden, okay? Und versuche, Mama zu finden. Tu einfach alles, was du kannst, um sie zu finden, und lass es mich wissen, wenn du Erfolg hast.«

»Ja, Kevin«, sagte Valerie.

Sobald mein Ohrmikrofon ausgeschaltet war, drehte ich mich um und ging wortlos direkt auf den Ausgang zu. Ich kam jedoch nicht weit, bevor Blizzard mir den Weg versperrte und sagte: »Wo willst du hin?«

Ich blieb stehen und funkelte sie wütend an. »Meine Mutter retten. Sie wurde von den Pokacu entführt.«

»Du gehst alleine?«, fragte Blizzard. »Jetzt sofort?«

»Ja, *jetzt sofort*«, erwiderte ich. »Abgesehen von der Frist, die uns die Pokacu gesetzt haben, wissen wir nicht, was sie ihr antun. Wenn ich sie nicht rette, wird es niemand tun.«

»Ich weiß, aber das heißt nicht, dass du losmarschieren und dich umbringen lassen musst«, sagte Blizzard. »Du weißt, dass die Pokacu dich einfach wieder mit diesem Gas außer Gefecht setzen und dich wahrscheinlich auch töten werden, wenn du jetzt gegen sie vorgehst.«

»Das Mädchen hat Recht«, sagte Mr. Apollo hinter mir und ließ mich über meine Schulter blicken. »Du brauchst sowohl die richtige Ausrüstung als auch die Unterstützung deiner Teamkollegen, wenn du gegen die Pokacu kämpfen willst. Sie sind ein gefährlicher und listiger Gegner, der nicht zögern wird, kurzen Prozess mit einem törichten jungen Mann wie dir zu machen.«

Meine Hände zitterten trotz meiner Bemühungen, ruhig zu bleiben. »Aber was, wenn sie sie töten? Man weiß nicht, was sie ihr antun werden, während wir hier herumstehen und uns deine glänzenden neuen Spielzeuge ansehen.«

»Es wäre trotzdem sehr dumm, allein loszuziehen«, sagte Mr. Apollo. »Ich weiß, wie du dich fühlst, denn meine eigenen Eltern waren in einer ähnlichen Lage, als ich ein junger Mann war, aber Jugend ist töricht, und genau diese Art von törichter Reaktion wollen die Pokacu.«

»Mag sein, aber was soll's?«, sagte ich. »Ich will gehen, und ich will *jetzt* gehen. Der Rest von euch kann später zu mir aufschließen. Ich komme schon klar.«

Ich wich Blizzard aus, aber dann stellte sie sich mir wieder in den Weg und sagte: »Nein, Bolt. Es wäre dumm, wenn du alleine losgehen würdest. Du wirst dich nur umbringen lassen.«

»Ich weiß, wie sehr du dich um mich sorgst, Blizzard, aber ich brauche deine Sorgen nicht«, sagte ich. »Ich komme schon klar. Ich habe schon Schlimmeres als diese Typen erlebt.«

»Hast du schon Schlimmeres als *mich* erlebt?«, fragte Mr. Apollo. »Ich bezweifle es.«

Ich schaute wieder über meine Schulter zu Mr. Apollo. Er hatte sich noch immer nicht von seinem Platz am Container wegbewegt, aber irgendetwas an ihm schien... seltsam. Ich konnte es nicht beschreiben. Vielleicht hatte es mit seinen Kräften zu tun, was auch immer sie waren.

»Was meinen Sie damit?«, fragte ich und drehte mich zu ihm um. »Wovon reden Sie?«

»Ich stelle lediglich fest, junger Bolt, dass du noch nie gegen jemanden wie mich gekämpft hast«, sagte Mr. Apollo. »Und da man offensichtlich nicht vernünftig mit dir reden kann, ist es nur logisch, dass der einzige Weg, dich zur Vernunft zu bringen, darin besteht, dir die Vernunft einzubläuen.«

»Ich verstehe immer noch nicht«, sagte ich. »Wollen Sie mir etwa mit Ihrem Stock eins überziehen oder was?«

»Nein, nein«, sagte Mr. Apollo und schüttelte den Kopf. »Ich biete dir lediglich an, hier und jetzt gegen mich zu kämpfen. Wenn ich gewinne, bleibst du hier und gehst nicht raus, um dich von den Pokacu töten zu lassen, während du vergeblich versuchst, deine Mutter zu retten; wenn du gewinnst, kannst du gehen und versuchen, deine Mutter zu retten, mit oder ohne unsere Hilfe und Unterstützung.«

»Was?«, sagte Strike, bevor ich antworten konnte. Er verschränkte die Arme vor der Brust und sah Mr. Apollo ungläubig an. »Mr. Apollo, wovon reden Sie da? Wir haben keine Zeit für einen Kampf. Wir haben weniger als siebenundvierzig Stunden, um die Pokacu aufzuhalten. Es gibt einfach keine Zeit für irgendwelche Kämpfe.«

»Es wird nur fünf Minuten dauern, das versichere ich Ihnen«, sagte Mr. Apollo.

»Was ist mit Cadmus?«, fragte Strike. »Würde er es wirklich gutheißen, dass Sie so etwas tun? Es ist eine riesige Zeitverschwendung.«

»Direktor Smith hat mir schon früher erlaubt, törichte junge Männer wie Bolt zurechtzuweisen«, sagte Mr. Apollo. Er strich sich übers Kinn. »Tja, ich erinnere mich, dass der letzte ein gewisser James Rayner war, den Sie vielleicht als Renaissance kennen.

Seine Fähigkeit, von den Toten zurückzukehren, hat ihm sicherlich nicht geholfen, sich von der Tracht Prügel zu erholen, die ich ihm verpasst habe, das steht fest, obwohl ich bezweifle, dass es so viel brauchen wird, um dich zu schlagen, junger Bolt.«

»Das ist immer noch lächerlich«, sagte Strike. Er sah zu Shade hinüber. »Shade, du bist sein G-Man-Kollege. Willst du ihm nicht sagen, dass das dumm ist?«

Shade zuckte mit den Schultern. »Mr. Apollo hat mehr Dienstjahre als ich. Anders als manche Leute respektiere ich meine Älteren. Außerdem macht es immer Spaß zu sehen, wie Mr. Apollo die Jungspunde verprügelt.«

Strike stöhnte und sah zu mir herüber. »Bolt, du willst doch nicht wirklich Mr. Apollos Angebot annehmen, oder? Abgesehen davon, dass es eine riesige Zeitverschwendung wäre, wäre es auch nicht gerade fair, einen alten Mann wie ihn zu verprügeln, oder?«

»Weiß nicht«, sagte ich. »Er redet ziemlich groß für so einen alten, gebrechlichen Kerl. Vielleicht nehme ich sein Angebot an, wenn auch nur, um ihn es bereuen zu lassen.«

Mr. Apollo gluckste. »Ah, die Arroganz der Jugend. Manchmal vermisse ich sie.«

Strike schüttelte nur den Kopf. »Das ist lächerlich. Von all den Zeiten, die ihr euch aussuchen konntet, um einen Streit anzufangen, *musstet* ihr gerade jetzt wählen.«

»Mir ist aufgefallen, dass Bolt das Angebot noch gar nicht angenommen hat«, sagte Mr. Apollo. »Wirst du gegen mich kämpfen, Bolt? Oder würdest du lieber wegrennen und nie mit Sicherheit wissen, ob du mich in einem fairen Kampf tatsächlich besiegen kannst?«

Meine Hände ballten sich zu Fäusten. Einerseits schien es Zeitverschwendung, auch nur fünf Minuten damit zu verbringen, einen alten Mann zu verprügeln - Zeit, die man besser damit verbringen könnte, Mom zu retten, wie Strike sagte. Andererseits war Mr. Apollo so ein arroganter Mistkerl, dass es sehr befriedigend wäre, ihn vom hohen Ross zu holen. Ich schätzte, dass ein einziger Schlag mit Superkräften auf den Kopf ausreichen würde, um ihn auszuknocken.

Also sagte ich: »Na gut, alter Mann. Lass es uns tun, hier und jetzt. Ich bin bereit, wenn du es bist.«

»Schön zu hören«, sagte Mr. Apollo. Er sah die anderen an. »Bitte geht zu den hinteren Wänden. Der Kampf sollte, wie gesagt, nicht lange dauern, aber manchmal kann es etwas chaotisch werden. Ich kann euch jedoch versichern, dass heute niemand sterben wird, obwohl Bolt wahrscheinlich für ein paar Stunden unter starken Kopfschmerzen leiden wird.«

Die Young Neos und die New Heroes zogen sich beide zu den Wänden zurück, wobei die Young Neos mir Daumen hoch zeigten und mir Glück wünschten, während Strike und die New Heroes von der ganzen Sache ziemlich genervt aussahen. Blizzard wirkte auch etwas verärgert darüber, gab mir aber einen schnellen Kuss auf die Wange, bevor sie zu den anderen lief. Shade gesellte sich ebenfalls zu meinen Freunden an der Wand, mit einem amüsierten Gesichtsausdruck, als ob sie kurz davor wäre, einen großartigen Film zu sehen.

»So«, sagte Mr. Apollo. Er trat von dem Container weg, bis er mir direkt gegenüberstand. »Ich werde keine der Project-Neo-Waffen benutzen, die ich euch gerade gezeigt habe. Ich werde meinen Stock und meine Kräfte einsetzen, aber du darfst gerne alle Project-Neo-Waffen benutzen, wenn du möchtest.«

»Nee, die werde ich nicht brauchen«, sagte ich kopfschüttelnd. »Meine Kräfte werden mehr als genug für dich sein, denke ich.«

»Nun gut«, sagte Mr. Apollo. »Der Fairness halber werde ich dir den ersten Zug überlassen.«

Ich lächelte. »Wirklich? Bist du dir da sicher?«

»Ja«, sagte Mr. Apollo. »Absolut. Ich möchte dir die Chance geben, mich zu berühren.«

»Ich werde dich nicht nur berühren, alter Mann«, sagte ich. »Ich werde dich flach auf den Rücken legen.«

Ich rannte auf Mr. Apollo zu. Ich würde eine Finte machen; ihn glauben lassen, ich würde ihm ins Gesicht schlagen, aber dann in letzter Sekunde um ihn herumlaufen und ihm einen leichten, aber festen Schlag auf den Hinterkopf verpassen. Ich dachte, das sollte ausreichen, um ihn niederzustrecken und diesen Kampf innerhalb von fünf Minuten zu beenden.

Mr. Apollo sah angesichts meiner Geschwindigkeit völlig unbesorgt aus. Das Einzige, was er zu seinem Schutz tat, war, seinen Stock zu heben, aber das würde nicht ausreichen, um ihn vor einem Schlag auf den Hinterkopf zu schützen. Es sah nach einem ziemlich edlen Stock aus, aber wahrscheinlich nicht stark genug, um auch nur einen Schlag meiner Faust zu überstehen, wenn ich mich entschieden hätte, ihn zu treffen.

In letzter Sekunde drehte ich mich um und lief um ihn herum. Ich blieb hinter ihm stehen und holte mit der Faust aus, bewegte mich so schnell, dass Mr. Apollo nicht schnell genug ausweichen konnte. Tatsächlich schien er sich überhaupt nicht zu bewegen, was mir ganz recht war.

Aber anstatt auf seinen Hinterkopf zu treffen, ging meine Faust harmlos durch ihn hindurch, als wäre er gar nicht da. Noch seltsamer war, dass der Teil, durch den meine Faust schlug, in einem merkwürdigen, gelben Licht leuchtete, wie das Licht der Sonne.

Ich war von diesem plötzlichen Zug so überrascht, dass ich einfach dastand und Mr. Apollo schockiert anstarrte. Ich war mir sicher, dass meine Augen mir einen Streich spielten.

Dann sah Mr. Apollo über seine Schulter zu mir, mit dem selbstgefälligsten Grinsen, das ich je im Gesicht eines anderen Menschen gesehen hatte, selbst mit meiner Hand noch durch sein Gesicht. »Überrascht? Das solltest du nicht sein.«

Bevor ich überhaupt realisieren konnte, was los war, schlug mir Mr. Apollo seinen Stock ins Gesicht. Der Stock traf hart genug, um mich von den Füßen zu holen und mich benommen auf dem Boden liegen zu lassen, bevor Mr. Apollo die Spitze seines Stocks hart auf meine Brust drückte. Ich keuchte, und bevor ich aufstehen konnte, drehte Mr. Apollo seinen Stock.

In einer Sekunde fühlte ich, wie etwas durch meinen Körper schoss. Augenblicklich erstarrte mein Körper und ich konnte nicht einmal meinen kleinen Finger bewegen. Ich konnte nur zu Mr. Apollo hochstarren, der mich immer noch mit demselben alten Grinsen anschmunzelte.

»Was ... was hast du mit mir gemacht?«, sagte ich. Ich versuchte mich zu bewegen. »Ich kann mich nicht bewegen ...«

»Eine meiner Kräfte«, sagte Mr. Apollo. »Ich kann die Nerven einer anderen Person mit einer bloßen Berührung oder durch einen Gegenstand, den ich halte, wie meinen Stock, ausschalten.«

»Warum hast du mich dann mit deinem Stock geschlagen?«, fragte ich.

»Weil ich Lust dazu hatte«, sagte Mr. Apollo. »Darum.«

Ich runzelte die Stirn, aber da ich nicht aufstehen konnte, sagte ich: »Und deine andere Kraft ... dein Körper ...«

»Ich kann meinen Körper in Licht verwandeln«, sagte Mr. Apollo und klopfte sich auf die Brust. »Ähnlich wie Shade Schatten kontrollieren kann, kann ich Licht kontrollieren. Eine ziemlich nützliche Kraft, würdest du nicht sagen?«

»Ja«, sagte ich. »Kannst du mir die Kontrolle über meinen Körper zurückgeben? Ich will nicht mehr hier liegen.«

»Sicher«, sagte Mr. Apollo. »Aber zuerst musst du zugeben, dass ich gewonnen habe.«

»Was?«, sagte ich. »Warum?«

»Weil ich es getan habe«, sagte Mr. Apollo. Er sah auf seine Uhr. »Zweieinhalb Minuten. So lange hat es gedauert, bis ich dich besiegt habe.«

»Du meinst, du hast die Zeit gestoppt?«, fragte ich.

»In der Tat«, sagte Mr. Apollo. »Und es ist ein neuer Rekord für mich, da es zwei Minuten und fünfundvierzig Sekunden gedauert hat, Renaissance zu besiegen, der etwas cleverer war als du.«

Jetzt war ich mir ziemlich sicher, dass Mr. Apollo nur prahlte, um mich zu provozieren, aber da ich in dieser Situation keine Macht hatte, sagte ich: »Okay, gut, du hast gewonnen. Kann ich jetzt die Kontrolle über meine Nerven zurückbekommen?«

Mr. Apollo antwortete nicht. Weiterhin grinsend schlug er einfach seinen Stock erneut auf meine Brust, und plötzlich spürte ich, wie die Kontrolle über meinen Körper zurückkehrte. Ich sprang auf die Füße, als Mr. Apollo seinen Stock von meiner Brust nahm, aber ich versuchte nicht, ihn zu schlagen, weil ich wusste, dass er mich einfach wieder von den Füßen holen würde, wenn ich versuchte, ihn nochmal zu schlagen.

»Nun denn«, sagte Mr. Apollo und legte seine Hände wieder über seinen Stock. »Warum bereiten wir dich und deine Freunde nicht für die Mission vor? Wir haben schließlich nicht mehr viel Zeit, bevor die Pokacu ihren Zug machen.«

Ich starrte Mr. Apollo nur finster an. Er starrte nicht zurück. Er sah nur amüsiert aus, als wäre ich nur ein kleines Kätzchen, das nicht viel mehr tun konnte, als ihn zu kratzen.

Dann schüttelte ich den Kopf und sagte: »Okay. Aber vielleicht sollten wir irgendwann nach all dem nochmal kämpfen. Vielleicht endet es anders, jetzt, da ich deine Kräfte kenne.«

Mr. Apollo lachte buchstäblich, als ich das sagte. »Oh, junger Bolt, ich sehe, dass es noch so vieles gibt, das du nicht verstehst. Ach, nochmal jung zu sein ...«

Mr. Apollo schüttelte nur den Kopf und sagte, zu meinen Freunden blickend: »Nun, alle zusammen, bitte stellt euch in einer Reihe auf, und wir werden eure Größen nehmen, damit wir sicherstellen können, dass jeder von euch die Umgebung bekommt, die am besten zu seinem oder ihrem Körper passt. Dann werden wir aufbrechen und die Welt erneut vor den Pokacu retten.«

Kapitel Zwölf

Nachdem meine Freunde und ich für unsere Anzüge angepasst worden waren, sagte uns Mr. Apollo, wir sollten in die Suite zurückkehren und uns ausruhen. Wir würden innerhalb einer Stunde zur Hero Island aufbrechen, aber Mr. Apollo meinte, wir sollten uns ausruhen, damit wir für den Angriff bereit wären. Das machte mir nichts aus, denn ich war ziemlich müde, obwohl ich mich immer noch fragte, warum Mr. Apollo über meinen Vorschlag eines Rückkampfs gelacht hatte. Glaubte er wirklich, ich könnte ihn nicht noch einmal besiegen? Er musste ziemlich selbstsicher in Bezug auf seine Fähigkeiten sein, um das zu denken. Angesichts seiner Kräfte und Erfahrung hatte er vielleicht recht.

Trotzdem machte ich mir immer noch Sorgen um Mama. Wie ging es ihr? Wohin hatten die Pokacu sie gebracht? Warum hatten sie sie entführt? War sie in Sicherheit? War sie unverletzt? Ich wusste es nicht. Ich hatte einen Haufen Fragen im Kopf, auf die ich keine einfachen oder sofortigen Antworten hatte. Ich würde nicht losstürmen und die gesamte Pokacu-Armee im Alleingang bekämpfen - da Mr. Apollo mich ja ziemlich deutlich geschlagen hatte -, aber ich fand, dass selbst eine Stunde zu warten, bis wir aufbrachen, unerträglich quälend war.

Deshalb fiel es mir schwer, den Gesprächen zwischen meinen Teamkollegen und den Neuen Helden zu folgen, als wir um den Haupttisch in der Suite saßen, wo wir alle ein letztes Abendessen mit Pizza zu uns nahmen, bevor wir aufbrachen. Slime und Stinger gerieten in einen Streit über irgendeinen Typen auf YouTube, während die Blitz-Drillinge in einen Streit untereinander geraten waren, den ich nicht verstehen konnte, da sie wieder ins Japanische verfallen waren und dadurch fast unmöglich zu verstehen waren.

Tatsächlich war ich so besorgt um Mama, dass ich nicht einmal bemerkte, wie Blizzard meinen Namen sagte, bis sie meinen Arm antippte und ich zu ihr aufsah. »Hm?«

»Ich habe versucht, mit dir zu reden«, sagte Blizzard, klang dabei aber weniger genervt und eher besorgt. »Geht es dir gut?«

Ich runzelte die Stirn und biss von meiner Pizza ab. »Nein, mir geht's nicht gut.«

»Wegen deiner Mutter, stimmt's?«, sagte Blizzard.

Ich nickte und ignorierte die plötzlichen Rufe von Shell, die sich nun dem Streit mit Stinger und Slime über YouTube angeschlossen hatte. »Ja.«

»Ich verstehe das«, sagte Blizzard. Sie stützte ihr Gesicht auf eine Hand. »Meine Eltern sind in Arizona, also sind sie soweit ich weiß in Sicherheit, aber ich mache mir trotzdem Sorgen um sie. Sie haben keine Superkräfte, also können sie sich nicht verteidigen, wenn die Pokacu beschließen, hinter ihnen her zu sein.«

»Genauso ist es bei meiner Mutter«, sagte ich. »Anders als mein Vater hat sie keine Kräfte. Sie ist zwar eine starke Frau, aber sie ist den Pokacu nicht gewachsen.«

»Jetzt frage ich mich, ob sie auch andere unserer Familienmitglieder entführen werden«, sagte Blizzard und wandte sich von mir ab, als sie in ihre Pizza biss. »Um sie als Druckmittel gegen uns einzusetzen.«

»Das ist möglich«, sagte ich. Dann warf ich einen Blick auf Strike und Dizzy; Strike schien Dizzy dazu zu überreden, ihre Pizza zu essen, aber sie sah nicht so aus, als ob sie wollte. »Es sei denn, sie töten sie einfach auf der Stelle.«

Blizzard schauderte. »Sag so was nicht. Wir haben schon genug Sorgen, ohne uns auch noch um unsere Familien zu sorgen.«

»Ich weiß«, sagte ich. »Deshalb müssen wir sie besiegen, und zwar so schnell wie möglich.«

»Können wir das denn?«, fragte Blizzard zweifelnd. »Wir haben noch nie einen Planeten besiegt.«

»Wir müssen es einfach versuchen«, sagte ich. »Ich bin immer offen für neue Dinge, also sollte das interessant werden.«

Blizzard kicherte. »Ja, ich schätze schon.«

Plötzlich klopfte es an der Tür zu unserer Suite, und ich sah gerade noch rechtzeitig, wie Nicknacks eintrat. Er ging tatsächlich, wenn auch an Krücken. Das überraschte mich, da er das letzte Mal, als ich ihn sah, im Rollstuhl saß, aber andererseits hatte er ja gesagt, dass Pokacu schneller heilen als Menschen, also hätte mich das nicht so schockieren sollen.

»Bolt?«, sagte Nicknacks, was uns alle dazu brachte, ihn anzusehen. »Können wir bitte unter vier Augen sprechen? Ich habe etwas mit dir zu besprechen.«

Ich sah kurz zu den anderen, bevor ich wieder zu Nicknacks blickte. »Äh, klar.«

Ich sprang von meinem Sitz auf und folgte Nicknacks aus der Suite, neugierig, was er besprechen wollte. Wir hielten im Flur an, der wie üblich leer war, obwohl ich wusste, dass hinter jeder Tür in der Einrichtung Regierungsmitarbeiter an streng geheimen Projekten arbeiteten, von denen niemand außerhalb dieses Ortes je erfahren würde.

Als wir im Flur waren, drehte sich Nicknacks zu mir um. Obwohl er offensichtlich heilte, sah er immer noch erschöpft aus, als hätte er in letzter Zeit nicht genug geschlafen. Er lehnte sich auf seine Krücken, sein unmenschliches Gesicht undurchschaubar.

»Also, worüber wolltest du mit mir sprechen?«, fragte ich. »Du siehst aus, als ginge es dir besser.«

»Das stimmt«, sagte Nicknacks. »Und ich werde wahrscheinlich fit genug sein, um mit dir und den anderen auf die Reise zur Mutterwelt zu gehen. Für euch Menschen würden gebrochene Beine Wochen, vielleicht sogar Monate brauchen, um zu heilen, wenn überhaupt, aber für uns Pokacu ist es so etwas wie ein Papierschnitt.«

»Cool«, sagte ich. »Ich wünschte, ich könnte so schnell heilen, aber ich habe leider keine Heilkraft bekommen.«

»Ja, Heilkräfte sind nützlich«, sagte Nicknacks. »Sag mal, wie steht's mit deinen Kräften? Ich habe gehört, du hattest einen Kampf mit Mr. Apollo.«

»Meine Kräfte kommen zurück«, sagte ich. Ich bewegte meine Finger. »Ich schätze, bis wir aufbrechen, werden meine Kräfte wieder voll da sein. Genauso wie die Kräfte meiner Teamkollegen und der Neuen Helden.«

»Gut«, sagte Nicknacks. »Sehr gut. Wir werden jeden Vorteil brauchen, wenn wir gegen die Pokacu kämpfen. Es gibt einen Grund, warum sie so viele Welten erfolgreich erobert haben. Sie sind ein rücksichtsloser und schlauer Feind, den man nicht auf die leichte Schulter nehmen sollte.«

»Das habe ich irgendwie schon begriffen, aber danke für die Erinnerung«, sagte ich. »Ich bin sicher, wir werden sie schlagen können. Es wird schwierig sein, klar, aber wir haben sie einmal besiegt, also denke ich, wir können es wieder tun.«

»Das hoffe ich«, sagte Nicknacks. »Aber die Mutterwelt ist bei weitem die raffinierteste und gefährlichste. Sie ist das Gehirn hinter meinem Volk. Sie wird uns nicht einfach so auf ihre Oberfläche spazieren und tun lassen, was wir wollen, falls wir es überhaupt dorthin schaffen.«

»Das glaube ich«, sagte ich. »Ist das alles, was du mir sagen wolltest? Mich nur vor der Mutterwelt zu warnen?«

»Das ist es nicht, zumindest nicht ganz«, sagte Nicknacks. Er sah sich nach beiden Seiten um, als wolle er sichergehen, dass der Flur frei war, bevor er sich mir näherte. »Ich muss dich um etwas bitten. Ich bezweifle, dass du es tun musst - ich hoffe es jedenfalls -, aber es besteht eine gute Chance, dass ich dich darum bitten muss, wenn wir die Mutterwelt erreichen.«

»Okay«, sagte ich. »Worum geht es?«

Nicknacks zögerte. Er sah fast so aus, als würde er seine Bitte überdenken, aber dann sagte er: »Wenn ich unkontrollierbar werde, möchte ich, dass du mich tötest.«

Überrascht trat ich einen Schritt zurück. »Dich töten? Was? Warum? Was meinst du mit ›unkontrollierbar werden‹? Du bist auf unserer Seite. Du warst ein mächtiger Verbündeter der NHA und der Menschheit im Allgemeinen, seit du hier angekommen bist. Warum solltest du jemals unkontrollierbar werden?«

Nicknacks seufzte und verlagerte sein Gewicht auf seinen Krücken. »Erinnerst du dich, Bolt, wie ich die Pokacu-Spezies beschrieben habe?«

»Ja«, sagte ich. »Du sagtest, sie seien im Wesentlichen ein Schwarmgeist, der von der Mutterwelt kontrolliert wird. Du warst genauso, aber du hast dich irgendwann abgespalten und jetzt hat die Mutterwelt keine Kontrolle mehr über dich.«

»Richtig«, sagte Nicknacks. »Nun, größtenteils richtig.«

»Was soll das heißen?«, fragte ich. »Was war daran falsch?«

»Nichts«, sagte Nicknacks. »Es ist nur so, dass ich etwas nicht gegenüber Präsident Plutarch oder Direktor Smith erwähnt habe, weil ich weder den einen noch den anderen beunruhigen oder ihr Misstrauen wecken wollte, basierend auf etwas, das vielleicht passieren könnte oder auch nicht.«

»Und was ist das?«, fragte ich.

Nicknacks deutete auf seinen eigenen Kopf. »Obwohl ich mich von der Kontrolle der Mutterwelt befreit habe, bedeutet das nicht, dass ich völlig immun gegen ihren Einfluss bin. Wenn sie wollte, könnte sie möglicherweise die Kontrolle über meinen Verstand zurückgewinnen und meinen Körper benutzen, um ihren Willen durchzusetzen.«

Ich ballte sofort eine Faust, schlug Nicknacks aber nicht. »Du meinst, sie könnte das tun? Zum Beispiel jetzt sofort?«

»Jetzt gerade nicht, nein«, sagte Nicknacks schnell. »Ich bin im Moment zu weit von ihr entfernt, als dass sie mich kontrollieren könnte. Aber wenn ich mit euch zur Mutterwelt gehe, könnte sie die Kontrolle über mich zurückgewinnen. Der Teil meines Gehirns, der mich mit der Mutterwelt verbindet, ist noch da; er ist inaktiv und beschädigt, aber es besteht die eindeutige Möglichkeit, dass die Mutterwelt ihn nutzen könnte, um mich zu kontrollieren, wenn sie es versuchen würde.«

»Wirklich?«, sagte ich und senkte meine Faust. »Das ist schrecklich.«

»Das ist es«, sagte Nicknacks. »Das ist übrigens der wahre Grund, warum ich auf der Erde geblieben bin. Ich wusste, dass ich, wenn ich die Erde verlassen würde, meine Chancen, wieder von der Mutterwelt kontrolliert zu werden, nur erhöhen würde. Also blieb ich hier, so weit von der Mutterwelt entfernt wie möglich, weshalb ich seit vielen Jahren nicht von ihr beeinflusst wurde.«

»Könntest du nicht gegen ihren Einfluss ankämpfen?«, fragte ich. »Warum brauchst du mich, um dich zu töten?«

»Nur weil ich ihren Einfluss einmal besiegt habe, heißt das nicht, dass ich es wieder tun kann«, sagte Nicknacks. »Du hast keine Ahnung, wie selten es ist, dass sich ein Pokacu von ihrer Kontrolle befreit und überlebt. Ich bin der einzige bekannte Pokacu in den letzten hundert Jahren, der erfolgreich rebelliert hat. Ihr Einfluss ist einfach überwältigend und es ist unwahrscheinlich, dass ich sie noch einmal besiegen könnte, wenn sie versuchen würde, die Kontrolle über mich zurückzugewinnen.«

»Aber -«

»Außerdem wird sie mich, wenn ich unter ihrer Kontrolle stehe, wahrscheinlich benutzen, um die Mission zu stören«, fuhr Nicknacks fort. »Und da ihr vermutlich nicht viel Zeit haben werdet, um erfolgreich zu sein, müsst ihr mit allen Bedrohungen so brutal und effizient wie möglich umgehen. Damit meine ich, tötet alle Hindernisse auf eurem Weg, einschließlich mir.«

»Du meinst, du hast keine Angst vor dem Tod?«, fragte ich. »Davor, getötet zu werden?«

»Meine Angst vor dem Tod ist praktisch nicht vorhanden«, sagte Nicknacks mit einem Achselzucken. »Das Gleiche gilt für die Pokacu-Spezies im Allgemeinen. Aufgrund unserer Schwarmnatur haben wir keine wirkliche Angst vor dem Tod. Wir stürzen uns natürlich nicht leichtsinnig in Gefahr, aber wenn die Mutterwelt uns befiehlt, in eine Situation zu gehen, die uns umbringen wird, werden wir es tun, egal was passiert.«

»Ja, aber das ist trotzdem verrückt«, sagte ich. »Was wird die NHA sagen, wenn ich das tue?«

»Sie werden es verstehen«, sagte Nicknacks. »Ich habe Omega Man und den anderen während der ersten Invasion von dieser Möglichkeit erzählt, obwohl sie glücklicherweise nie eingetreten ist. Außerdem ist die Mission weitaus wichtiger als mein Leben. Wenn ich sterben muss, damit mein Volk aufgehalten und die Erde gerettet werden kann, dann muss ich das eben tun.«

Ich biss mir auf die Unterlippe. »Das gefällt mir nicht.«

»Das muss es auch nicht«, sagte Nicknacks. »Du musst es einfach nur tun. Kann ich dir vertrauen, dass du es tust, sollte es jemals nötig sein?«

Nicknacks und ich sahen einander direkt in die Augen, was sich wie eine Ewigkeit anfühlte. Ich hoffte, dass Nicknacks mir vielleicht sagen würde, dass er nur Spaß machte und dass dies alles nur eine hypothetische Situation war, die mehr als intellektuelle Übung gedacht war als alles andere, aber sein Gesichtsausdruck änderte sich nicht und er sagte nichts, was darauf hindeutete, dass er etwas anderes als sein übliches ernstes Selbst war.

Schließlich nickte ich langsam und sagte: »Okay. Ich werde es tun, wenn ich es tun muss.«

»Gut«, sagte Nicknacks. »Ich wusste, dass ich dir vertrauen kann. Mecha Knight hat eine weise Entscheidung getroffen, dich für die Young Neos zu rekrutieren. Vielleicht werde ich ihm das beim nächsten Mal sagen, wenn ich ihn sehe, vorausgesetzt, er lebt noch.«

Ich wollte Nicknacks gerade fragen, was er damit meinte, als ein Piepton ertönte und ich auf meine Uhr sah, die anzeigte, dass wir noch zehn Minuten hatten, bevor wir zur Heldeninsel aufbrechen mussten.

»Es sieht so aus, als hätten wir nicht mehr viel Zeit, um uns auf die Abreise vorzubereiten«, sagte Nicknacks. »Ich werde jetzt in mein Zimmer zurückkehren. Wir können uns später wieder treffen, wenn wir zur Heldeninsel aufbrechen.«

»Okay«, sagte ich. »Dann bis gleich.«

Damit drehte ich mich um und kehrte in die Suite zurück, aber nicht ohne über meine Schulter zu blicken und zu sehen, wie Nicknacks den Flur entlang zurück zu seinem Zimmer humpelte. Ich konnte mir nicht vorstellen, ihn töten zu müssen, selbst wenn die Mutterwelt wieder die Kontrolle über ihn erlangen würde, aber gleichzeitig, wenn es zwischen ihm und der Welt stünde ... nun, ich wusste, was ich wählen würde, auch wenn ich diese Wahl nicht gerne treffen musste.

Kapitel Dreizehn

Nachdem der Alarm losging, begaben sich meine Teamkollegen, die Neuen Helden und ich in den Raum, wo wir uns umziehen und aufbrechen würden. Er befand sich gleich den Flur runter von unserer Suite, sodass wir ihn leicht erreichen konnten; tatsächlich war es derselbe Raum, in dem wir scheinbar vor einer Ewigkeit angekommen waren, obwohl es höchstens ein paar Stunden her war, seit wir in der Einrichtung eingetroffen waren.

Hier wurden wir mit unseren eigenen Umgebungsanzügen ausgestattet. Als ich meinen anzog, erinnerte ich mich deutlich an den Unterwasseranzug, den Graleex mir gegeben hatte. Das war nicht allzu überraschend, da diese Anzüge auf jenem basierten.

Aber mein Umgebungsanzug war viel besser als der Tauchanzug, den Graleex mir geliehen hatte. Er war speziell für den menschlichen Körper entworfen, was bedeutete, dass er mir besser passte und mir viel mehr Bewegungsfreiheit bot als der andere Anzug, den ich getragen hatte. Auch der Helm passte bequemer auf meinen Kopf und gab mir viel mehr Freiheit, meinen Hals zu bewegen. Außerdem sah er richtig cool aus, wie etwas aus einem Science-Fiction-Militärspiel, obwohl das natürlich nur ein Nebeneffekt war.

Was unsere Waffen betraf, bekam die eine Hälfte von uns Frostwaffen, während die andere Hälfte Bombenstäbe erhielt, einschließlich Blizzard, die aufgrund ihrer Kräfte eigentlich keine Frostwaffe brauchte. Ich bekam einen der Bombenstäbe, den ich vorsichtig hielt, um zu vermeiden, dass die Spitze uns alle in die Luft jagte. Blizzard bekam auch so einen, obwohl sie ihn nicht so behutsam zu halten schien wie ich meinen.

Nicknacks - der ohne seine Krücken den Raum betrat und darauf bestand, dass es ihm gut genug ginge, um mitzukommen - bekam weder einen Umgebungsanzug noch unsere Ausrüstung, da seine Pokacu-Natur bedeutete, dass er keine Probleme beim Atmen auf der Mutterwelt haben würde. Er nahm einfach seinen treuen Stab, den er irgendwie in den letzten paar Stunden repariert hatte, und meinte, das würde mehr als ausreichen.

Nachdem wir alle ausgerüstet waren, waren wir bereit, zur Heldeninsel aufzubrechen. Aber zuerst kam Cadmus und erklärte uns den Plan, denn wir mussten den Plan kennen, um sicherzustellen, dass alles reibungslos ablaufen würde.

Laut Cadmus würde Shade uns in Zweiergruppen zur Heldeninsel transportieren. Dann würden wir uns in vier Dreiergruppen aufteilen, abgesehen von der letzten Gruppe, die aufgrund von Nicknacks' Einbeziehung aus vier Personen bestehen würde. Drei der Teams würden daran arbeiten, das Dreiecksgefängnis zu zerstören und die gefangenen Mitglieder der NHA und INJ zu retten, während das vierte Team versuchen würde, ein Pokacu-Raumschiff zu kapern, das dann benutzt werden würde, um die Mutterwelt zu erreichen. Nicknacks würde Teil dieses letzten Teams sein, weil er das einzige Mitglied des Angriffstrupps war, das ein Pokacu-Schiff fliegen konnte, und der einzige mit Kenntnissen über die Mutterwelt überhaupt.

Aber es waren nicht nur die Jungen Neos und die Neuen Helden, die gegen die Pokacu kämpfen würden. Einige G-Men-Agenten kamen ebenfalls mit: Shade, Mr. Apollo und Wind. Sowohl Mr. Apollo als auch Wind hatten in der letzten Pokacu-Invasion gekämpft, während Shade - die damals kein Mitglied der G-Men gewesen war - als Verstärkung mitkam. Was Cadmus betraf, er würde in der Einrichtung bleiben und die Mission von hier aus überwachen, obwohl er auch jede Verstärkung schicken würde, die wir brauchen könnten, falls die Mission schief gehen sollte.

Es schien ein ziemlich einfacher Plan zu sein, alles in allem, aber ich muss zugeben, dass ich mich ein wenig nervös deswegen fühlte. Pläne konnten immer aus dem Ruder laufen, aber solange ich bei Nicknacks war, dachte ich, dass alles gut gehen würde.

Aber wichtiger noch, ich erinnerte mich an Mom. Sie war irgendwo auf der Heldeninsel, in den Fängen von Monstern, die wahrscheinlich nicht zögern würden, sie zu töten, wenn sie dachten, dass es ihnen nützen würde. Ich konnte nicht zulassen, dass Angst oder Nervosität mich davon abhielten, sie zu retten. Ich konnte auch nicht zulassen, dass Angst oder Nervosität mich davon abhielten, Nicknacks auszuschalten, wenn ich es musste. Ich warf einen Blick auf Nicknacks, während Cadmus den Plan erklärte, aber der Außerirdische sah mich nicht an, wahrscheinlich weil es nichts zu bedenken oder zu befürchten gab. Wir mussten einfach handeln.

Als Cadmus fertig damit war, uns den Plan zu erklären und sicherzustellen, dass wir ihn alle verstanden hatten, begann Shade damit, uns paarweise zur Heldeninsel zu bringen. Sie würde jedes Team an verschiedenen Stellen der Insel absetzen; auf diese Weise würden die Pokacu, falls wir auf welche treffen sollten, uns nicht alle auf einmal erwischen können. Sie würde auch als Verteidigung fungieren, indem sie Bedrohungen für die Teams ausschaltete, die diese nicht selbst bewältigen konnten, und kein Teil eines bestimmten Teams sein.

Mein Team bestand aus mir, Nicknacks, Blizzard und Wind. Unser Ziel war einfach: Nicknacks auf ein Schiff bringen und dann dieses Schiff benutzen, um zur Mutterwelt zu gelangen und diese Invasion ein für alle Mal zu beenden. Ich war froh, mit Blizzard zu arbeiten, aber ich war mir bei Wind nicht so sicher. Obwohl mir versichert wurde, dass er ein guter Kämpfer und G-Men-Agent sei und man ihm vertrauen könne, gab es etwas an ihm, das mich misstrauisch machte. Vielleicht lag es daran, dass ich immer noch nicht wusste, was seine Kräfte waren; als ich ihn fragte, sagte er nur, dass ich es bald genug herausfinden würde.

Jedenfalls brachte Shade Wind und Nicknacks zuerst zur Heldeninsel und kam ein paar Sekunden später zurück, um mich und Blizzard zu holen. Im nächsten Moment reisten wir wieder durch die Dunkelheit, die wie immer schwer zu atmen war, bis wir plötzlich durch ein helles Licht gingen und wieder in der normalen Welt waren.

Ich ließ Shades Hand los und sah mich um. Wir standen hinter dem Haus, das ich sofort an seinen hohen Mauern erkannte. Es sah aus, als wäre es in gutem Zustand, was entweder bedeutete, dass die Pokacu es in Ruhe gelassen hatten oder noch nicht dorthin gelangt waren; jedenfalls sah ich keine Pokacu in der Nähe, abgesehen von Nicknacks natürlich, der wie ich die Umgebung rasch nach Fallen absuchte. In der Ferne konnte ich das Dreiecksgefängnis sehen, das selbst aus der Entfernung hell leuchtete.

»Hier sind wir«, sagte Shade. »Laut unseren Satelliten gibt es irgendwo in der Nähe ein Pokacu-Raumschiff, das ihr versuchen sollt zu kapern.«

»Ja«, sagte Nicknacks nickend. Er hob sein Handgelenk, an dem eine Uhr befestigt war, die meiner ähnelte, nur kleiner. »Ich habe seinen Standort auf meiner Uhr.«

»Gut«, sagte Shade. »Die anderen Teams sind bereits in Position, also werde ich ihnen Bescheid geben, dass sie mit dem Angriff auf das Dreiecksgefängnis beginnen sollen.«

Shade zwinkerte mir zu. »Und Bolt, bring dich nicht in Schwierigkeiten, okay? Ich wäre ziemlich ... enttäuscht, wenn dir etwas zustoßen würde.«

Ich fühlte mich irgendwie unwohl, als Shade das sagte, besonders bei der Betonung, die sie auf das Wort »enttäuscht« legte. Ich fühlte mich noch schlimmer, als Blizzard sie finster anstarrte, aber Shade schien es nicht zu bemerken oder es kümmerte sie nicht. Sie glitt einfach zurück in die Schatten, wo wir sie nicht mehr sehen konnten.

»Ich hoffe, wir sehen sie nach all dem nie wieder«, sagte Blizzard in einem ziemlich genervten Ton.

»Wahrscheinlich werden wir das«, sagte ich. »Sie geht nirgendwohin, soweit ich das beurteilen kann.«

»Ich wünschte, sie würde es«, sagte Blizzard.

Bevor ich dazu etwas sagen konnte, sagte Nicknacks: »Genug geredet. Wir müssen uns darauf konzentrieren, das Raumschiff zu bekommen, das uns zur Mutterwelt bringen wird. Es sollte in der Nähe sein, aber wir müssen vorsichtig sein. Die Pokacu lassen ihre gelandeten Schiffe nicht unverteidigt und werden nicht zögern, jeden zu töten, der versucht, ihre Schiffe zu stehlen.«

»Richtig«, sagte ich. Ich hob meinen Bombenstab. »Führ uns, Mann, und wir folgen dir.«

Nicknacks nickte und rannte dann nach rechts, dicht an der Rückseite des Hauses entlang. Wind, Blizzard und ich folgten so schnell und leise wie möglich, obwohl keine Pokacu in der Nähe zu sein schienen, abgesehen von Nicknacks. Ich schaute immer wieder zum Himmel, in der Erwartung, jeden Moment ein Pokacu-Raumschiff auf uns herabstürzen zu sehen, aber der Himmel war klar. Tatsächlich war die einzige wirkliche Präsenz der Pokacu das Dreiecksgefängnis im Süden, obwohl definitiv eine mächtige Spannung in der Luft lag, die mich auf der Hut bleiben ließ.

Als wir die Ecke des Gebäudes erreichten, spähte Nicknacks um die Ecke und sah dann über seine Schulter zu uns zurück. »Das Schiff ist genau da.«

Neugierig aktivierte ich meine Flugkräfte und flog über Nicknacks hinweg, blieb aber hinter dem Gebäude, als ich um die Ecke spähte, um zu sehen, was er entdeckt hatte.

Ein großes, scheibenförmiges Pokacu-Raumschiff war auf dem Boden gelandet, nahe dem Eingang des Hauses. Es sah der *Spinner* sehr ähnlich, hatte aber ein sehr fremdartiges, neongrünes Farbschema und eine Menge Kanonen oben und unten, die mehr als fähig aussahen, eine ganze Kleinstadt in Staub zu verwandeln. Um es herum standen etwa vier Pokacu-Soldaten, jeder bewaffnet mit ihren Armkanonen, die blauen Kleber schossen, aber unter ihnen war ein fünfter Soldat, der viel größer und bulliger war als jeder von ihnen.

Ich meine, dieser Kerl war *riesig*. Er war etwa so groß wie drei dieser Typen zusammen und trug einen Helm mit bösartigen Metallstacheln, die herausragten. Seine Arme waren so dick wie Baumstämme und seine Beine sahen so stabil aus wie Felsen. Die Rüstung, die er trug, war mit Stacheln besetzt, und sein Helm ließ ihn wie einen Kobold aussehen. Und anstatt einer Armkanone hatte er einen Raketenwerfer auf dem Rücken und trug eine riesige Schwert-/Axt-Kombination in den Händen. Er sah kaum wie irgendein Pokacu aus, den ich je gesehen hatte; ich war mir nicht einmal sicher, ob er überhaupt ein Pokacu *war*.

Als ich neben den anderen wieder auf dem Boden landete, flüsterte ich Nicknacks zu: »Was zum Teufel ist das?«

»*Braalkaz*«, sagte Nicknacks. »Grob ins Deutsche übersetzt bedeutet es ›Brutalo‹. Sie gehören zu den stärksten Kriegern in der Pokacu-Armee; sie sind nicht ganz so zahlreich wie die einfache Pokacu-Soldatenklasse, aber sie sind etwa so stark wie zehn von ihnen zusammen und normalerweise nahezu unmöglich zu töten.«

»Wie ›nahezu unmöglich‹ reden wir hier?«, fragte ich.

»Während einer Invasion geriet ein Trupp Brutalos in die Mitte einer massiven Explosion, die eine unterirdische Festung von der Größe des Pentagons zerstörte«, sagte Nicknacks. »Sie gruben sich einfach aus den Trümmern, jagten die Leute, die versucht hatten, sie zu töten, und rissen sie dann brutal Stück für Stück auseinander ... während sie noch am Leben waren.«

»Ich kann mich nicht an diese von der letzten Invasion erinnern«, sagte Wind. Mir fiel auf, dass er einen leichten südlichen Akzent hatte. »Ich erinnere mich an die kleineren Typen, aber nicht an die großen.«

»Weil die Muskelprotze meist nur wenn nötig eingesetzt werden«, erklärte Nicknacks. »Aufgrund ihrer immensen Kraft neigen sie eher zu Unachtsamkeit und Kontrollverlust über ihre Stärke als der durchschnittliche Pokacu-Soldat. Das kann nützlich sein, wenn man einen Feind vollständig eliminieren will, aber weniger hilfreich, wenn man ihn nur erobern oder mit intakter eigener Armee siegen möchte.«

»Ich schätze, die Mutterwelt muss es ernst meinen mit unserer Vernichtung, wenn sie diese Muskelprotze gegen uns schickt«, meinte Blizzard. »Aber es sollte einfach sein, sie auszuschalten. Ich werde sie einfach mit meinen Kräften einfrieren, wir marschieren an ihnen vorbei und übernehmen dann ihr Schiff ohne Kampf.«

»So einfach wird es leider nicht sein«, entgegnete Nicknacks. »Die Kontrolle über Pokacu-Raumschiffe zu übernehmen ist ... schwierig für Nicht-Pokacu, wenn nicht sogar völlig unmöglich.«

»Was ist denn so schwierig daran, diese Schiffe zu kapern?«, fragte ich. »Mimic konnte die *Spinner* fliegen und er war ein Mensch. Ich sehe nicht, warum es für uns unmöglich sein sollte.«

»Das liegt daran, dass die *Spinner* für die menschliche Nutzung umgebaut wurde«, erklärte Nicknacks. »Und ehrlich gesagt bin ich überrascht, dass die G-Men sie nach all den Veränderungen, die sie vorgenommen haben, überhaupt fünf Sekunden in der Luft halten können. Ich schätze, sie sind bessere Ingenieure als ich dachte.«

»Ich verstehe immer noch nicht«, sagte Blizzard. »Was wird uns daran hindern, die Kontrolle über dieses Schiff zu übernehmen?«

»Pokacu-Schiffe sind nicht wie menschliche Schiffe konzipiert, in dem Sinne, dass sie von jedem gesteuert werden können, der ihre Bedienung versteht«, erläuterte Nicknacks. »Pokacu-Schiffe sind nicht rein mechanisch. Meistens sind sie zumindest teilweise organisch, was bedeutet, dass sie teilweise lebendig sind, wenn auch nur in dem Sinne, wie Pflanzen lebendig sind, ohne Bewusstsein zu besitzen.«

»Ist die gesamte Pokacu-Technologie so?«, fragte ich und erinnerte mich an das Blut, das aus der Rakete kam, als ich sie früher zerstörte.

»Ein Großteil davon, ja«, bestätigte Nicknacks. »Was das Kapern von Pokacu-Schiffen kompliziert macht, ist, dass die organischen Teile normalerweise biologisch mit dem Piloten des Schiffes verbunden sind. Wenn der Pilot also stirbt, kann das Schiff nicht benutzt werden, was es für jeden, der nicht der Pilot ist, unmöglich macht, es zu nutzen.«

»Das bedeutet, wenn wir diese Typen einfrieren würden, könnten wir das Schiff nicht benutzen, weil wir den Piloten dabei töten würden?«, fragte ich.

»Mehr oder weniger«, nickte Nicknacks. »Sie wurden so konzipiert, um es Feinden unmöglich zu machen, sie zu kapern und gegen die Mutterwelt einzusetzen.«

»Und wie erfolgreich hat das funktioniert?«, wollte ich wissen.

»Lass es mich so ausdrücken«, meinte Nicknacks. »In all meinen Jahren in der Pokacu-Armee ist die *Spinner* das einzige Beispiel für eine erfolgreiche Kaperung eines Raumschiffs, das ich kenne. Und das war erst *nachdem* es abgeschossen und für die menschliche Nutzung modifiziert wurde, ein Prozess, der viele Jahre in Anspruch nahm, lange nach dem Ende der ersten Invasion.«

»Wie zum Teufel sollen wir dann dieses Schiff kapern?«, fragte ich. Ich deutete mit dem Daumen über meine Schulter in die ungefähre Richtung des Schiffes. »Selbst wenn wir seine Wachen besiegen, können wir es nicht kapern.«

»Nicht unbedingt«, erwiderte Nicknacks. »Was wir tun müssen, ist den Piloten gefangen zu nehmen und als Geisel zu nehmen. Oder einfach einen Teil seines Körpers mitnehmen.«

»Bist du sicher, dass das funktionieren wird?«, fragte ich.

»Wenn es keine größeren Änderungen am Design der Schiffe gegeben hat, seit ich die Armee verlassen habe, sehe ich keinen Grund, warum nicht«, antwortete Nicknacks. »Alles, was es braucht, um ein Pokacu-Raumschiff zu aktivieren und zu benutzen, ist die DNA des Piloten. Theoretisch kannst du also damit davonkommen, wenn du, sagen wir, einen Arm oder ein Bein an Bord mitnimmst, da es immer noch DNA des Piloten enthält, und es verwenden, um das Schiff zu steuern, auch wenn du selbst nicht der Pilot bist.«

»Ach so, okay«, sagte ich. »Welcher von ihnen ist also der Pilot?«

»Der Muskelprotz, offensichtlich«, meinte Nicknacks.

Blizzard und ich tauschten schnelle, besorgte Blicke aus, während Wind fragte: »Woher weißt du das?«

»Weil er offensichtlich den Helm eines Piloten trägt«, erklärte Nicknacks und deutete auf den Helm des Muskelprotzes. »Daher müssen wir ihn entweder als Geisel nehmen oder eines seiner Gliedmaßen oder einen anderen Teil seines Körpers abreißen, um eine Probe seiner DNA zu haben, die wir zur Kaperung seines Schiffes verwenden können.«

»Okay, aber warum haben sie das Schiff überhaupt hier geparkt?«, fragte ich.

»Ich vermute, es sind wahrscheinlich einige Soldaten dabei, das Haus zu durchsuchen«, meinte Nicknacks. »Höchstwahrscheinlich suchen sie nach Dingen wie Waffen, Daten, Informationen, allem, was ihnen bei der Invasion helfen könnte.«

»Das bedeutet, sie durchwühlen meine Sachen«, keuchte Blizzard. »Diese *Monster.*«

»Das ist ein weiterer Grund, sie zu besiegen«, sagte Nicknacks. »Aber wir müssen schnell sein. Wenn wir zu lange brauchen, um den Piloten und seine Kameraden auszuschalten, werden sie Zeit haben, Verstärkung zu rufen und uns zum Rückzug zu zwingen, wenn nicht sogar völlig zu überwältigen.«

»Richtig«, sagte ich, während sich in meinem Kopf bereits ein Plan formte. »Ich habe einen Plan. Folgt einfach meiner Führung.«

Nicknacks öffnete den Mund, wahrscheinlich um mir zu sagen, ich solle nicht in die Gefahr stürzen, aber ich hielt nicht an, um zuzuhören. Ich rannte einfach um die Seite des Gebäudes herum und auf die Pokacu zu, während ich rief: »Hey, ihr Loser! Erinnert ihr euch an mich?«

Ihre einzige Antwort war, blauen Klebstoff auf mich zu schießen, aber ich wich ihm aus, indem ich in die Luft flog, sodass das Zeug mich um Meilen verfehlte. Die Pokacu-Soldaten richteten ihre Armkanonen auf mich, aber bevor sie feuern konnten, rief ich: »Blizzard! Jetzt!«

Die Pokacu-Soldaten schauten tatsächlich einen Moment lang verwirrt drein, bevor Blizzard hinter dem Gebäude hervorsprang und ihre Hände nach ihnen ausstreckte. Nur der Muskelprotz schien zu verstehen, was gleich passieren würde, denn er sprang nach vorne und rollte sich über den Boden, gerade als der Rest seiner Soldaten in massiven Eisblöcken eingeschlossen wurde.

»Gute Arbeit!«, rief ich Blizzard zu und zeigte ihr den Daumen nach oben.

Blizzard lächelte zurück, blickte dann aber zum Pokacu und keuchte auf. »Bolt, pass auf!«

Ich hatte keine Ahnung, was sie meinte, bis ich etwas durch die Luft auf mich zufliegen hörte und gerade noch rechtzeitig nach unten sah, um einen der eingefrorenen Pokacu-Soldaten auf mich zusausen zu sehen. Bevor ich ausweichen konnte, prallte der gefrorene Soldat gegen mich, zerbarst in Stücke und schickte mich überrascht zu Boden.

Ich krachte hart genug auf den Boden, um die Erde zu spalten, was mich kurz benommen machte. Als ich den Kopf schüttelte und meine Sicht zurückkehrte, sah ich gerade noch rechtzeitig den Muskelprotz über mir stehen, der sein Schwert über seinen Kopf hob, als wolle er mich enthaupten.

Sofort rollte ich mich zur Seite, was dazu führte, dass der Muskelprotz sein Schwert genau dort in den Boden rammte, wo ich Momente zuvor noch gelegen hatte. Ich rollte mich auf die Füße und schwang meine Faust nach ihm, aber der Muskelprotz blockte meinen Angriff tatsächlich mit seinem dicken Unterarm ab. Nicht nur das, der Aufprall des Schlages ließ ihn nicht einmal wanken; er starrte mich nur an, als fühle er sich durch meinen schwachen Angriff beleidigt, und stieß mich dann nach hinten.

Rückwärts taumelnd schaffte ich es gerade noch, das Schwert des Muskelprotzes mit meinem Bombenstab zu blocken (wobei ich natürlich die Spitze vermied), das hart und schnell auf mich zukam. Tatsächlich traf sein Schwert so hart, dass es meinen Stab beinahe zerbrach, aber der Stab hielt stand und ich schaffte es, den Muskelprotz zurückzuhalten.

Doch selbst mit meiner Superkraft war dieser Muskelprotz mehr als eine Herausforderung für mich. Vielleicht lag es an den Größenunterschieden oder den Gewichtsunterschieden, oder vielleicht war er einfach stärker als ich, aber ich tat alles, was ich konnte, um ihn zurückzuhalten, und es fühlte sich trotzdem nicht nach genug an. Der Muskelprotz knurrte und grollte, fast wie ein Tiger, und ich sah nichts als Mordlust in seinen Augen. Zumindest dachte ich, es wären seine Augen; da er nicht einmal menschlich war, hätte ich genauso gut auf seinen Mund oder so etwas starren können.

Plötzlich fegte eine starke Windböe durch die Luft. Sie war stark genug, um uns beide durch die Luft zu schleudern, bis wir auf dem Boden aufschlugen. Ich schaffte es, mit der Schulter aufzukommen und dann den Schwung zu nutzen, um mich wieder auf die Füße zu rollen, aber der Muskelprotz knallte mit dem Kopf zuerst auf den Boden und stand nicht sofort wieder auf.

Als ich in die Richtung blickte, aus der der Wind gekommen war, sah ich Wind neben Blizzard stehen, die Hände erhoben. Er grinste durch den Helm seines Environs, ein Ausdruck, den ich nicht besonders mochte.

»Danke für die Rettung«, sagte ich.

Aber Wind rief nur: »Pass auf!«

Ich schaute rüber und sah die Faust des Muskelprotzes auf mein Gesicht zukommen. Instinktiv hob ich meinen Arm, um sie zu blocken, aber die Faust des Muskelprotzes kam schnell und hart. Ich wurde nach hinten geschleudert und krachte gegen die Seite des Hauses, von dem ich mit einem Knall herunterfiel. Stöhnend schüttelte ich den Kopf, als Blizzard rief: »Sei vorsichtig, Bolt! Denk dran, wir versuchen, ihn am Leben zu erhalten, weil wir ihn brauchen, um das Schiff zu benutzen.«

Ich sah Blizzard genervt an. »Warum sagst du *mir*, ich soll vorsichtig sein? Warum sagst du nicht ihm, er soll-«

Ich hörte ein Grunzen und sah nach vorne, wo der Muskelprotz auf mich zurannte. Ohne nachzudenken, schoss ich in die Luft und wich dem Muskelprotz gerade noch aus, als er mit dem Kopf voran in die Wand krachte. Ich landete hinter ihm und schlug mit meinem Stab auf seinen Rücken, aber der Stab prallte harmlos ab, als wäre er nichts weiter als ein schicker Stock.

Dann wirbelte der Muskelprotz herum und schwang sein Schwert nach mir, aber ich flog rückwärts aus dem Weg und schaffte es gerade noch, nicht in zwei Hälften geschnitten zu werden. Als ich auf dem Boden landete, rief ich: »Blizzard, warum frierst du ihn nicht ein?«

»Er bewegt sich zu schnell«, sagte Blizzard. »Du musst ihn irgendwie am Boden festhalten oder ihn lange genug ablenken, damit ich ihn einfrieren kann.«

Ich wollte gerade sagen, dass das leichter gesagt als getan sei, aber der Muskelprotz kam wieder auf mich zu. Diesmal würde ich jedoch nicht weglaufen. Ich warf meinen nutzlosen Bombenstab beiseite und stürmte vorwärts, um dem Muskelprotz auf halbem Weg zu begegnen.

Er schwang sein Schwert nach mir, aber ich sprang und landete auf der flachen Seite der Klinge, die groß genug war, um darauf zu stehen. Ich schwang meinen Fuß gegen sein Gesicht und traf den hässlichen Kerl direkt in die Fresse. Ich traf ihn hart genug, um etwas knacken zu hören, aber dann packte er mich und warf mich wie eine Puppe.

Trotzdem schaffte ich es, gekonnt auf dem Boden zu landen und aufzublicken, um zu sehen, wie der Muskelprotz sich den Kiefer rieb, wo ich ihn getreten hatte. Einer seiner Zähne war angeknackst, was wohl die Quelle des Knackgeräusches gewesen war, das ich gehört hatte.

»Einen Zahn angeknackst, Kumpel?«, sagte ich. »Du solltest vielleicht mal zum Zahnarzt gehen deswegen.«

Der Muskelprotz knurrte, aber anstatt auf mich loszurennen, machte er ein seltsames Sauggeräusch, bevor er etwas nach mir spuckte. Ich versuchte auszuweichen, aber der widerliche Speichel traf meinen Fuß und verhärtete sich sofort, sodass mein Fuß am Boden klebte. Ein kurzer Blick zeigte mir, dass der Muskelprotz tatsächlich blauen Kleber ausgespuckt hatte, was einfach nur eklig war.

Ich versuchte, ihn zu zerbrechen, aber wie immer war der blaue Kleber stärker als Stahl. Ich sah zum Muskelprotz auf, der jetzt böse grinste, als würde er sich gerade vorstellen, wie ich aussehen würde, nachdem er mich mit seinem Schwert aufgespießt hätte.

»Ähm, Leute?«, sagte ich und blickte zu Wind und Blizzard zurück. »Ein bisschen Hilfe hier?«

»Bin gleich da«, sagte Wind.

Er katapultierte sich durch die Luft, über den Kopf des Muskelprotzes hinweg, und landete so perfekt vor dem Muskelprotz auf dem Boden, als hätte er diesen Move sein ganzes Leben lang geübt. Er stand auf und stellte sich nun zwischen mich und den Muskelprotz, zeigte keinerlei Furcht, als er zu dem riesigen Koloss aufblickte, der sich über ihm auftürmte.

»Du siehst verdammt hässlich aus, Kumpel«, sagte Wind und stemmte die Hände in die Hüften, während er die Kreatur musterte. »Aber selbst die größten Kreaturen brauchen Luft zum Überleben, also lass uns mal sehen, wie du ohne zurechtkommst.«

Wind hob seine Hände und zog seine Fäuste zurück. Ich hörte ein Sauggeräusch, gefolgt von dem Muskelprotz, der nach Luft schnappte. Er ließ sein Schwert fallen und sank auf Hände und Knie, griff sich an den Hals und atmete verzweifelt nach der Luft, die nicht mehr da war.

»So«, sagte Wind mit zufriedener Stimme. »Du bleibst jetzt schön da liegen, verstanden? Ich habe noch mehr davon auf Lager, falls nötig, also versuch gar nicht erst, dich zu wehren.«

Der Koloss würgte und keuchte weiter, während Wind sich zu mir umdrehte, ein spöttisches Grinsen im Gesicht. »War gar nicht so schwer zu besiegen. Verstehe nicht, warum du solche Probleme hattest.«

»Weil ich einem anderen Wesen nicht einfach die Luft wegnehmen kann«, sagte ich verärgert.

Doch mein Ärger verwandelte sich schnell in Entsetzen, als der Koloss sich hinter Wind erhob, der so selbstzufrieden schien, dass er nicht einmal bemerkte, wie das Wesen aufstand. Das lag wahrscheinlich daran, dass der Koloss aufgehört hatte zu würgen, obwohl ich mir sicher war, dass ihm immer noch die Luft fehlte.

»Wind, hinter dir!«, schrie ich. »Pass auf!«

Wind runzelte die Stirn und blickte gerade noch rechtzeitig über seine Schulter, um zu sehen, wie der Koloss ihn mit seinem Schwert in zwei Hälften schlug. Und verdammt, sein Schwert bewegte sich schnell; in der einen Sekunde war es noch an der Seite des Kolosses, in der nächsten war es mit Blut bedeckt, und beide Hälften von Winds Körper lagen regungslos in sich schnell ausbreitenden Blutlachen am Boden. Wind hatte nicht einmal die Chance zu schreien.

»Wind!«, schrie ich. »Nein!«

Der Koloss schien Wind bereits vergessen zu haben. Er stampfte einfach auf mich zu, sein Schwert tropfte von Winds Blut, während ich verzweifelt versuchte, mich aus dem blauen Klebstoff zu befreien, aber es war zwecklos. Er war immer noch zu fest, als dass ich ihn hätte zerbrechen können.

Dann, ganz plötzlich, flog ein dicker Eisspeer wie aus dem Nichts durch die Luft und traf den Koloss in den Bauch. Der Eisspeer durchbohrte den Außerirdischen tatsächlich und kam auf der anderen Seite wieder heraus. Der Koloss brüllte vor Schmerz, brüllte mit einer wirklich seltsamen, monströsen Stimme, die mir die Haare zu Berge stehen ließ.

Ich sah hinüber und erblickte Blizzard, die ihre Arme in Richtung des Kolosses ausgestreckt hatte. Sie sah erschöpft aus, als hätte sie die Beschwörung dieses Eisspeers viel Kraft gekostet, aber sie senkte ihre Hände nicht. Sie verdrehte einfach ihre Hände und zog sie hart nach unten.

Augenblicklich begann sich das Eis vom Eisspeer auszubreiten und bedeckte schnell den Oberkörper des Kolosses, bis es bald aussah, als trüge er einen großen Eisblock als Rüstung. Der Koloss knurrte und fauchte vor Schmerz, war aber noch nicht zu Boden gegangen. Er schien endlich bemerkt zu haben, dass Blizzard da war, denn er drehte sich zu ihr um und begann, auf sie zuzustampfen statt auf mich.

»Bolt, triff ihn jetzt!«, rief Blizzard.

Ich zögerte nicht zu handeln. Ich hob meine Hände und entfesselte einen Blitz roten Blitzes auf den Körper des Kolosses. Der Koloss hatte nur noch Zeit, anzuhalten und über seine Schulter zu blicken, bevor der rote Blitz das Eis traf.

In einem Augenblick explodierte der Körper des Kolosses und schleuderte gefrorene Fleisch- und Metallstücke in alle Richtungen. Ich hob meine Arme, um mich vor dem Schlimmsten zu schützen, wurde aber trotzdem von einigen Stücken außerirdischen Fleisches getroffen, da ich ihnen nicht ausweichen konnte.

Als das Fleisch und Metall aufhörte zu fliegen, senkte ich meine Hände und betrachtete, was vom Koloss übrig geblieben war.

Es war nicht viel übrig. Seine Arme und Beine hatten irgendwie größtenteils überlebt, aber sein Körper war völlig verschwunden und nur noch die Hälfte seines Kopfes war noch da. Sein Schwert lag am Boden, leicht angeknackst, wahrscheinlich weil es von einigen Eisstücken getroffen worden war oder so. Ein furchtbarer Gestank ging von dem Blut aus, das aus seinen Gliedmaßen sickerte, ein Gestank, der mich zum Kotzen gebracht hätte, wenn das Environ ihn nicht durch meinen Helm gefiltert und das Schlimmste davon weggenommen hätte.

Wie auch immer, der Koloss war offensichtlich tot, und dafür war ich dankbar.

Aber dann erinnerte ich mich daran, was wir eigentlich mit ihm machen sollten, und ich sah zu Blizzard hinüber. »Blizzard, was war das? Wir sollten den Piloten *gefangen nehmen*, nicht in die Luft jagen.«

»Ich weiß«, sagte Blizzard. »Aber es war entweder das oder ihn dich töten lassen. Bist du nicht wenigstens froh, dass ich dich gerettet habe?«

»Ja, das bin ich, aber-«, sagte ich, doch dann ging Nicknacks an Blizzard vorbei und sagte: »Es ist in Ordnung. Es gibt keinen Grund zu streiten. Da der Koloss tot ist, können wir immer noch eines seiner Körperteile nehmen und damit das Schiff kapern. Seine DNA ist gut, egal ob tot oder lebendig.«

Nicknacks ging schnell zu einem der Arme des Kolosses und richtete seinen Speer darauf. Flammen schossen aus Nicknacks' Speer und schnitten die Spitze eines der Finger des Kolosses ab, wahrscheinlich weil selbst die Finger des Kolosses zu groß und schwer für uns zum Tragen waren. Nicknacks hob die Fingerspitze auf und betrachtete sie, bevor er sie an seine Seite senkte und sagte: »In Ordnung. Jetzt müssen wir schnell auf das Schiff kommen, denn seine Kameraden werden wahrscheinlich bald von der Plünderung des Hauses zurück sein, und ich möchte ihnen keine Gelegenheit geben, uns aufzuhalten.«

»Was ist mit ... was ist mit Wind?«, sagte ich. Ich deutete auf seine beiden Hälften, ohne sie anzusehen, denn schon der Anblick seiner Leiche reichte aus, um mich krank zu machen. »Was machen wir mit seinen Überresten?«

»Leider müssen wir ihn vorerst zurücklassen«, sagte Nicknacks mit einem Seufzer. »Er wusste, dass dies eine Möglichkeit war, als er sich für die Mission gemeldet hat. Wenn diese Mission erfolgreich ist, werden wir später genug Zeit haben, ihm ein angemessenes Begräbnis zu geben.«

»Okay«, sagte ich. Ich zog an meinem festgeklebten Fuß. »Und was ist mit meinem Fuß? Dieser blaue Klebstoff kann nicht mit herkömmlichen Mitteln gebrochen werden. Wir brauchen die rote Flüssigkeit, die die Pokacu zum Auflösen verwenden.«

»Keine Sorge«, sagte Nicknacks. »Ich habe zufällig etwas davon hier.«

Nicknacks steckte eine Hand in eines der Fächer seiner Rüstung und zog ein kleines Fläschchen mit roter Flüssigkeit heraus. Er warf es mir zu, und ich fing es hastig auf, bevor es auf den Boden fallen und zerbrechen konnte.

Ich betrachtete die rote Flüssigkeit in meiner Hand und sagte: »Nicknacks, woher hast du das? Ich dachte, nur die Pokacu hätten dieses Zeug.«

»Ich habe es Graleex und seinen Männern während unseres ersten Zusammenstoßes vorhin gestohlen, bevor ich losrannte, um mich mit dir und den anderen im Lagerhaus zu treffen«, erklärte Nicknacks. »Ich dachte, es könnte nützlich sein, falls einer von uns mit blauem Klebstoff getroffen würde. Wie auch immer, wir haben keine Zeit zu verschwenden, also benutz es oder lass es bleiben, wie ihr Menschen sagt.«

Ich zerschmetterte sofort das Fläschchen an meinem erstarrten Fuß. Die rote Flüssigkeit löste den blauen Klebstoff rasch auf, bis mein Fuß schließlich wieder frei war.

»Gut«, sagte Nicknacks. »Jetzt beeilt euch. Wir müssen auf das Schiff und so schnell wie möglich von hier wegfliegen, denn ich habe keine Ahnung, wie viel Zeit wir haben, bevor Verstärkung eintrifft.«

Kapitel Vierzehn

Als Blizzard, Nicknacks und ich durch das Innere des bald zu entführenden Pokacu-Raumschiffs gingen, erinnerte es mich zu sehr an Graleex' Raumschiff tief unter dem Ozean. Aber dieses Schiff war ziemlich anders als das von Graleex; die Gänge waren breiter und höher, sodass die Chance, dass wir uns den Kopf an der Decke stoßen könnten, geringer war, und die Luft war viel trockener und roch nicht nach Meerwasser oder Schimmel. Außerdem gab es seltsame Fleischstellen entlang der Wände, die sich manchmal sogar bewegten, aber auf unserem Weg zum Kontrollraum, der sich irgendwo am Bug des Schiffes befand, wurden wir von nichts angegriffen. Wir trafen auch keine Pokacu-Soldaten, aber da wir die Positionen aller Besatzungsmitglieder dieses Schiffes nicht kannten, blieben wir wachsam und gingen den ganzen Weg über vorsichtig vor. Die einzigen Geräusche, die wir außer unseren eigenen Schritten und unserem Atem hörten, waren das leise Summen der Elektrizität sowie die Luft, die aus den Lüftungsschlitzen strömte, obwohl die Luft für meinen Geschmack zu heiß und feucht war.

Wir brauchten nur wenige Minuten, um den Kontrollraum zu erreichen. Er sah aus wie der Kontrollraum von Graleex' Schiff und der *Spinner*, nur mit mehr Sitzen, mehr Kontrollen und einer Menge Bildschirmen, die eine ganze Reihe von Wörtern und Informationen anzeigten, die ich nicht einmal verstand. Nicknacks schien jedoch überhaupt nicht verwirrt zu sein. Wenn überhaupt, sah er tatsächlich entspannt aus, als wäre er nach einer langen Reise in ein fremdes Land nach Hause gekommen.

»Hier sind wir«, sagte Nicknacks und blieb vor den Kontrollen stehen. »Das sind die Steuerungen des Schiffes. Sie sehen genauso aus, wie ich sie in Erinnerung habe, also sollte ich keine Probleme haben, das Schiff schnell von hier wegzufliegen.«

»Gut«, sagte ich. »Wie lange wird es dauern, das Schiff zu starten?«

»Höchstens ein paar Minuten«, sagte Nicknacks. »Es ist zwar Jahre her, dass ich zuletzt eines davon geflogen habe, aber ich erinnere mich noch daran, wie die Steuerung funktioniert, auch wenn ich vielleicht ein bisschen damit herumspielen muss, um mein Gedächtnis aufzufrischen.«

»In Ordnung«, sagte ich. »Aber verbring nicht zu viel Zeit mit Spielereien. Wir haben nicht alle Zeit der Welt, weißt du.«

»Natürlich«, sagte Nicknacks.

Nicknacks legte das Stück des Pokacu-Fingers auf ein großes Touchpad am Kontrollsystem. Sofort leuchtete das gesamte Bedienfeld auf, zusammen mit allen Knöpfen und Touchscreens. Auf dem Hauptbildschirm erschien ein großes Textfeld, das Nicknacks zu verstehen schien, denn er tippte auf den Bildschirm und das Textfeld verschwand, wodurch eine weitere verwirrende Anzeige von Pokacu-Wörtern und -Zahlen sichtbar wurde, die für mich wie Kauderwelsch aussahen.

Während Nicknacks mit den Kontrollen herumspielte, sah ich mich im Kontrollraum um. Blizzard lehnte an einem der Sitze, aber ich wusste, dass sie unsere Umgebung genauso aufmerksam wahrnahm wie ich. Es schien unwahrscheinlich, dass plötzlich ein Pokacu-Soldat hereinplatzen würde, aber falls es doch passieren sollte, wäre es an mir und Blizzard, ihn aufzuhalten, da Nicknacks zu sehr damit beschäftigt war, das Schiff startklar zu machen, um zu kämpfen.

Aber da die Lage im Moment ziemlich ruhig war, ertappte ich mich dabei, wie ich an Mom dachte. Ich hatte halb gehofft, dass sie vielleicht an Bord dieses Schiffes sein würde, aber zu diesem Zeitpunkt war ziemlich klar, dass sie es nicht war. Ich fragte mich, ob sie sich auf diesem größeren Schiff befand, dem, das über dem Dreiecksgefängnis schwebte. Es war wahrscheinlich viel sicherer als ein durchschnittliches Pokacu-Schiff, aber das bedeutete trotzdem nicht, dass sie tatsächlich in Sicherheit war. Soweit ich wusste, konnten sie sie sogar in diesem Moment foltern, ein Gedanke, der mich mit Schrecken erfüllte.

Dann kam mir eine Idee und ich sah zu Nicknacks hinüber. »Hey, Nick, ich habe eine Frage zu diesen Pokacu-Schiffen.«

Nicknacks - dessen Augen auf die verschiedenen Bildschirme gerichtet waren, während er auf die Tasten und Touchscreens tippte - sagte: »Ja? Was möchtest du wissen?«

»Ist es möglich, die Computer des Schiffes zu benutzen, um, ich weiß nicht, nach Gefangenen zu scannen, die an Bord anderer Schiffe festgehalten werden?«, fragte ich.

»Könnten wir zum Beispiel das Schiff finden, auf dem meine Mutter gefangen gehalten wird?«

»Tatsächlich könnten wir das«, sagte Nicknacks. »In einer typischen Pokacu-Flotte sind die Systeme jedes Schiffes mit dem Haupt-'Mutterschiff' verbunden, was die Kommunikation zwischen einzelnen Schiffen ermöglicht und ihnen erlaubt, Dinge wie Daten und Informationen zu teilen und Angriffe und Strategien untereinander schnell und effizient zu koordinieren.«

»Toll«, sagte ich. »Was ist also das Mutterschiff dieser speziellen Flotte?«

»Höchstwahrscheinlich dieses riesige Schiff, das früher die NHA und INJ angegriffen hat«, sagte Nicknacks. »Diese Art von Schiffen fungieren typischerweise als Mutterschiffe aufgrund ihrer massiven Laderäume, die bis zu zehn kleinere Schiffe in sich aufnehmen können.«

»Warum nutzen wir dann nicht die Kommunikationssysteme dieses Schiffes, um herauszufinden, auf welchem Schiff Mom ist?«, fragte ich.

»Weil das nichts ist, was man einfach so 'machen' kann, ohne von den anderen Schiffen bemerkt zu werden«, sagte Nicknacks, wieder ohne mich anzusehen. »Wenn ich versuchte, mich mit dem Hauptnetzwerk zu verbinden, müsste ich mich identifizieren, was bedeuten würde, dass der Rest der Flotte von uns erfahren und uns aufhalten würde, bevor wir überhaupt abheben könnten.«

»Willst du damit sagen, dass wir Mom einfach im Stich lassen?«, fragte ich.

»Nicht direkt im Stich lassen, aber ja, wir werden sie wahrscheinlich jetzt nicht retten können«, sagte Nicknacks. »Es wäre Zeitverschwendung, in der Flotte nach ihr zu suchen, und das auch nur, wenn wir es schaffen würden, ohne von den Pokacu bemerkt zu werden.«

»Zeitverschwendung-?«, sagte ich. »Wovon redest du da? Sie ist meine Mutter. Verstehst du das nicht? Ist es dir egal, dass eine unschuldige Person in den Fängen der Pokacu ist?«

Nicknacks hörte plötzlich auf zu tippen. Er drehte sich um und sah mich an, und zum ersten Mal, seit ich ihn kannte, dachte ich, dass Nicknacks tatsächlich beängstigend aussah, mehr wie ein feindlicher Alien als ein Freund.

»Bolt, ich weiß, wie wichtig dir deine Mutter ist, aber du musst das logisch durchdenken«, sagte Nicknacks. »Sobald wir dieses Schiff zum Fliegen bringen, wird der Rest der Invasionsflotte es sofort bemerken. Es wird nur kurze Zeit dauern, bis sie herausfinden, dass wir nicht ihre Pokacu-Kameraden sind, und dann werden sie nicht zögern, uns vom Himmel zu schießen. Bis dahin werden wir hoffentlich weit von der Erde entfernt sein, aber nur, wenn wir uns beeilen.«

»Ich weiß«, sagte ich. »Aber-«

»Das berücksichtigt noch nicht einmal die Frist, die Graleex der Welt gesetzt hat«, fuhr Nicknacks fort. »Wir haben derzeit weniger als 46 Stunden, um diese Invasion zu beenden, bevor sie die Erde zerstören. Wir können nicht eine einzige Sekunde dieser Zeit mit etwas verschwenden, das uns nicht zur Mutterwelt bringt, einschließlich der Suche nach deiner Mutter oder anderen Gefangenen, die die Pokacu haben könnten.«

»Ja«, sagte ich. »Aber-«

»Wie du siehst, bin ich nicht unsympathisch gegenüber der Lage deiner Mutter, sondern nur praktisch«, sagte Nicknacks. »Wie lautet dieser Satz aus einem eurer Erdfilme? ‚Die Bedürfnisse der Vielen überwiegen die Bedürfnisse der Wenigen'? Das ist das Prinzip, auf dem diese ganze Mission beruht. Ich hoffe, du verstehst das.«

Meine Hände ballten sich zu Fäusten, während ich versuchte, ein gutes Argument für die Suche nach Mom zu finden. »Ich weiß, aber komm schon. Man weiß nicht, was die Pokacu ihr gerade in diesem Moment antun könnten.«

»Ich weiß, aber das heißt nicht, dass wir uns irrational verhalten sollten«, sagte Nicknacks. »Es sei denn, du *willst*, dass die Pokacu die Erde zerstören, wie sie es in der Vergangenheit mit unzähligen anderen Welten getan haben.«

Nicknacks' Worte trafen mich, auch wenn ich es nicht zugeben wollte. Ich dachte nur daran, dass ich bereits einen Elternteil verloren hatte. Ich wollte nicht noch einen verlieren, besonders nicht so kurz nachdem ich Dad verloren hatte. Der bloße Gedanke, Mom zu verlieren, war für mich unerträglich, aber gleichzeitig konnte ich Nicknacks' Logik nicht leugnen. Im großen Ganzen war es wichtiger, die Mission zu beenden, als Mom zu retten. Und vielleicht, wenn wir die Mission beendeten, würde noch Zeit bleiben, um Mom danach zu retten.

Also nickte ich widerwillig und sagte: »Okay. Du hast recht. Die Mission zu beenden und die Pokacu zu stoppen ist wichtiger, als Zeit damit zu verbringen, meine Mutter zu suchen.«

»Ich bin froh zu hören, dass du zur Vernunft gekommen bist«, sagte Nicknacks. Er drehte sich sofort um und tippte und tippte wieder auf den Kontrollen des Schiffes. »Jetzt solltet ihr und Blizzard eure Plätze einnehmen, denn sobald wir fliegen, werden wir uns sehr schnell bewegen, und ich möchte nicht, dass einer von euch im Inneren des Schiffes herumfliegt, weil ihr nicht richtig angeschnallt seid.«

Ich nickte, und ein paar Sekunden später waren Blizzard und ich in zwei Sitzen auf der rechten Seite des Schiffes angeschnallt. Wir hielten uns an den Händen, als der Motor des Schiffes zu summen begann, ein Zeichen dafür, dass wir kurz vor dem Start standen.

Auch Nicknacks nahm Platz, aber im Gegensatz zu unseren Sitzen schwebte seiner und konnte bewegt werden. Er drückte noch ein paar Knöpfe, wischte über einige weitere Touchscreens und sagte dann: »In Ordnung. Wir starten gleich. Macht euch bereit.«

Ich sah zu Blizzard, die mich durch das Glas ihres Helms ansah. Wir verstärkten unseren Griff, als das Schiff vom Boden abhob. Ich konnte spüren, wie das Schiff unter uns vibrierte und summte, aber unsere Sicherheitsgurte hielten uns ziemlich sicher, sodass ich mir nie Sorgen machte, auf den Boden geworfen zu werden oder aus unseren Sitzen zu fliegen.

Als wir in der Luft waren, sagte ich: »Okay, Nick, was machen wir jetzt? Du hast gesagt, dass das Schiff einen Wurmlochgenerator hat, richtig?«

Nick sah plötzlich mit einem nicht sehr ermutigenden Gesichtsausdruck über seine Schulter zu uns. »Die alten Modelle hatten einen, ja. Aber dieses hier nicht.«

»Was?«, sagte ich. »Was meinst du damit, es hat keinen?«

»Ich meine, dass ich mir alle Kontrollen angesehen habe und keine davon scheint den Wurmlochgenerator zu aktivieren«, sagte Nicknacks. »Das bedeutet, dass wir nicht einfach ein Wurmloch aktivieren können, das uns direkt zur Mutterwelt bringen würde.«

»War's das dann?«, sagte Blizzard. Sie sah Nicknacks besorgt an. »Sind wir zum Scheitern verurteilt? War das alles umsonst? Ist Wind grundlos gestorben?«

»Nicht unbedingt«, sagte Nicknacks und schüttelte den Kopf. »Tatsache ist, dass die Pokacu höchstwahrscheinlich einen Wurmlochgenerator benutzt haben, um überhaupt hierher zu kommen. Das bedeutet, dass sie irgendwo einen haben müssen, und ich glaube, ich weiß wo.«

»Können wir ihn bekommen?«, fragte ich.

»Möglicherweise, aber es wird nicht einfach sein«, sagte Nicknacks. »Das Mutterschiff, das über dem Gebiet schwebt, wo die Gerechtigkeitsstatue errichtet wurde; es hat höchstwahrscheinlich einen Wurmlochgenerator auf einem seiner Decks.«

»Was sollen wir dagegen tun?«, fragte ich.

»Wir müssen auf das Mutterschiff gelangen und den Wurmlochgenerator von innen aktivieren«, sagte Nicknacks, »vor allem, weil ich ernsthaft bezweifle, dass die Pokacu ihn für uns aktivieren werden, wenn wir sie höflich darum bitten.«

»Aber wenn wir das tun, werden sie uns dann nicht bemerken?«, sagte Blizzard. »Wie sollen wir auf das Mutterschiff kommen, ohne gesehen zu werden? Sobald sie merken, was wir vorhaben, werden sie uns einfach vom Himmel schießen, oder?«

»Vorausgesetzt, sie sehen uns, ja«, sagte Nicknacks. »Aber es ist im Moment unsere einzige realistische Option, zur Mutterwelt zu gelangen. Ich bin selbst nicht sehr begeistert von dieser Möglichkeit aufgrund der damit verbundenen Risiken, aber entweder wir tun das, oder wir geben auf und warten darauf, dass die Pokacu die Erde dem Erdboden gleichmachen. Keine der beiden Ideen ist für mich sehr ermutigend.«

Ich dachte einen Moment darüber nach und erkannte, dass Nick recht hatte. »Dann sieht es so aus, als müssten wir das tun. Das einzige Problem ist das, was Blizzard angesprochen hat: Das Mutterschiff hat wahrscheinlich eine hervorragende Sicherheit, was bedeutet, dass wir uns möglicherweise nicht unbemerkt einschleichen können.«

»Da stimme ich zu«, sagte Nicknacks. »Ich weiß nur nicht, wie wir das umgehen können. Ich wünschte, ich hätte besser darüber nachgedacht, aber ich war so zuversichtlich, dass die einzelnen Schiffe Wurmlochgeneratoren haben würden, dass ich es einfach nicht für nötig hielt, mir Sorgen um die Mutterschiffe zu machen.«

Ich stützte mein Kinn in meine Hand, während ich über dieses Problem nachdachte. Es würde nicht lange dauern, das wusste ich, bis die Pokacu dieses Schiff hier schweben sehen und versuchen würden, es zu kontaktieren. Oder vielleicht würden sie einfach die toten Pokacu darunter bemerken und es sofort in die Luft jagen wollen. Und natürlich gab es da noch den allgegenwärtigen Timer, der langsam, aber sicher herunterzählte, bis zu dem Moment, in dem die Pokacu einfach den ganzen Planeten zerstören würden.

Ich kratzte mich am Ohr, das zu jucken begann, aber dann spürte ich das Ohrhörer-Mikrofon, das ich zur Kommunikation mit Valerie benutzte. Ich hatte schon lange nicht mehr mit Valerie gesprochen, aber leider war sie in unserer aktuellen Situation auch nicht sehr hilfreich. Sie könnte zwar die anderen Teams unten kontaktieren, aber selbst mit deren Hilfe wäre es vielleicht nicht genug, um auf das Mutterschiff zu gelangen.

Doch dann machte es in meinem Kopf Klick. Rasch formte sich ein Plan in meinen Gedanken, ein Plan, der uns helfen könnte, auf das Mutterschiff zu kommen. Er barg zwar viele Risiken, aber es war der einzige Plan, den einer von uns hatte, und an diesem

Punkt war ich bereit, alles zu versuchen, wenn es bedeutete, Mom und die ganze Welt zu retten.

Also sagte ich: »Nick, Blizzard, ich habe eine Idee, die uns helfen könnte, auf das Mutterschiff zu kommen. Aber wir müssen schnell sein; die Uhr tickt und wir haben keine Zeit zu verlieren.«

Kapitel Fünfzehn

Zehn Minuten später stand ich allein unter der Luke zum Dach des Schiffes. Blizzard und Nicknacks waren noch im Kontrollraum und steuerten das Schiff zum Mutterschiff, aber beide hatten mir für meine Mission viel Glück gewünscht. Wir hatten beschlossen, dass ich derjenige sein würde, der das Mutterschiff betritt und den Wurmlochgenerator aktiviert, weil ich unglaublich schnell war und so schnell in das Mutterschiff hinein- und wieder herauskommen könnte. Außerdem wäre es viel zu riskant, mehr als eine Person zu schicken; eine Person konnte diese Mission viel schneller und effizienter erledigen als zwei.

Aber in gewisser Weise würde ich bei dieser Mission nicht allein sein. Ich hob meine Anzug-Uhr an den Mund und sagte: »Hier spricht Bolt. Sind alle in Position?«

»Team A ist in Position«, kam Strikes Stimme über das Radio meiner Uhr. »Wir sind am nördlichen Ende des Dreiecks.«

»Team B ist anwesend«, sagte Stinger, seine Stimme knackte kurz über das Radio. »Südöstliche Ecke. Unser Ziel ist in Sicht.«

»Team C bereit zum Einsatz«, sagte Volt, einer der Blitz-Drillinge. »Der Südwesten ist unser Gebiet und wir sind bereit, das Ziel anzugreifen, sobald du das Kommando gibst.«

»Gut zu hören«, sagte ich. Ich tippte auf mein Ohrmikrofon und sagte: »Val, wie läuft dein Hacken der Systeme des Mutterschiffs?«

»Langsam«, sagte Valerie. »Das System ist komplexer als das, was ich gewohnt bin, aber die Daten und Schemata von eurem Schiff waren hilfreich, um herauszufinden, wie man das Mutterschiff hackt.«

»Wirst du bis zu meiner Landung dort die Sicherheitssysteme deaktiviert haben?«, fragte ich.

»Höchstwahrscheinlich«, sagte Valerie. »Zumindest sollte der Weg zum Raum des Wurmlochgenerators komplett für dich offen sein, wenn sonst nichts.«

»Das ist alles, was ich hören muss«, sagte ich. Dann sprach ich wieder in meine Uhr. »Alle herhören, sobald Nicknacks das Zeichen gibt, beginnt sofort mit dem Angriff auf die Schiffe, die das Dreiecksgefängnis bilden. Zögert nicht und versucht, eure Umgebung nicht zu beschädigen, denn wenn sie beschädigt wird, macht das es dem kraftraubenden Gas leichter, einzudringen und euch alle wieder zu entmachten.«

»Verstanden«, sagte Strike. »Wir sind bereit, wenn du es bist.«

»Alles klar«, sagte Stinger.

»Gib uns einfach das Zeichen«, sagte Volt.

»In Ordnung«, sagte ich. »Ich werde mich später bei euch allen melden, falls es eine Planänderung gibt oder wir auf unerwartete Probleme stoßen.«

Ich schaltete meine Uhr aus und blickte zur Luke über mir hoch. Ich schätzte, wir hätten noch etwa fünf Minuten, bevor wir mit dem Plan beginnen würden. Zufälligerweise war das auch die Zeit, die der Plan meiner Meinung nach zur Durchführung benötigen sollte; zumindest war das die *ideale* Zeit, ohne etwaige Probleme einzurechnen, auf die wir oder eines der Teams unten bei der Durchführung stoßen könnten.

Der Plan war etwas kompliziert zu erklären, aber einfach auszuführen. Wir ließen Valerie mit ihrer Erfahrung im Hacken von Pokacu-Technologie auf die Systeme des Mutterschiffs zugreifen und versuchen, alle internen und externen Sicherheitssysteme abzuschalten. So konnte ich in das Schiff eindringen und den Wurmlochgenerator einschalten, ohne aufgehalten oder verzögert zu werden, da die Pokacu wahrscheinlich zu sehr damit beschäftigt sein würden, ihre Systeme wieder online zu bringen, um mich aufzuhalten. Und bis sie das geschafft hätten, wären wir auf der Mutterwelt weit weg von diesem Schiff.

Aber es bestand immer die Möglichkeit, dass die anderen Schiffe dem Mutterschiff zu Hilfe eilen würden. Um sicherzustellen, dass niemand dem Mutterschiff zu Hilfe kam, würden die Teams A, B und C die Schiffe angreifen, die das Dreiecksgefängnis bildeten. Das Dreiecksgefängnis schien ein ziemlich wichtiger Teil der Strategie der Pokacu-Flotte zu sein, da es alle gefangenen Mitglieder der NHA und INJ enthielt, sodass sie zweifellos viel Zeit und Ressourcen für den Versuch aufwenden würden, die Schiffe zu verteidigen, die es erschufen und aufrechterhielten. Das würde bedeuten, dass weniger Soldaten das

Mutterschiff vor mir verteidigen würden, was mir mehr Zeit geben würde, den Wurmlochgenerator zu finden und zu aktivieren.

Es war meiner Meinung nach ein guter Plan, aber er erforderte, dass sich alle schnell bewegten und den Pokacu keine Chance zur Erholung gaben. Wenn jemand einen Fehler machte oder sich zu langsam bewegte, könnten die Pokacu das ausnutzen, um zurückzuschlagen. Es wäre besonders schlimm, wenn sie das Schiff mit Nicknacks und Blizzard abschießen würden, denn ohne dieses Schiff würden wir nie zur Mutterwelt gelangen können.

Es bestand auch die Möglichkeit, dass die Pokacu die anderen Teams ausschalten würden, was uns erlauben würde, uns auf die Unterstützung des Mutterschiffs zu konzentrieren. Aber ich vertraute darauf, dass die Teams ihre Arbeit machen und sicherstellen würden, dass die Pokacu keine Hilfe übrig hätten, um ihr Mutterschiff zu schützen. Außerdem würde ich höchstens fünf Minuten im Mutterschiff sein, vielleicht sogar weniger, je nachdem, wie effektiv Valerie ihre Verteidigung ausschalten konnte. Daher bezweifelte ich, dass Verstärkung ein Problem sein würde.

Mir kam der Gedanke, dass Mom irgendwo auf dem Mutterschiff sein könnte, aber wir hatten keine Möglichkeit, das mit Sicherheit zu wissen, und ich hätte selbst dann keine Zeit, sie zu retten. Ich bat Valerie zwar, die Gefangenenakten des Mutterschiffs zu überprüfen, falls möglich, aber ich bezweifelte, dass sie dafür Zeit haben würde. Und selbst wenn, wäre das keine Garantie dafür, dass sie etwas finden würde, das uns verraten könnte, wo Mom war. Trotzdem hoffte ein Teil von mir, dass ich Zeit haben würde, Mom zu retten und gleichzeitig das Wurmloch zu aktivieren, auch wenn ich wusste, wie unrealistisch dieser Gedanke war.

Ich fragte mich allerdings, warum Valerie das Wurmloch nicht aus der Ferne aktivieren konnte, indem sie sich in die Systeme des Mutterschiffs hackte. Nicknacks hatte erklärt, dass die internen Sicherheitssysteme des Wurmlochs viel zu komplex für eine durchschnittliche KI der Erde waren. Es war einfach einfacher, die anderen Verteidigungsanlagen des Schiffs zu deaktivieren und jemanden hineinzuschicken, um das System von innen manuell zu aktivieren.

Ein weiteres Problem, das mir Sorgen bereitete, war, im Mutterschiff stecken zu bleiben. Wir hätten kein großes Zeitfenster, um durch das Wurmloch zu entkommen. Ich müsste hineinkommen, das Wurmloch aktivieren, wieder herauskommen, zurück in dieses Schiff gelangen und dann durch das Wurmloch fliegen. Selbst wenn die Pokacu uns nicht abschießen würden, bestand immer die Möglichkeit, dass sie den Wurmlochgenerator einfach deaktivieren würden, bevor wir hindurchfliegen könnten.

Meine Gedanken wurden unterbrochen, als plötzlich ein Lautsprecher an der Decke in der Nähe knisterte, gefolgt von Nicknacks' Stimme. »Bolt, Valerie, Teams A, B und C, hier spricht Nicknacks. Wir fliegen näher an das Mutterschiff heran. Sobald wir darüber sind, gebe ich den Befehl, den Plan zu starten. Macht euch bereit.«

Ich überprüfte schnell die Einstellungen meines Environs und stellte sicher, dass mein Anzug funktionsfähig war und mich vor jedem kraftlosen Gas oder anderen gefährlichen Giftstoffen schützen würde, denen ich auf dem Mutterschiff begegnen könnte.

Dann knisterte der Lautsprecher erneut und Nicknacks' Stimme ertönte darüber. »In Ordnung. Wir sind jetzt über dem Mutterschiff. Alle, los!«

Sofort öffnete sich die Luke über mir und die Plattform, auf der ich stand, schoss nach oben. In einem Augenblick stand ich auf dem Dach des Schiffs, was mir einen Adlerblick auf das gesamte Gebiet ermöglichte.

Das Dreiecksgefängnis ragte hoch in der Gegend auf, und ich konnte auch die Gerechtigkeitsstatue sehen, oder was davon übrig geblieben war. Soweit ich erkennen konnte, hing Omega Man immer noch daran, obwohl es aus dieser Entfernung unmöglich war zu sagen, ob er noch am Leben war oder nicht. Es gab auch eine riesige, dicke Wolke aus krank aussehendem gelbem Gas, die den Boden unter uns bedeckte, aber da wir so hoch am Himmel waren und ich mein Environ trug, war ich vor den negativen Auswirkungen des Gases geschützt.

Doch ich hatte keine Zeit, herumzustehen und meine Umgebung zu betrachten. Ich sprang vom Schiff, aktivierte meine Flugkräfte und schwebte zum Dach des Mutterschiffs unter uns. Von Nahem war das Mutterschiff noch gewaltiger, als es aus der Ferne aussah, leicht zehnmal größer als das Schiff, das wir gekapert hatten. Es sah auch eher wie eine Kreatur in einer Rüstung aus als wie eine Maschine, denn ich konnte zwischen den Metallplatten Fleischstücke erkennen, ein weiteres Beispiel für die biomechanische Natur der Pokacu-Technologie.

Ich landete auf dem Dach des Schiffs, hörte dann aber eine gewaltige Explosion aus dem Norden und schaute über meine Schulter, um zu sehen, dass die nördliche Ecke des Dreiecks nun rauchte. Zweifellos war das die Arbeit von Team A, was zu funktionieren schien, denn ich bemerkte ein paar Pokacu-Soldaten auf der Plattform vor der Gerechtigkeitsstatue unter uns, die auf die Explosion zeigten und schrien, was bedeutete, dass sie mich wahrscheinlich nicht bemerkten. Das Dreieck hielt jedoch immer noch stand, so dass Team A noch viel Arbeit vor sich hatte, um dieses Ding zum Einsturz zu bringen.

Ich wandte meine Aufmerksamkeit wieder dem Schiff zu, tippte auf mein Ohrmikrofon und sagte: »Val, wie läuft dein Hacking?«

»Gut«, sagte Valerie. »Ich habe die meisten internen Sicherheitssysteme ausgeschaltet. Die Pokacu an Bord des Schiffs können nicht einmal sehen, wer sich in ihren Gängen befindet, obwohl sie hart daran arbeiten, sie wieder online zu bringen, und sie bald wieder in Betrieb haben sollten.«

»Bis dahin bin ich hier raus«, sagte ich. »Wie komme ich jetzt rein?«

»Laut den Karten vom Hauptschiff stehst du direkt über einem ihrer Gänge«, sagte Valerie. »Wenn du mir nur eine Sekunde gibst—«

»Keine Zeit«, sagte ich. »Ich komme selbst rein.«

Ich trat so hart wie möglich auf die Metallplatte, zertrümmerte das Metall unter mir und fiel in den Korridor darunter. Ich landete auf meinen Füßen und blickte sofort den Gang hinauf und hinunter, sah aber an keinem Ende Pokacu-Soldaten.

»Okay, Val, wo geht's jetzt hin?«, fragte ich. »In welche Richtung führt der Wurmlochgenerator?«

»Rechts«, sagte Valerie. »Während du läufst, sage ich dir, wo du hingehen musst. Du brauchst nicht einmal zu zögern; keines der Sicherheitssysteme des Schiffes ist online, also ist die Wahrscheinlichkeit, dass du in eine Falle läufst, praktisch gleich null.«

»Genau das wollte ich hören«, sagte ich.

Ich rannte den Korridor in die Richtung entlang, die Valerie mir genannt hatte. Ich nutzte meine Supergeschwindigkeit, um mir einen Schub zu geben, lief aber nicht so schnell wie ich konnte, weil ich nicht versehentlich gegen eine Wand laufen wollte, da ich mit dem Layout des Schiffes immer noch nicht vertraut war, selbst mit Valeries Anweisungen.

»Biege vorne rechts ab«, sagte Valerie, während ich lief. »Da ist eine kleine Treppe, also pass auf, dass du nicht darüber stolperst.«

»Alles klar«, sagte ich, als ich rechts abbog und mich in einem weiteren Korridor wiederfand. Ich sprang eine kleine Treppe hinunter und lief weiter. »Wie lange wird es dauern, bis ich den Wurmlochgenerator erreiche?«

»Ungefähr zwei Minuten, wenn du diesem Weg folgst, den ich für dich ausgearbeitet habe«, sagte Valerie. »Und natürlich vorausgesetzt, du stößt auf dem Weg dorthin nicht auf Probleme.«

Kaum hatte Valerie das gesagt, öffnete sich auf der rechten Seite der Wand eine Reihe von Türen und sechs Pokacu-Soldaten stürmten heraus. Sie blieben sofort stehen, als sie mich sahen, aber anstatt dazustehen und wie Idioten auszusehen, richteten sie ihre Armkanonen auf mich.

Doch ich gab ihnen keine Chance, mich zu treffen. Ich erhöhte meine Geschwindigkeit und schoss wie eine Kugel auf sie zu. Mit einem Sprung streckte ich den ersten mit einem fliegenden Tritt nieder, landete, schlug einen zweiten Kerl mit der Faust k.o., packte einen dritten und schmetterte ihn gegen einen vierten, schlug den fünften Typen so hart, dass sein Aufprall einen Krater in der Metallverkleidung der Wand hinterließ, und zertrümmerte schließlich die Kniescheiben des sechsten und letzten Kerls mit ein paar gezielten Tritten.

Ich erledigte das alles in weniger als zehn Sekunden, ungefähr, und am Ende des Kampfes lagen sie alle bewusstlos oder vor Schmerzen am Boden. Aber ich blieb nicht, um zu sehen, ob sie sich erholen würden, denn jetzt rannte ich wieder durch die Korridore und Gänge des riesigen Mutterschiffs und folgte Valeries Anweisungen so gut ich konnte.

Ich wusste, dass die Pokacu Schiffe hatten, die biomechanisch waren, aber es war trotzdem wirklich seltsam, Metallplatten und organisches Fleisch entlang der Wände zu sehen. Es fühlte sich auch an, als wäre ich in einem lebenden Ding; das Fleisch pulsierte hin und wieder und die Luft war heiß und klebrig. Es war ein bisschen wie Florida, nur ohne Sonnenschein, Strände oder heiße Mädchen in Bikinis.

Ich erwartete halb, dass das Schiff versuchen würde, mich zu fressen, aber nichts dergleichen geschah. Ich rannte einfach etwa eine Minute lang durch die Korridore und Gänge, bevor ich endlich den Raum des Wurmlochgenerators erreichte. Oder besser gesagt, die Tür zum Raum des Wurmlochgenerators, die derzeit verriegelt und geschlossen war.

Ich blieb vor der Tür stehen, tippte auf mein Ohrencom und sagte: »Val, kannst du die Tür für mich hacken und öffnen?«

»Nein«, sagte Valerie. »Das war das Einzige, was ich nicht hacken konnte, also fürchte ich, du bist hier auf dich allein gestellt.«

»Kein Problem«, sagte ich. »Dafür ist Superkraft da.«

Ich packte die mittleren Schiebetüren und begann, sie gewaltsam zu öffnen. Es war zunächst schwer, selbst mit meiner Superkraft, weil die Türen so fest geschlossen waren, aber schließlich begannen sie nachzugeben. Ich hörte das Knistern von Elektrizität und das Quetschen von Fleisch, als ich die Türen aufschob, Geräusche, die mich ein wenig krank machten, aber ich ließ nicht zu, dass sie mich davon abhielten, die Türen gewaltsam zu öffnen.

Mit einem letzten triumphierenden Schrei zwang ich die Türen auf, sodass sie zur Seite krachten. Ich nahm an, dass ich die Türen wahrscheinlich kaputt gemacht hatte, aber da ich nicht für die Schäden aufkommen musste, ignorierte ich es und sprang stattdessen in den Raum, um mich dann schnell umzusehen.

Der Raum des Wurmlochgenerators war ziemlich groß, aber überraschenderweise frei von Pokacu-Soldaten, worüber ich mich natürlich nicht beschwerte. In der Nähe der Decke waren Lüftungsöffnungen zu sehen, während eine Reihe von Deckenleuchten den Raum gut erhellte.

Was meine Aufmerksamkeit jedoch wirklich fesselte, war die riesige Maschine am Ende des Raums. Sie sah aus wie ein gigantischer Automotor, nur mit einem seltsamen, außerirdischen Design, das nichts mit dem zu tun hatte, was ein Mensch bauen würde. Sie nahm die gesamte Wand am hinteren Ende des Raums ein und sah wirklich teuer aus. Sie schien nicht aktiv zu sein, aber es kam ständig ein leises Summen von ihr, ein Geräusch, das ich aus irgendeinem Grund schnell als störend empfand.

»Also gut«, sagte ich, als ich über den Boden zum Wurmlochgenerator ging. »Ich bin drin.«

»Gut«, sagte Valerie. »Laut den Schaltplänen, die Nicknacks uns gegeben hat, ist der Wurmlochgenerator derzeit ausgeschaltet. Du musst ihn manuell aktivieren.«

Ich blieb vor dem Generator stehen und bemerkte ein kleines Tastenfeld plus einen Bildschirm davor. Leider waren die Tasten die gleichen außerirdischen Buchstaben, die ich auf der gesamten Technologie der Pokacu gesehen hatte, sodass ich sie nicht lesen konnte.

»Was ist das?«, fragte ich. »Das Tastenfeld, um es zu aktivieren?«

»Ja«, sagte Valerie. »Der Wurmlochgenerator hat ein spezielles Passwort, das du eingeben musst, um ihn einzuschalten.«

»Was?«, sagte ich. »Ein Passwort? Wie soll ich das denn herausfinden?«

»Zum Glück konnte ich beim Hacken der Systeme des Mutterschiffs das Passwort auf seinen Computern finden«, sagte Valerie. »Du musst nur das Passwort eingeben, und der Generator erledigt den Rest.«

»Toll«, sagte ich. »Was soll ich danach tun? Einfach abhauen?«

»Ja«, sagte Valerie. »Sobald der Generator aktiviert ist, solltest du das Mutterschiff so schnell wie möglich verlassen und zum gekaperten Schiff zurückkehren. Aufgrund der enormen Energie, die der Generator zur Erzeugung eines Wurmlochs zwischen der Erde und der Mutterwelt benötigt, bleibt es etwa fünf Minuten geöffnet, bevor es sich automatisch wieder schließt.«

»Fünf Minuten sind mehr als genug Zeit, um hier rauszukommen«, sagte ich. »Okay, wie lautet das Passwort?«

Valerie sagte mir, welche Tasten ich drücken sollte, um das Passwort einzugeben. Die Tasten fühlten sich tatsächlich wie kleine Fleischstücke an, was ziemlich unheimlich war, aber ich drückte sie trotzdem ohne zu zögern.

Nachdem ich das Passwort eingegeben hatte, drückte ich die größte Taste - von der Valerie mir sagte, dass sie wie die ›Enter‹-Taste auf irdischen Tastaturen funktionierte - und der Bildschirm leuchtete auf. Er zeigte eine Reihe komplexer Buchstaben und Zahlen, bevor der Generator selbst plötzlich zu vibrieren begann. Der Generator war laut und klang fast, als würde er gleich explodieren, was mich instinktiv zurückweichen ließ.

»Der Generator ist jetzt aktiviert«, sagte Valerie. »Das Wurmloch selbst sollte in wenigen Sekunden direkt über dem Mutterschiff am Himmel erscheinen.«

»Das heißt, ich sollte jetzt verschwinden, oder?«, fragte ich.

»Falsch«, ertönte eine Stimme hinter mir.

Erschrocken blickte ich über meine Schulter und sah gerade noch, wie blauer Leim durch die Luft auf mich zuflog. Der blaue Leim krachte gegen mich, warf mich zu Boden und nagelte mich dort fest, während er schnell erstarrte. Ich versuchte, ihn zu zerbrechen, aber wie üblich bewegte sich der blaue Leim kein bisschen.

»Was?«, sagte ich, während ich gegen den verhärteten Leim ankämpfte. »Wer hat das geschossen?«

Ein dunkles Lachen kam von der Tür, was mich in diese Richtung blicken ließ. Meine Stimmung sank bei dem, was ich sah.

Graleex stand in der Tür und richtete seinen Armkanonenauf mich. Er war ganz allein, aber er lachte immer noch, als hätte er gerade einen guten Witz gehört. Er betrat den

Raum, seine Schritte waren kaum hörbar über dem lauten Geräusch, das der Generator machte.

»Graleex?«, sagte ich. »Was machst du hier?«

»Dies ist das Hauptmutterschiff der Flotte«, sagte Graleex. »Ich war hierher zurückgekommen, um die Streitkräfte gegen die Menschheit zu befehligen und die Antwort eurer Anführer auf unsere Forderungen abzuwarten.«

»Woher wusstest du, dass ich hier bin?«, fragte ich. »Wir haben niemandem etwas gesagt.«

»Ich wusste nicht, dass du es speziell warst«, sagte Graleex. »Aber ich wurde durch eine Nachricht von einem meiner Soldaten informiert, dass ein Mensch in das Schiff eingedrungen war und sich auf dem Weg zum Wurmlochgenerator-Raum befand. Also ging ich, um dich abzufangen, obwohl ich nicht überrascht bin, dass du es bist, angesichts deiner nervtötenden Hartnäckigkeit.«

Graleex blieb über mir stehen und richtete seine Armkanone auf mein Gesicht. »Und jetzt werde ich das tun, was ich schon früher hätte tun sollen, und dich erledigen. Danach werde ich meinen Streitkräften befehlen, mit der Zerstörung der Erde zu beginnen, denn ich werte deine Anwesenheit hier als ihre Antwort, dass eure Spezies sich nicht ergeben wird.«

Kapitel Sechzehn

Mit Graleex' Armkanone auf mich gerichtet, wusste ich, dass mein Gesicht mit dem blauen Klebstoff beschossen werden würde, wenn er feuerte. Und da der blaue Klebstoff schnell aushärtete, war mir klar, dass ich ersticken würde, besonders wenn er es schaffte, den Helm meines Umweltanzugs zu zerschmettern.

Tatsächlich konnte ich sehen, wie sich der blaue Klebstoff in Graleex' Arm aufbaute. Ich kämpfte darum, mich zu befreien, und spürte sogar, wie der blaue Klebstoff sich zu bewegen begann, aber ich wusste, dass ich nicht rechtzeitig entkommen würde.

»Leb wohl, Mensch«, sagte Graleex. »In einem anderen Leben hättest du vielleicht einen guten Pokacu-Soldaten abgegeben.«

Kurz bevor Graleex seinen blauen Klebstoff abfeuern konnte, ertönte plötzlich das Geräusch von Triebwerken in der Nähe. Doch bevor Graleex oder ich herausfinden konnten, woher diese Geräusche kamen, keuchte und hustete Graleex. Ich wusste allerdings nicht warum, bis ich die Spitze eines vertrauten Schwertes aus seinem Bauch herausragen sah, das sein blaues Blut vergoss.

Dann wurde das Schwert herausgezogen und Graleex taumelte zur Seite. Er stolperte zu Boden und keuchte vor Schmerz, während er seinen nun blutenden Bauch mit der anderen Hand bedeckte. Ich starrte ihn schockiert an, bevor eine vertraute monotone Stimme vor mir fragte: »Kevin, geht es dir gut?«

Ich blickte auf und sah Mecha Knight vor mir stehen - seine Rüstung leicht geschwärzt und an einigen Stellen verbrannt - mit seinem Schwert an der Seite, das nun von Pokacu-Blut triefte. Einige Teile seiner Rüstung fehlten und andere Teile schienen verbogen oder eingedellt zu sein, aber ansonsten wirkte er völlig funktionsfähig.

»Mecha Knight?«, sagte ich überrascht. »Was machst du hier oben? Ich dachte, du wärst bei der früheren Explosion zerstört worden!«

Mecha Knight zuckte mit den Schultern. »Ich war unter den Trümmern der zerstörten Gerechtigkeitsstatue begraben, aber ich versteckte mich darunter, damit die Pokacu mich nicht finden würden. Ich hatte jedoch immer vor zu entkommen, sobald sich eine Gelegenheit bot. Als ich dein Schiff über dem Mutterschiff fliegen sah, kam ich zu Hilfe, weil ich eine Möglichkeit sah, in das Mutterschiff einzudringen, die Pokacu von innen heraus zu besiegen und meine Neohelden-Kameraden zu retten.«

»Ich bin so froh, dich zu sehen«, sagte ich. »Kannst du mich übrigens aus diesem blauen Klebstoff befreien? Ich habe momentan nichts von diesem roten Zeug bei mir.«

»Glücklicherweise konnte ich etwas von dieser roten Flüssigkeit von den Pokacu-Soldaten stehlen, die du zuvor ausgeschaltet hast«, sagte Mecha Knight und zog ein Fläschchen mit roter Flüssigkeit aus seiner Brustrüstung. »Ich dachte, es könnte nützlich sein, falls ich jemals vom blauen Klebstoff getroffen würde, aber lass mich dich damit befreien.«

Mecha Knight hielt das Fläschchen über mich, doch bevor er es fallen lassen konnte, schrie Graleex: »O nein, das wirst du nicht!« und mehr blauer Klebstoff flog auf uns zu. Mecha Knight sprang rückwärts, das Fläschchen immer noch in seinen Händen, als der blaue Klebstoff über uns hinwegflog und an der gegenüberliegenden Wand des Raumes klatschte.

Als ich zu Graleex hinübersah, sah er schlimmer aus als zuvor. Er stand wieder, aber er bedeckte seine Wunde mit der Hand, während er seine Armkanone auf Mecha Knight richtete, der nun sein Schwert verteidigend vor sich hielt.

»Ich werde nicht zulassen, dass ihr diesen Menschen befreit«, knurrte Graleex. »Ich weiß, dass ihr Menschen versucht, zur Mutterwelt zu gelangen, aber ich werde es nicht zulassen. Alles, was ich tun muss, ist euch Menschen vier Minuten lang abzulenken, und der Wurmlochgenerator wird sich von selbst abschalten.«

»Du gehst davon aus, dass wir dich nicht einfach töten und verschwinden werden«, sagte Mecha Knight. »Im Gegensatz zu manch anderen Helden habe ich keine Skrupel, das Leben eines anderen Wesens zu nehmen, wenn es nötig ist.«

Graleex lachte. »Selbst wenn ihr mich tötet, wird es keine Rolle spielen. Ich habe bereits Verstärkung gerufen, was bedeutet, dass dieser ganze Raum bald von loyalen Pokacu-Soldaten wimmeln wird, die die Mutterwelt vor euch schmutzigen Menschen verteidigen und euch daran hindern werden, von hier zu entkommen.«

»Mecha Knight, verschwende keine Zeit mit ihm zu reden«, sagte ich. »Wir haben keine Zeit für Gespräche. Wenn sich das Wurmloch schließt, können wir es vielleicht nicht wieder öffnen.«

»Genau das ist der Punkt, Mensch«, sagte Graleex. »Niemandem außer uns Pokacu ist es erlaubt, einen Fuß auf die Mutterwelt zu setzen! Das ist der wichtigste Grundsatz des Großen Kodex und das eine Gesetz, das niemals gebrochen werden darf!«

Graleex schoss blauen Leim auf Mecha Knight. Doch Mecha Knight sprang in die Luft, wich dem blauen Leim aus, der an ihm vorbeiflog, und landete hinter Graleex. Er versuchte, dem Pokacu den Kopf abzuschlagen, aber Graleex blockte Mecha Knights Schwert mit seiner Armkanone ab, was dazu führte, dass die beiden begannen, gegeneinander zu drücken, um die Oberhand zu gewinnen.

Währenddessen kämpfte ich immer noch damit, mich selbst aus dem blauen Leim zu befreien. Ich wusste nicht genau, wie viel Zeit uns noch blieb, bevor sich das Wurmloch schloss, aber ich wusste, dass ich hier keine Sekunde mehr verschwenden durfte. Der blaue Leim begann leicht zu bröckeln, aber es ging immer noch sehr langsam voran und ich befürchtete, dass es selbst mit meiner Superkraft mehr als fünf Minuten dauern würde, bis ich mich befreien könnte.

Dann hörte ich Nicknacks' Stimme in meinem Ohrhörer: »Bolt, wo bist du? Das Wurmloch hat sich geöffnet, aber wir haben nicht mehr viel Zeit, bevor wir es betreten können.«

»Bin auf ein kleines Problem gestoßen«, sagte ich durch zusammengebissene Zähne. »Wurde von blauem Leim getroffen, also kann ich nicht viel tun.«

»Blauer Leim?«, wiederholte Nicknacks. »Ich hatte befürchtet, dass das passieren würde. Wirst du dich daraus befreien können?«

»Vielleicht«, sagte ich und warf einen Blick auf Graleex und Mecha Knight, die immer noch gegeneinander drückten, um die Oberhand zu gewinnen. »Aber ich weiß nicht, ob ich ihn zerbrechen kann, bevor sich das Wurmloch schließt.«

»Bitte versuch es«, sagte Nicknacks. »Wir werden jede Hilfe brauchen, die wir kriegen können, wenn wir zur Mutterwelt gehen, und ich habe das Gefühl, dass deine Kräfte dort sehr nützlich sein werden.«

»Hey, es ist ja nicht so, als würde ich hier faulenzen oder so«, sagte ich. »Mecha Knight kämpft gegen Graleex.«

»Du meinst, Mecha Knight hat überlebt?«, sagte Nicknacks überrascht. »Andererseits habe ich etwas zum Mutterschiff fliegen sehen, das muss er gewesen sein.«

»Ja, das war er«, sagte ich. »Jedenfalls, genug geredet. Ich muss mich darauf konzentrieren, aus diesem gehärteten blauen Leim auszubrechen.«

»Klar«, sagte Nicknacks. »Aber bitte beeil dich. Wir werden gezwungen sein, ohne dich zu gehen, wenn wir zu lange warten.«

»Verstanden«, sagte ich.

Ich setzte sofort so viel Kraft wie möglich ein, um den blauen Leim zu zerbrechen, aber es war fast unmöglich. Woraus auch immer dieses Zeug gemacht war, es war stark genug, sogar meiner Superkraft standzuhalten. Es erinnerte mich zu sehr an die Zeit, als ich Graleex unter dem Meer traf, nur dass ich damals überhaupt keine Kräfte hatte.

Jedenfalls schaute ich zu Mecha Knight und Graleex hinüber. Die beiden schienen etwa gleich stark zu sein, trotz Graleex' Wunde, die aus irgendeinem Grund aufgehört hatte zu bluten, vielleicht aufgrund der schnellen Heilkräfte der Pokacu. Mecha Knight hielt immer noch das Fläschchen mit der roten Flüssigkeit in der Hand, aber er war nicht in der Lage, es mir zuzuwerfen. Ich wünschte, es gäbe eine Möglichkeit, wie ich helfen könnte, aber mit meinen Armen, die im blauen Leim gefangen waren, war ich nicht einmal fähig, Graleex aus der Entfernung mit meinen Blitzkräften zu beschießen.

Dann lehnte sich Graleex plötzlich nach hinten, was dazu führte, dass Mecha Knight ihn zu Boden drückte. Aber Graleex nutzte den Schwung, um Mecha Knight zu packen und über seine Schulter zu werfen. Mecha Knight flog durch die Luft, bevor er auf dem Boden aufschlug, wo er regungslos liegen blieb, als wäre er abgeschaltet worden oder so etwas.

»Mecha Knight!«, schrie ich. »Nein!«

»Schweig, Mensch«, sagte Graleex und richtete seine Armkanone erneut auf mich. Er hatte seine normale Hand entfernt und enthüllte, dass seine Wunde geheilt war. »Ich muss sicherstellen, dass niemand zur Mutterwelt gelangt, ganz besonders du nicht.«

»Warum?«, sagte ich, obwohl ich das Wort wegen meines harten Kampfes gegen den blauen Leim kaum herausbrachte. »Weil du Angst hast, ich könnte deine Pläne durchkreuzen?«

»Weil ich nicht will, dass du diese Frau rettest, die dir so viel bedeutet«, sagte Graleex, »die, die du 'Mom' nennst, was, wie ich verstehe, eine andere Form des irdischen Wortes 'Mutter' ist.«

Ich hörte sofort auf zu kämpfen und starrte Graleex schockiert an. »Was? Hast du gerade gesagt, dass Mom auf der Mutterwelt ist?«

»In der Tat«, sagte Graleex. »Wir haben sie dorthin geschickt, nachdem wir sie entführt haben.«

»Aber warum?«, sagte ich. »Warum würdet ihr das tun?«

»Weil die Mutterwelt es verlangt«, sagte Graleex. »Es ist Teil ihres größeren Plans, den ich in meiner Bescheidenheit nicht vollständig verstehe. Alles, was ich weiß, ist, dass dieser Plan, wenn er erfolgreich ist, mein Volk zu einem Status erheben wird, der bisher unvorhergesahr war. Ich meine unvorhergesehen.« Graleex runzelte die Stirn. »Ich verabscheue eure menschliche Sprache. Sie ist zu verwirrend.«

»Lebt sie noch?«, fragte ich. »Was habt ihr ihr angetan?«

»Ich weiß es nicht, aber ich werde nicht zulassen, dass du sie rettest«, sagte Graleex. Er richtete seinen Armkanonenblaster erneut auf mich. »Die Mutterwelt befiehlt es.«

»Ist das alles?«, sagte ich. Tränen der Wut begannen mir aus den Augen zu laufen, aber ich blinzelte sie weg. »Du bist bereit, alles für deine kostbare Mutterwelt zu opfern, sogar das Leben unschuldiger Menschen?«

»Natürlich«, sagte Graleex. »Würdest du nicht dasselbe für deine eigene Mutter tun?«

Diese Frage traf mich wie ein Schlag in die Magengrube. Ich starrte Graleex einfach an, unsicher, was ich sagen sollte. »Ich ... ähm ... meine Mutter ...«

»Gib's zu, Mensch, du bist nicht anders als ich«, sagte Graleex. »Aber im Gegensatz zu mir wirst du bald ohne eigene Mutter sein. Natürlich brauchst du dir keine Sorgen zu machen, denn du wirst ihr schon bald in das große Jenseits folgen, in das alle Seelen letztendlich gehen.«

Plötzlich tauchte Mecha Knight wie aus dem Nichts auf und rammte sein Schwert in Graleex' Seite. Graleex stieß einen unmenschlichen Schmerzensschrei aus, bevor Mecha Knight sein Schwert aus der Seite des Aliens riss und ihn zu Boden trat. Graleex knallte auf den Boden und versuchte aufzustehen, bevor Mecha Knight ihm in die Brust stach, woraufhin Graleex aufhörte sich zu bewegen und einfach in einer sich immer weiter ausbreitenden Lache seines eigenen Blutes liegen blieb, seine unmenschlichen Augen nicht länger vor Leben glühend.

Mecha Knight zog sein Schwert aus Graleex' Brust und kam auf mich zu, als ob er jeden Tag Aliens töten würde. Er zerschmetterte sofort das Fläschchen an meinem blauen Klebstoff und löste ihn augenblicklich auf.

Ich sprang auf die Füße und sagte, während ich mir die Arme rieb: »Danke, Mecha Knight. Ich dachte schon, ich wäre erledigt.«

»Kein Problem«, sagte Mecha Knight. Er blickte auf sein Schwert. »Es wird jedoch lange dauern, all dieses Pokacu-Blut abzuwischen.«

Ich nickte, schreckte dann aber auf. »Verdammt, wie viel Zeit bleibt mir noch, bevor sich das Wurmloch schließt?«

»Eine Minute, Kevin«, ertönte Valeries hilfreiche Stimme in meinem Ohr. »Nun, jetzt sind es neunundfünfzig Sekunden ... achtundfünfzig ...«

»Dann müssen wir sofort hier raus«, sagte ich. Ich sah Mecha Knight an. »Kommst du mit?«

»Natürlich«, sagte Mecha Knight.

Wir drehten uns beide um und rannten auf den Ausgang zu und stürmten aus dem Raum in den Flur. Aber bevor wir den Weg zurücklaufen konnten, den ich gekommen war, ließ uns ein plötzlicher Schrei in die andere Richtung blicken.

Ein Dutzend Pokacu-Soldaten rannte den Flur auf uns zu. Sie kamen direkt auf uns zu und legten bereits mit ihren Armkanonen an, als sie uns entdeckten.

»Die Verstärkung, die Graleex erwähnt hat«, sagte ich. Ich packte Mecha Knights Arm. »Komm schon. Wir können sie abhängen.«

Aber Mecha Knight riss seinen Arm aus meiner Hand und sagte: »Nein. Du gehst weiter. Ich werde sie aufhalten.«

»Was?«, sagte ich. »Aber-«

Mecha Knight stieß mich zu Boden, als etwas blaues Klebzeug vorbeiflog und mich dabei fast traf. »Ich würde dich nur aufhalten. Du musst das Mutterschiff allein verlassen.«

»Aber-«

»Ich komme schon klar«, sagte Mecha Knight. »Jetzt geh!«

So sehr mir die Idee auch missfiel, Mecha Knight schon wieder im Stich zu lassen, wurde mir klar, dass ich keine andere Wahl hatte, besonders als ich hörte, wie Valerie in meinem Ohr die späten Dreißiger herunterzählte.

Mit einem Nicken zu Mecha Knight aktivierte ich meine Supergeschwindigkeit und rannte zurück durch die Gänge des Mutterschiffs. Ich sah mich nicht einmal um, aber ich glaubte zu hören, wie Mecha Knight bereits die angreifenden Soldaten in einen Kampf verwickelte. Ich hoffte, er würde überleben und dass ich ihn nach all dem wiedersehen würde.

Kapitel Siebzehn

Ich schoss aus dem Loch in der Decke des Mutterschiffs und flog direkt auf das Schiff zu, das immer noch darüber schwebte. Ich sauste um es herum, bis ich oben auf dem Schiff landete, genau an der Stelle, wo ich es vielleicht vor weniger als zehn Minuten verlassen hatte. Ich schaute nicht einmal zum Wurmloch am Himmel hoch; ich rief einfach in meine Uhr: »Nick, ich bin draußen! Lass mich rein!«

Sofort sank ich wieder in das Schiff hinab, und das Loch über mir schloss sich, sobald ich vollständig drin war. Aber ich wartete nicht einmal, bis die Plattform den Boden berührte, bevor ich von ihr sprang und mich zurück zum Kontrollraum begab, wo Nicknacks und Blizzard warteten.

»Bolt!«, rief Blizzard, als ich hereinrannte. Sie umarmte mich sofort. »Oh, ich bin so froh, dass du am Leben bist! Ich dachte, du würdest es vielleicht nicht schaffen.«

»Schön zu sehen, dass du entkommen bist, Bolt«, sagte Nicknacks. »Jetzt müssen wir zum Wurmloch aufsteigen. Wir haben weniger als zwanzig Sekunden, um es zu betreten, bevor es sich schließt, also setzt euch hin und schnallt euch an, denn diese Wurmlöcher können eine raue Fahrt sein.«

Blizzard und ich setzten uns sofort auf unsere Plätze und schnallten uns an, während das Schiff zu steigen begann.

»Wie sieht das Wurmloch aus?«, fragte ich, während wir nach oben flogen.

»Lass es mich auf dem Monitor anzeigen«, sagte Nicknacks.

Er drückte einen Knopf, und plötzlich zeigte einer der Monitore, was wie ein riesiges, leuchtendes Loch am Himmel über uns aussah. Eigentlich, wenn ich es mir genauer ansah, sah es weniger wie ein Loch und mehr wie die Öffnung eines Trichters aus, aber es war zu tief, um zu sehen, was auf der anderen Seite war.

»Das ist unser Ziel«, sagte Nicknacks. »Jetzt haltet euch fest. Ich erhöhe die Geschwindigkeit, damit wir es betreten können, bevor es sich schließt.«

Blizzard und ich hatten gerade noch genug Zeit, uns an den Händen zu fassen, bevor das Schiff plötzlich nach oben schoss. Es war, als würde man in einem Aufzug mit Überschallgeschwindigkeit fahren, aber zum Glück hielten uns unsere Sicherheitsgurte davon ab, an die Decke zu fliegen. Ich hielt meine Augen die ganze Zeit auf den Monitor gerichtet, der das Wurmloch zeigte, während es näher und näher kam … näher und näher …

Bis wir durch das Wurmloch flogen. Dann wurde alles dunkel.

-

Plötzlich wurde alles unglaublich dunkel. Ich meine, die Lichter im Schiff waren noch an und es gab keine Fenster, die uns nach draußen ausgesetzt hätten, aber aus irgendeinem Grund wurde es trotzdem dunkel. Ich konnte Blizzard neben mir sehen und Nicks Kopf, der vom Licht der Bildschirme vor ihm silhouettiert wurde, sowie die Bildschirme selbst, aber alles war wirklich dunkel.

»Nick, was ist los?«, sagte ich. Meine Stimme klang kleiner als sonst, obwohl ich nicht flüsterte.

»Wir reisen durch das Wurmloch«, sagte Nicknacks, ohne sich zu mir oder Blizzard umzudrehen. »Wir werden in Ordnung sein.«

»Ich habe nicht gesagt, dass wir nicht -«, sagte ich, bevor ich plötzlich von einem heftigen Rütteln des Schiffes unterbrochen wurde.

Das plötzliche Rütteln ließ auch Blizzard aufschreien, aber Nick sagte: »Es ist nichts. Diese Art von Stößen sind normal bei Wurmlochreisen. Wir sollten jeden Moment aus dem Wurmloch austreten und auf der Oberfläche der Mutterwelt ankommen.«

Genau als Nick das sagte, wurde das gesamte Schiff plötzlich wieder heller und das Rütteln hörte auf. Ich holte tief Luft und sah zu Blizzard. Obwohl wir nur wenige Sekunden im Wurmloch gewesen waren, sah sie von der Erfahrung unglaublich mitgenommen aus.

»Blizzard, alles in Ordnung?«, sagte ich.

»I-Ich bin okay«, sagte Blizzard, ihre Zähne klapperten, obwohl es nicht kalt war. »Nur … ich weiß nicht.«

Nicknacks drehte sich plötzlich in seinem Stuhl um, um uns anzusehen. »Du leidest wahrscheinlich unter einer Post-Wurmloch-Reise-Störung. Das ist etwas, das manchmal

Wesen befällt, die nicht an Reisen durch Wurmlöcher gewöhnt sind. Da wir jedoch nicht sehr lange in diesem Wurmloch waren, solltest du dich ziemlich schnell davon erholen.«

»Also sind wir endlich draußen?«, sagte ich. »Sind wir dann endlich auf der Mutterwelt?«

»Laut den Systemen des Schiffes, ja«, sagte Nicknacks. »Möchtet ihr sie sehen?«

Ich nickte. »Ja.«

Nicknacks drehte sich zurück zu den Kontrollen, tippte ein paar Knöpfe an, und dann änderte einer der Monitore - derselbe wie zuvor - seine Anzeige, um die Außenansicht zu zeigen. Blizzard und ich lehnten uns vor, um einen besseren Blick darauf zu werfen, wie die Mutterwelt aussah.

Ich wusste nicht, was ich erwartet hatte zu sehen. Ich dachte, dass ich vielleicht zumindest Städte und Dörfer sehen würde, vielleicht ein paar Berge und Wildtiere. Oder vielleicht würde es mehr wie der Mars aussehen; eine größtenteils öde Einöde, wenn auch mit ein paar Stützpunkten für Soldaten und Landebahnen für ihre Raumschiffe und zur Abrundung noch einen roten Himmel.

Aber was ich auf der Oberfläche unter uns sah, war anders als alles, was ich erwartet hatte: Jeder Quadratzentimeter des Bodens unter uns war mit Raumschiffen bedeckt. Und es waren nicht die kleinen, wie das, in dem wir flogen; ich meine, ich sah ein paar von ihnen hier und da fliegen, vielleicht um Soldaten zu den größeren zu bringen, aber im Großen und Ganzen waren die Millionen und Abermillionen von Schiffen unter uns keine kleinen.

Sie waren riesig. Es gab die Mutterschiffe, die wie das zu Hause aussahen, aber sie waren fast winzig im Vergleich zu den anderen massiven Kriegsschiffen, die überall verstreut waren. Einige der Schiffe schienen so hoch wie New Yorker Wolkenkratzer zu sein; zum Beispiel gab es Unmengen von Schiffen, die wie eine Kreuzung aus fliegenden Untertassen und Oktopussen aussahen, balancierend auf metallischen Gliedmaßen, die stark genug aussahen, um Berge in Stücke zu schlagen.

Andere Schiffe, die mir auffielen, waren unfassbar massive Kriegsschiffe mit Kanonen, Geschützen und einer ganzen Menge anderer Waffen, die ich nicht identifizieren konnte, darunter mehr als ein paar, die wie keine Waffe aussahen, die je auf der Erde gebaut worden war. Und wenn ich sage »unfassbar massiv«, meine ich das auch; eines der Schiffe sah so groß aus wie die gesamte Stadt Silvers zusammen.

Tatsächlich konnte ich aus dieser Perspektive nicht einmal bewohnbare Gebäude sehen. Ich sah einige riesige Strukturen, die Rauch ausstießen und was wie giftige Abfallchemikalien aussah in einen Fluss kippten, aber sie sahen eher wie Fabriken aus als wie Häuser oder Wohngebäude.

Riesige, mechanische Maschinen standen zwischen den Schiffen, menschenähnliche Maschinen, die eher wie echte Mechas als wie Roboter aussahen. Sie standen meist still, aber ich konnte mir leicht vorstellen, wie einer dieser Mechas durch New York City ging, Wolkenkratzer in Stücke schlug und mit jedem Stampfen seiner riesigen Füße die Kanalisation zerstörte.

»Oh mein Gott«, flüsterte Blizzard, ihre Augen so weit aufgerissen, dass sie aussahen, als würden sie jeden Moment aus ihren Höhlen fallen. »Was ... was sehen wir da?«

»Was wir sehen, Blizzard, ist nur ein sehr kleiner Teil der gesamten interplanetaren Eroberungsflotte der Pokacu«, sagte Nicknacks. Im Gegensatz zu Blizzard klang er völlig ruhig, als ob er diese massive Armee jeden Tag sah. »Die tatsächliche Flotte ist um den Faktor einer Milliarde größer. Jeder Quadratzentimeter der Mutterwelt ist mit Schiffen, Fabriken und Waffen bedeckt.«

»Du meinst, es gibt überhaupt keine Gebäude oder Wohnungen oder Dörfer oder Städte?«, sagte ich und sah Nicknacks überrascht an.

»Vielleicht gab es sie vor langer Zeit, aber als die Mutterwelt beschloss, das Universum zu erobern, wurden sie wahrscheinlich alle ausgelöscht, um Platz für Fabriken und Kriegswaffen zu schaffen«, sagte Nicknacks. »Und das ist nur das, was du an der Oberfläche siehst. Unter der Oberfläche gibt es ein kompliziertes System von Tunneln, Bunkern und Zügen, die verwendet werden, um Soldaten, Waffen und Vorräte zu bewahren und zu bewegen, unter anderem.«

»Aber ...« Blizzard schien die Worte zu fehlen. »Aber müssen sie sich nicht ausruhen? Brauchen die Pokacu keine Häuser, in die sie zurückkehren können, und Familien, bei denen sie bleiben können?«

»Nein«, sagte Nicknacks. »Denk daran, mein Volk hat keine echte Individualität, außer auf einer sehr grundlegenden Ebene. Die Mutterwelt hat beschlossen, dass das gesamte Leben der Pokacu der Unterstützung der Eroberung des Universums gewidmet sein muss. Es gibt keine freien Tage, keine Feiertage, nichts von dem, was ihr Menschen auf eurer Welt habt. Und es gibt sicherlich keine Familien, abgesehen von der

Pokacu->Familie<, in die alle Pokacu hineingeboren werden und über die die Mutterwelt absolute Kontrolle hat.«

»Und du sagst, das ist nur ein kleiner Teil der gesamten Flotte?«, sagte ich. Furcht begann mich zu ergreifen, als ich den Ernst unserer Mission erkannte.

»In der Tat«, sagte Nicknacks. »Wie ich schon sagte, gibt es keinen Zentimeter Erde auf dieser Welt, der von der Mutterwelt ungenutzt gelassen wurde. Und das ist nur das, was sich auf der Mutterwelt selbst befindet.«

»Was meinst du damit?«, fragte ich.

»Ich meine, dass wir Raumstationen haben, die die Welt umkreisen«, sagte Nicknacks und deutete zur Decke. »Gigantische Satelliten, wie ihr Menschen sie noch nicht gebaut habt. Diese Satelliten helfen der Flotte, von jedem Winkel des Universums aus mit der Mutterwelt in Kontakt zu bleiben, und dort werden auch die wirklich massiven Raumschiffe gebaut, da auf der Oberfläche der Mutterwelt selbst kein Platz mehr ist.«

»Warum haben sie diese massive Armee nicht geschickt, um uns beim *ersten* Mal zu invadieren?«, sagte Blizzard. Ihr Griff um meine Hand wurde fester. »Sie hätten den ganzen Planeten in einer Stunde dem Erdboden gleichmachen können, wenn sie gewollt hätten.«

»Weil es nicht immer notwendig ist, das zu tun«, sagte Nicknacks. »Aus der Perspektive der Mutterwelt war die Erde nichts weiter als ein unbedeutender kleiner Felsen in einem obskuren Winkel des Universums. Sie sah keinen Grund, wertvolle Ressourcen zu verschwenden, um ihn zu erobern oder zu zerstören, weshalb sie ihn in Ruhe ließ, nachdem die erste Invasion gescheitert war.«

»Aber sie wird uns jetzt nicht in Ruhe lassen«, sagte ich. »Stimmt's?«

»Höchstwahrscheinlich«, stimmte Nicknacks zu. »Ich stelle mir vor, dass die Mutterwelt diesmal, da sie weiß, welche Bedrohung er darstellt, nicht zögern wird, den Planeten zu vernichten. Es sei denn, wir halten sie auf.«

»Aber wie?«, sagte Blizzard verzweifelt. »Sieh dir nur diese Armee an. Es gibt keine Möglichkeit, sie zu besiegen, nicht einmal, wenn wir mit allem angreifen würden, was wir haben.«

»Wir müssen sie nicht besiegen«, sagte Nicknacks. »Was wir wirklich tun müssen, ist, die Mutterwelt selbst zu konfrontieren. Und ich weiß genau, wie wir das machen.«

»Oh, also müssen wir jetzt nur noch einen ganzen Planeten zerstören«, sagte Blizzard sarkastisch. »Das macht diese Mission *so viel* einfacher.«

»Ich verstehe deine Sorgen, aber es besteht kein Grund, sarkastisch zu sein«, sagte Nicknacks. »Denn die Tatsache ist, dass sie nicht einmal wissen, dass wir hier sind.«

»Was meinst du damit?«, fragte ich.

»Ich meine die Mutterwelt und den Rest der Pokacu-Armee«, sagte Nicknacks. »Sie haben zweifellos gesehen, wie unser Schiff aus dem Wurmloch auftauchte, aber ich habe alle internen Scanner und Sensoren unseres Schiffes deaktiviert. Daher haben sie keine Ahnung, dass sich momentan keine Pokacu-Soldaten an Bord befinden. Sie glauben wahrscheinlich, dass wir ein Schiff sind, das von der Invasion der Erde zurückkehrt, um weitere Soldaten oder Vorräte zu holen.«

»Wirklich nicht?«, fragte ich. »Werden sie nicht versuchen, mit uns zu kommunizieren, um sicherzugehen, dass wir keine Spione oder so sind?«

»So identifizieren die Pokacu keine befreundeten Schiffe«, erklärte Nicknacks. »Weißt du, jedes Pokacu-Schiff hat eine zugewiesene Seriennummer. Wenn ein Schiff von einer Eroberung oder Mission zurückkehrt, scannen die Sicherheitssysteme des Planeten das Schiff selbst. Die Systeme vergleichen die Seriennummer mit der in den Systemen gespeicherten, und wenn sie übereinstimmen, darf das Schiff ohne weitere Fragen den Planeten betreten. Außerdem werden Pokacu-Schiffe nie gekapert und schon gar nicht zur Mutterwelt zurückgebracht, sodass die Arroganz meines Volkes sie davon abhält, bessere Sicherheitssysteme zu verwenden.«

»Also werden sie uns nicht anhalten und nachsehen, ob echte Pokacu an Bord sind?«, fragte ich.

»Genau«, sagte Nicknacks. »Aber sie werden irgendwann etwas Ungewöhnliches bemerken, denn wenn wir nicht landen, werden sie schließlich wissen wollen, wonach wir suchen, was bedeutet, dass wir unsere wahre Identität preisgeben müssen.«

»Aber wenn wir landen, wird das doch auch unsere Identität preisgeben, oder?«, sagte Blizzard. »Wenn wir das Schiff verlassen, werden sie sofort erkennen, wer wir sind, und versuchen, uns zu vernichten.«

»Ganz richtig«, sagte Nicknacks. »Aber zum Glück werden wir wahrscheinlich nicht landen und unsere wahre Identität preisgeben müssen, zumindest nicht sofort. Alles, was wir tun müssen, ist den Kern der Mutterwelt zu finden und zu zerstören, was wir schaffen können, wenn wir uns beeilen.«

»Der Kern der Mutterwelt?«, fragte ich. »Was ist das?«

Nicknacks tippte auf einen Touchscreen - wahrscheinlich um den Autopiloten zu aktivieren oder so - und drehte sich dann zu uns um, wobei er die Fingerspitzen aneinanderlegte. »Der Kern ist das Bewusstsein der Mutterwelt. Oder, um es deutlicher auszudrücken, der Kern ist das Gehirn der Mutterwelt.«

»Ach so«, sagte ich. »Und wo befindet er sich?«

»Er ist im absoluten Zentrum der Mutterwelt«, erklärte Nicknacks. »Er wird nicht nur von der riesigen Pokacu-Armee und den unterirdischen Tunneln und Schichten verteidigt, die gebaut wurden, um Soldaten im Falle eines Oberflächenangriffs durch eine feindliche Streitmacht zu beherbergen, sondern auch durch die natürlichen Magmaschichten des Planeten. Es ist der am besten verteidigte Teil des gesamten Planeten.«

»Wie tief würdest du sagen, dass er liegt?«, fragte ich.

»Mehrere Kilometer«, antwortete Nicknacks. »Die Mutterwelt ist ähnlich groß wie die Erde, obwohl das so ziemlich die einzige Ähnlichkeit zwischen den beiden Welten ist.«

»Wie sollen wir zum Zentrum der Mutterwelt gelangen?«, fragte Blizzard. »Wenn die Mutterwelt so groß wie die Erde ist, wird es ewig dauern, bis wir zum Kern kommen, und das unter der Annahme, dass die Pokacu uns nicht vorher erwischen. Und wir haben wirklich nicht viel Zeit zu verschwenden.«

»Das stimmt nicht ganz«, sagte Nicknacks. »Um den Kern zu zerstören, müssen wir nicht tatsächlich selbst zum Zentrum des Planeten hinabsteigen.«

»Was sollen wir dann tun?«, fragte ich. »Werden wir eine Atombombe auf den Planeten abwerfen oder so?«

»Natürlich nicht«, sagte Nicknacks. »Wir haben keine Atombombe dabei, also kommt das nicht in Frage.«

»Dann erkläre uns deinen Plan«, sagte ich. »Wir hören zu.«

»In Ordnung«, sagte Nicknacks. Er drehte sich um und tippte auf mehrere Knöpfe, wodurch sich der Monitor, der die Außenansicht zeigte, veränderte. »Schaut euch diese Grafik an.«

Auf dem Monitor, der zuvor die Außenansicht zeigte, war nun eine kompliziert aussehende Grafik mit Pokacu-Wörtern und -Zahlen zu sehen. Ich konnte die Sprache nicht verstehen, aber ich erfasste die Gesamtform des Bildes, das einen großen Planeten darstellte. Es sah ein bisschen wie eine Karte aus und hatte etwa ein Dutzend rote Punkte an verschiedenen Stellen auf der Planetenoberfläche, die anscheinend wichtige Bereiche anzeigten, aber ich verstand immer noch nichts davon.

»Dies ist eine Grafik der Mutterwelt«, erklärte Nicknacks. Er zeigte auf einen der roten Punkte. »Diese roten Punkte stellen Energiezentren dar, wo Energie direkt aus dem Kern gewonnen wird.«

»Wofür wird die Energie verwendet?«, fragte ich.

»Für alles«, antwortete Nicknacks. »Waffen, Schiffe, Satelliten, Fabriken ... fast alles auf der Mutterwelt wird von dieser Energie angetrieben.«

»Wirklich?«, sagte Blizzard. »Um welche Art von Energie handelt es sich hier? Öl? Gas? Solar?«

»Es ist keine Energieform, die auf der Erde existiert«, sagte Nicknacks. »Daher gibt es kein irdisches Wort dafür. Die nächstliegende Übersetzung, die mir einfällt, ist ›Kernenergie‹, weil sie aus dem Kern stammt.«

»Kernenergie«, wiederholte ich. »Also sind diese Punkte die Stellen, an denen sie abgebaut wird?«

»Ja«, sagte Nicknacks. »Und raffiniert und verpackt und an den ganzen Planeten verschickt zur Verwendung in den Fahrzeugen und Schiffen der Flotte. Ich habe die Zentren selbst nur einmal besucht, aber ich erinnere mich, dass sie ein unglaublich effizientes System hatten. Sie entfernten die Unreinheiten und produzierten Batterie um Batterie dieser Energie, mindestens tausend Batterien pro Stunde, manchmal sogar mehr, wenn die Mutterwelt es verlangte.«

»Okay, wie wird uns das alles helfen?«, fragte ich.

»Weil die Zentren die Energie direkt aus dem Kern selbst ziehen«, erklärte Nicknacks. »Das bedeutet, dass sie direkt mit dem Gehirn der Mutterwelt verbunden sind, denn es ist die Mutterwelt selbst, die diese Energie für die Pokacu erzeugt. Dies sind die einzigen Stellen auf der Oberfläche des Planeten, die direkt mit dem Kern verbunden sind. Wie du dir vielleicht schon gedacht hast, sind sie sehr gut geschützt.«

»Also, was müssen wir tun?«, fragte ich. »Einen Laser in einen Abgasschacht schießen oder so?«

»Es wird nicht ganz so einfach sein«, sagte Nicknacks und schüttelte den Kopf. »Stattdessen werden wir Bomben in den Zentren platzieren, die sie in die Luft jagen werden. Das wird eine Kettenreaktion auslösen, die schließlich im Kern selbst gipfeln und den gesamten Planeten im Prozess zerstören wird.«

»Wirklich?«, fragte ich. »Wie?«

»Die Kernenergie ist extrem flüchtig, was teilweise der Grund dafür ist, dass sie raffiniert werden muss, bevor sie genutzt werden kann«, erklärte Nicknacks. »Wenn sie zu viel Hitze und Flammen ausgesetzt wird, explodiert die rohe Kernenergie. Und es ist keine kleine Explosion; selbst nur eine Tasse roher Kernenergie würde, wenn sie explodiert, einen ganzen Häuserblock und jeden darauf zerstören.«

»Wenn wir also eine planetengroße Menge davon in die Luft jagen, wird das dann das halbe Universum zerstören?«, fragte ich.

»Wahrscheinlich nicht, aber es sollte ausreichen, um die Mutterwelt und alle umliegenden Planeten zu zerstören«, sagte Nicknacks. »Es wird auch die Pokacu auf der Erde und auf allen anderen Planeten, die sie angreifen, lähmen, was es für die Menschen einfacher machen wird, sie zu besiegen.«

»Das klingt cool«, sagte ich. »Aber woher bekommen wir die nötigen Sprengstoffe dafür?«

»Wir haben sie bereits«, sagte Nicknacks. »Tatsächlich habt ihr und Blizzard sie getragen, seit wir die Einrichtung verlassen haben.«

Blizzard und ich tauschten verwirrte Blicke aus, bevor ich Nicknacks wieder ansah und fragte: »Was meinst du? Du hast doch keine Bomben in unsere Umgebung gelegt, oder?«

»Nein, natürlich nicht«, sagte Nicknacks. »Ich spreche von euren Bombenstäben.«

Die hatte ich vergessen. Ich blickte auf meinen Bombenstab, der in der Nähe auf dem Boden lag, neben Blizzards. Beide waren momentan deaktiviert.

»Wir werden unsere Bombenstäbe benutzen, um diesen Planeten in die Luft zu jagen?«, fragte ich.

»Genau«, sagte Nicknacks. »Du hast gehört, was Mr. Apollo über die Kraft ihrer Spitzen gesagt hat. Alles, was wir tun müssen, ist, sie an den richtigen Stellen in einem der Zentren zu platzieren, und wir lassen die Physik den Rest erledigen.«

»Werden wir entkommen können, bevor es explodiert?«, fragte ich. »Denn ich möchte nicht mit den Pokacu in die Luft fliegen.«

Nicknacks wandte plötzlich den Blick von mir ab, als hätte ich etwas gesagt, worauf er keine gute Antwort hatte. »Darüber ...«

»Was?«, fragte ich. Ich lehnte mich vor und setzte Nick unter Druck, indem ich ihn hart anstarrte. »Was ist damit?«

Nicknacks sah uns wieder an, sein Ausdruck grimmig. »Es besteht eine gute Chance, dass wir bei der Explosion ebenfalls sterben werden.«

»Du meinst, wir werden nicht entkommen können, bevor der Planet explodiert?«, sagte Blizzard entsetzt. »Willst du damit sagen, dass wir alle sterben werden?«

»Das habe ich nicht gesagt«, erwiderte Nicknacks und hob eine Hand, um uns zu beruhigen. »Wir könnten entkommen. Wir müssten ein anderes Wurmloch finden, eines, das uns zurück zur Erde bringen könnte, aber es ist möglich, dass wir nach Hause zurückkehren.«

»Aber du klingst nicht sehr sicher dabei«, sagte ich.

»Das liegt daran, dass ich es nicht bin«, gab Nicknacks zu. »Ich gebe es nicht gerne zu, aber unsere Chancen, lebend zu entkommen, sind gering. Wir müssten zuerst ein Mutterschiff finden, dessen Wurmloch-Generator so programmiert ist, dass er eine Verbindung zur Erde herstellt; falls das nicht klappt, müssten wir ein Mutterschiff kapern und dessen Wurmloch-Generator umprogrammieren, um dasselbe zu tun.«

»Glaubst du, wir werden dafür Zeit haben, sobald die Explosionen beginnen?«, fragte Blizzard.

»Ich bezweifle es«, sagte Nicknacks. »Sobald die Explosionen beginnen, wird die Kettenreaktion schnell sein; nicht ganz augenblicklich, aber nahe dran. Ein Mutterschiff zu finden und seinen Wurmloch-Generator umzuprogrammieren, würde einfach viel zu lange dauern, selbst wenn wir schnell arbeiten und uns nicht aufhalten würden.«

»Also werden wir wahrscheinlich sterben«, sagte Blizzard.

»Nicht nur wir«, sagte ich, was dazu führte, dass Blizzard und Nicknacks mich ansahen. »Zurück im Mutterschiff, als ich gegen Graleex kämpfte, sagte er, dass meine Mutter zur Mutterwelt geschickt wurde. Das bedeutet, sie ist irgendwo auf diesem Planeten, auch wenn ich nicht weiß, wo.«

»Hat er das wirklich gesagt?«, fragte Nicknacks mit neugieriger Stimme.

»Das hat er«, sagte ich. Blizzard legte eine Hand auf meinen Rücken, wahrscheinlich um mich aufzumuntern.

»Seltsam«, sagte Nicknacks. »Die Pokacu nehmen nie Gefangene, geschweige denn, dass sie sie zur Mutterwelt schicken. Warum sollten sie ausgerechnet deine Mutter mitnehmen? Ich nehme an, er könnte gelogen haben, aber das erscheint mir unwahrscheinlich.«

»Er sagte nicht warum«, erklärte ich. »Er sagte nur, dass die Mutterwelt verlangt hat, dass Mom hierher geschickt wird, also haben sie es getan.«

Nicknacks strich sich übers Kinn. Er dachte offensichtlich über das nach, was ich ihm erzählt hatte, aber ich wusste nicht, ob er herausfinden würde, was los war. Alles, was ich wusste, war, dass Mom hier war, gefangen gehalten von der grausamsten und gewalttätigsten Alienrasse, die ich kannte. Sie war vielleicht nicht tot, aber ich ging davon aus, dass sie es bald sein würde, wenn wir sie nicht schnell fänden.

»Diese Nachricht gefällt mir nicht«, sagte Nicknacks. »Sie gefällt mir überhaupt nicht. Die Mutterwelt versucht offensichtlich, etwas zu tun, aber ich weiß nicht was.«

»Spielt das eine Rolle?«, sagte ich. »Hör zu, bevor wir die Mutterwelt in die Luft jagen, müssen wir Mom finden. Sobald wir sie gerettet haben, können wir die Bomben platzieren, den Ort in Stücke sprengen und nach Hause fliegen.«

»Wie sollten wir das denn anstellen?«, fragte Blizzard. »Hat dir Graleex gesagt, wo deine Mutter ist?«

»Nein, aber ich bin sicher, wir können sie finden, wenn wir suchen«, sagte ich. »Sie ist schließlich der einzige Mensch auf dem Planeten außer uns. Ich bezweifle, dass es schwer sein wird, sie zu finden.«

»Aber wenn wir nach ihr suchen, werden wir uns wahrscheinlich verraten«, sagte Nicknacks. »Wenn die Pokacu unsere Anwesenheit hier bemerken, werden sie nicht zögern, uns zu töten. Dann wird unsere Mission scheitern und die Erde wird zerstört.«

»Wir müssen uns ihnen ja nicht ankündigen oder so«, sagte ich. »Es spricht doch nichts dagegen, heimlich nach Mom zu suchen, oder?«

»Je länger wir hier bleiben, desto wahrscheinlicher ist es, dass die Pokacu erkennen, wer wir sind, selbst wenn wir diskret bleiben«, sagte Nicknacks. »Ich hatte Präsident Plutarch und Cadmus versichert, dass diese Mission schnell sein würde, besonders da der 48-Stunden-Timer noch läuft, und ich möchte nicht eine einzige Sekunde dieses Timers verschwenden, während wir hier sind.«

»Also sollten wir Mom einfach im Stich lassen?«, sagte ich. »Ist es das, was du sagst?«

»Ich weise nur darauf hin, dass wir nur sehr begrenzt Zeit haben, um das zu tun, wofür wir hergekommen sind«, sagte Nicknacks. »Wenn wir diese Ressource für einen nicht wesentlichen Teil unserer Mission verschwenden, setzen wir nicht nur unser eigenes Leben, sondern auch das Leben jeder Person auf der Erde aufs Spiel.«

»Aber wenn wir die Mutterwelt in die Luft jagen, ohne vorher nach Mom zu suchen, wird sie mit den Pokacu sterben«, sagte ich. »Das kann ich nicht zulassen, egal was passiert.«

»Es wäre ein akzeptables Opfer für die sieben Milliarden Leben auf der Erde«, sagte Nicknacks.

Ich stand sofort von meinem Sitz auf und ignorierte Blizzards erschrockene Reaktion, als ich Nicknacks anstarrte. Nick erwiderte meinen Blick ohne Furcht in seinen Augen, obwohl er wusste, dass ich verdammt viel stärker war als er und ihn leicht verprügeln könnte, wenn ich wollte.

»Wie kannst du es wagen«, sagte ich. »Wir reden hier von meiner Mutter. Sie ist der einzige Elternteil, den ich habe. Und du sprichst von ihr, als wäre sie irgendeine zufällige Person von der Straße.«

»Ich wollte Ashley nicht respektlos behandeln«, sagte Nicknacks. »Ich wollte nur darauf hinweisen, dass wir alle leiden werden, einschließlich deiner Mutter, wenn wir unser Handeln von deinem emotionalen Wunsch, deine Mutter zu retten, bestimmen lassen.«

»Er hat recht, Bolt«, sagte Blizzard, was mich dazu brachte, zu ihr hinunterzublicken. »Ich weiß, dass du deine Mutter sehr liebst, aber wir können keine Zeit damit verschwenden, nach ihr zu suchen. Wir müssen jeden Moment, den wir haben, damit verbringen, die Explosionen vorzubereiten und dann diese Welt zu verlassen, um allen von unserem Erfolg zu berichten, wenn möglich.«

Meine Hände zitterten. Ich dachte darüber nach, die beiden einfach abzublocken und Mom ganz allein zu suchen. Mein Environ würde mich vor der rauen Umgebung der Mutterwelt schützen, und ich hatte meine Kräfte, die ich zur Verteidigung gegen die Pokacu einsetzen konnte, falls sie mich finden würden. Blizzard und Nick brauchten mich nicht, um die Zentren in die Luft zu jagen; sie konnten es auch alleine schaffen.

Andererseits hatten sie beide einen guten Punkt. Mom war nur eine Person. Wie konnte ich den Rest der Welt für sie opfern? Sie war meine Mutter, einer der wichtigsten Menschen in meinem Leben, aber gleichzeitig würde die Welt weiter existieren und sich weiterdrehen wie immer, wenn sie stürbe.

Und die »Welt« war nicht nur ein abstrakter Gedanke. Mecha Knight, Treehugger, Talon, Stinger, Shell, Strike und die New Heroes, die NHA und INJ, Malcolm und Tara, Triplet, sogar Cadmus und Shade in gewissem Maße ... all diese Menschen und viele mehr waren Teil meiner Welt. Konnte ich sie für Mom opfern? War es das wert, ihr Leben zu riskieren, nur um Moms Leben zu retten?

Was würde Dad in dieser Situation tun? Er würde versuchen, Mom zu finden, das würde er tun, aber ich war nicht Dad. Würde Dad es verstehen, wenn ich Mom zurückließe, um die ganze Welt zu retten? Ich fragte mich, ob Dad während seiner Superheldenjahre jemals vor einem so ernsten Dilemma gestanden hatte. Musste er jemals jemanden, den er liebte, für das größere Wohl opfern? Ich wünschte, Dad hätte mir das irgendwann erzählt. Es würde diese Entscheidung leichter machen.

Eine Sache wusste ich aber sicher über Dad: Er erwartete immer von mir, dass ich das Richtige tat, egal was passierte. Und ich wusste, was das Richtige war, auch wenn es mir überhaupt nicht gefiel.

»In Ordnung«, sagte ich. »Wir machen mit der Mission weiter. Wir haben keine Zeit für etwas anderes.«

Ich hasste es, das zu sagen. Ich hasste, wie die Worte aus meinem Mund kamen. Ich fühlte mich wie ein schrecklicher Sohn, der schlechteste Sohn aller Zeiten. Ich sagte mir, dass Graleex vielleicht gelogen hatte, dass Mom vielleicht noch auf der Erde im Gewahrsam dieser Pokacu dort war, aber ich wusste, dass das Quatsch war.

Nicknacks löste seine Finger und sagte: »Ich bin froh, das zu hören, Bolt. Ich verstehe dein Zögern, aber letztendlich ist dies das Richtige.«

»Ich weiß«, sagte ich.

»Nun«, sagte Nicknacks, »lasst uns anfangen. Das nächste Kernenergie-Zentrum ist nicht weit entfernt, also sollten wir schnell dorthin kommen, wenn wir uns nicht aufhalten lassen.«

Kapitel Achtzehn

Das Schiff schoss durch den Himmel und steuerte direkt auf das nächstgelegene Energiezentrum zu. Laut der Karte des Schiffes sollten wir das Zentrum in zehn Minuten erreichen, was verdammt schnell war, aber Nicknacks meinte, wir hätten Glück gehabt, eines in der Nähe zu finden, und sollten uns über unser Glück nicht beschweren.

Trotzdem konnte ich nicht anders, als mich unglaublich traurig zu fühlen, während ich auf meinem Platz saß und darauf wartete, dass Nick unsere Ankunft ankündigte. Ich wusste, dass wir das Richtige taten, dass ich die richtige Entscheidung getroffen hatte, aber ich fühlte mich trotzdem schrecklich. Ein Teil von mir hoffte, dass Mom vielleicht im Energiezentrum sein könnte, aber da Nick sagte, dass es in den Energiezentren keine Gefängnisse oder Zellen gäbe, in denen Gefangene festgehalten werden könnten, schien das unwahrscheinlich.

Ich hatte vor ein paar Sekunden versucht, Valerie anzurufen, aber mein Ohrcom konnte sich mit niemandem verbinden. Das erschreckte mich zunächst, bis Blizzard erklärte, dass es wahrscheinlich daran lag, dass wir nicht mehr auf der Erde waren. Da Valeries KI auf der Erde basierte, war es nur logisch, dass ich jetzt nicht mehr mit ihr kommunizieren konnte. Das ergab Sinn, aber ich fühlte mich trotzdem ein wenig einsam, denn Valerie war fast so lange an meiner Seite gewesen, wie ich ein Superheld war. Mit Blizzard und Nick brauchte ich ihre Hilfe wohl nicht wirklich, aber mir war gar nicht bewusst gewesen, was für eine gute Freundin Val für mich geworden war, bis jetzt. Ich hatte nicht einmal geahnt, dass es möglich war, mit einer KI befreundet zu sein, aber ich schätze, das war ein Beweis für Dads Fähigkeit, realistische KI zu erschaffen.

Ich fragte mich auch, wie es allen anderen auf der Erde ging. Da Graleex und sein Mutterschiff uns noch nicht gefolgt waren, nahm ich an, dass der Plan gut lief und die Teams die Pokacu auf der Erde zu sehr ablenkten, als dass sie uns folgen konnten. Aber ich machte mir trotzdem Sorgen um mein Team und die Neuen Helden, wenn auch nur, weil ich wusste, wie brutal die Pokacu sein konnten. Ich hoffte einfach, dass es ihnen allen gut gehen würde.

Ich sah zu Blizzard hinüber. Sie spielte mit ihren Haarsträhnen, wirkte aber abgelenkt und gestresst. Kein Wunder. Es bestand eine sehr große Möglichkeit, dass keiner von uns diese Mission überleben würde. Wenn wir unser Leben opfern müssten, wäre es natürlich für das größere Wohl, aber das änderte nichts an der Tatsache, dass wir im Begriff waren, einen Planeten in die Luft zu jagen, möglicherweise zusammen mit uns selbst.

»Es wird schon gut gehen«, sagte ich zu Blizzard.

Sie sah mich an. »Was?«

»Ich sagte, es wird schon gut gehen«, wiederholte ich. »Wir werden es schaffen. Ich weiß, dass wir es schaffen werden.«

Blizzard blinzelte. »Moment, dachtest du, ich würde mir Sorgen um unsere Mission machen? Nein, ich dachte an etwas anderes.«

»Na, woran hast du denn gedacht?«, fragte ich.

»An zu Hause«, sagte Blizzard. Sie spielte weiter mit ihren Haaren. »Was die anderen gerade durchmachen.«

»Oh«, sagte ich. »Ja, ich mache mir auch Sorgen um sie, aber den anderen wird es gut gehen, da bin ich mir sicher.«

»Ich hoffe es«, sagte Blizzard. »Ich mache mir nur Sorgen, dass die Pokacu einfach alle töten könnten. Was, wenn sie anfangen, die Erde anzugreifen, während wir weg sind? Wie könnten die Nationen der Erde sie aufhalten?«

»Das bezweifle ich«, sagte ich. »Die Pokacu waren ziemlich abgelenkt, als wir gingen. Graleex könnte sogar tot sein, und da er diese Flotte befehligte, sind sie wahrscheinlich zu unorganisiert, um ihre Drohungen gegen die Menschheit umzusetzen.«

»Stimmt, aber ich kann trotzdem nicht aufhören, mir Sorgen um sie zu machen«, sagte Blizzard. »Und jetzt, wo ich darüber nachdenke, auch um die NHA und die INJ. Sie sind immer noch machtlos.«

»Denen wird es wahrscheinlich auch gut gehen«, sagte ich. »Alles, was unsere Freunde tun müssen, ist, das Machtlos-Gas loszuwerden, und Omega Man und die anderen werden in Nullkommanichts wieder in Aktion sein.«

»Ja«, sagte Blizzard. »Aber was ich nicht verstehe, ist, warum die Pokacu sie nicht einfach getötet haben. Alles, was sie getan haben, war, sie machtlos zu machen und gefangen zu halten. Sie haben eindeutig die Mittel, sie zu töten, und es würde ein großes Hindernis für ihre Pläne zur Zerstörung der Erde beseitigen, wenn sie es täten.«

»Guter Punkt«, sagte ich. Ich kratzte mich am Kinn. »Vielleicht behandeln sie sie wie Geiseln; du weißt schon, halten ihnen eine Waffe an den Kopf, damit die Regierungen der Erde die Pokacu-Armee nicht einfach atomar vernichten, anstatt zu kapitulieren.«

»Die Pokacu nehmen nie Geiseln«, sagte Nicknacks, was mich und Blizzard dazu brachte, ihn anzusehen, obwohl er uns den Rücken zuwandte, da er an den Kontrollen saß. »Im Allgemeinen töten die Pokacu einfach jeden, den sie als Bedrohung ansehen. Sie haben nie Geiseln genommen, weil das allgemeine Ziel der Pokacu darin besteht, alles Leben auf einem bestimmten Planeten auszulöschen.«

»Was denkst du dann, ist ihr Motiv, die NHA und INJ als Geiseln zu halten?«, fragte ich.

»Das kann ich nicht sagen«, antwortete Nicknacks. »Diese ganze Invasion war von Anfang an sehr seltsam, angefangen damit, dass die Pokacu diese Bombe abgeworfen haben, die alle machtlos gemacht hat. Diese Invasion war anders als alle anderen, an denen ich teilgenommen habe oder von denen ich weiß.«

»Vielleicht probieren sie neue Taktiken aus?«, schlug ich vor. »Vielleicht haben sie die Erde als den Ort ausgewählt, an dem sie mit einigen neuen Strategien experimentieren wollen.«

Nicknacks lachte. »Die Pokacu sind nicht kreativ genug, um neue Taktiken auszuprobieren. Die Mutterwelt würde das nie zulassen. Sie probieren nur dann Neues aus, wenn es absolut notwendig ist, und selbst dann fallen sie auf ihre alten Taktiken zurück, sobald die Bedrohung, die neue Taktiken erforderte, besiegt ist. Das macht sie in ihrem Denken sehr starr, aber auch gnadenlos effizient und unbeeinflussbar oder unzugänglich für Vernunft.«

»Du denkst also, dass etwas passiert ist, das die Pokacu - oder zumindest die Mutterwelt - dazu gebracht hat, ihre alte Vorgehensweise zu überdenken?«, fragte ich.

»Möglicherweise«, sagte Nicknacks. »Was auch immer hier vor sich geht, es gefällt mir nicht. Es ist ein weiterer Grund, warum wir nicht zögern sollten, die Mutterwelt zu zerstören; wenn sie etwas plant, muss es gestoppt werden, egal was es kostet.«

Obwohl Nicknacks selbstsicher sprach, bemerkte ich einen Hauch von Beklommenheit in seiner Stimme, besonders in der Art, wie er »egal was es kostet« sagte. Ich fragte mich, ob er Zweifel an der Mission hatte, was ein Problem wäre, denn wir brauchten ihn so zuversichtlich wie möglich für unsere Mission.

»Nick, du klingst ein wenig zweifelnd«, sagte ich. »Gibt es ein Problem?«

Ich sah, wie Nicks Hände sich fester um die Steuerung des Schiffes schlossen. »Nichts. Es ist nichts.«

»Bist du sicher?«, fragte ich. »Denkst du darüber nach, dass die Zerstörung der Mutterwelt zur Vernichtung deiner eigenen Spezies führen würde?«

Nick sah mich nicht an. »Dessen bin ich mir bewusst und habe es bereits akzeptiert.«

»Wirklich?«, sagte Blizzard schockiert. »Aber stört dich das nicht? Dass dein eigenes Volk sterben wird?«

»Zu einem früheren Zeitpunkt hätte es das vielleicht«, sagte Nicknacks. »Aber seit ich von meiner Spezies abtrünnig wurde, kann ich das nicht mehr behaupten. Ich bin mir nicht sicher, ob mein Volk überhaupt noch als Volk zählt. Sie haben sich schon vor langer Zeit der Kontrolle der Mutterwelt ergeben. Bolt, du hast zweifellos Graleex' Einstellung ihr gegenüber gesehen.«

»Ja«, sagte ich. »Ist das die Art, wie alle Pokacu über die Mutterwelt denken?«

»Ja«, sagte Nicknacks. »Graleex ist ungewöhnlich darin, dass er mehr Individualität hat als der durchschnittliche Pokacu-Soldat - wahrscheinlich entwickelt durch seine jahrelange Trennung von der Armee - aber er ist immer noch sehr bereit, für die Mutterwelt zu sterben und alles zu tun, was sie befiehlt, egal wie verabscheuungswürdig. Wenn mein Volk stürbe, wäre es kein großer Verlust für das Universum.«

»Ich verstehe, aber du scheinst trotzdem erstaunlich gelassen darüber zu sein«, sagte ich. »Was wirst du tun, wenn wir Erfolg haben und diese ganze Sache überleben?«

Nicknacks antwortete für ein paar Sekunden nicht. Dann sagte er: »Was ich immer getan habe: Amerika und die Erde mit der Neohelden-Allianz beschützen.«

Nicknacks klang für mich nicht ganz sicher dabei, aber ich bohrte nicht weiter nach. Stattdessen lehnte ich mich in meinem Sitz zurück und bereitete mich auf den bevorstehenden Angriff auf das Energiezentrum vor.

Etwa eine Minute später sagte Nicknacks: »In Ordnung. Wir nähern uns rasch dem Energiezentrum. Wir sollten in der Nähe landen können, da die Sicherheitssysteme des Zentrums nichts Ungewöhnliches oder Außergewöhnliches an unserem Schiff bemerken werden.«

»Was werden wir nach der Landung tun?«, fragte ich.

»Ich werde die Soldaten ablenken, die das Zentrum verteidigen, während ihr beide die Bomben an den richtigen Stellen platziert«, sagte Nicknacks. »Sobald ihr die Bomben gesetzt und scharf gemacht habt, werde ich euch beide abholen und wir werden versuchen, einen Weg zu finden, von dieser Welt zu entkommen, bevor sie explodiert.«

»Wie viel Zeit werden wir haben, bevor alles in die Luft fliegt?«, fragte ich.

»Wahrscheinlich dreißig Minuten«, sagte Nicknacks. »Es wird einige Zeit dauern, bis die Explosionen den Kern erreichen; trotzdem dürfen wir keine Zeit bei der Flucht verschwenden. Wir werden wahrscheinlich versuchen müssen, ein Mutterschiff zu kapern.«

»Werden wir das schaffen?«, fragte ich.

»Hoffentlich«, sagte Nicknacks. »Jedenfalls werden wir bald landen, also solltet ihr beiden euch bereit machen zu gehen. Wir müssen das schnell erledigen, bevor die Pokacu merken, was los ist und uns aufhalten.«

Ich nickte. »Okay.«

-

Fünf Minuten später standen Blizzard und ich in der Ladebucht des Schiffes. Wir trugen unsere Bombenstäbe bei uns, aber ich fühlte mich nervös, als ich meinen hielt. Ich wusste, dass die Spitze nicht explodieren würde, bis ich sie vom Rest des Stabes entfernte, aber ich erinnerte mich immer wieder daran, was Mr. Apollo gesagt hatte, dass diese Bomben stark genug waren, um ganze Straßen in die Luft zu jagen. Das würde hoffentlich ausreichen, um die Kettenreaktion auszulösen, die die Mutterwelt zerstören würde, aber ich hoffte, dass wir uns nicht versehentlich selbst in die Luft jagten, während wir es versuchten. Das wäre echt mies.

Wir warteten darauf, dass Nicknacks das Schiff landete. Sobald er das getan hatte, würden Blizzard und ich uns aus ihm herausschleichen und dann zu den beiden Orten gehen, die Nicknacks uns genannt hatte. Er hatte eine Karte des Gebiets auf unsere Umgebungshelme heruntergeladen und die Stellen auf der Karte markiert, an denen wir die Bomben platzieren sollten. Blizzard und ich hatten darüber nachgedacht, uns zu trennen, entschieden uns aber stattdessen, aus Sicherheitsgründen zusammen zu reisen, auch wenn uns das das unentdeckte Reisen erschweren würde.

Und laut Nicknacks mussten wir uns keine Sorgen machen, von der Schwerkraft der Mutterwelt erdrückt zu werden. Anscheinend war die Mutterwelt ähnlich groß wie die Erde, sodass ihre Gravitationskraft nur geringfügig stärker als die der Erde war. Er sagte, es würde nicht ausreichen, um uns zu verlangsamen, und unsere Umgebungen würden uns sicher halten, solange wir sie anbehalten würden. Da keiner von uns vorhatte, unsere Umgebungen auszuziehen - besonders nicht auf der Mutterwelt -, war das für uns selbstverständlich, zumal Nicknacks erwähnt hatte, dass die Mutterwelt keine für Menschen geeignete Atemluft hatte.

»Bolt, Blizzard«, kam Nicks Stimme aus einem nahen Lautsprecher. »Wir gehen zur Landung über. Macht euch bereit, das Schiff auf mein Signal hin zu verlassen.«

»In Ordnung«, sagte ich nickend. Ich sah zu Blizzard hinüber. »Bereit, Blizzard?«

»Bereit«, sagte Blizzard, obwohl ich einen Hauch von Sorge in ihrer Stimme hörte. Trotzdem wusste ich, dass ich mich darauf verlassen konnte, dass sie das Richtige tun würde, wenn es darauf ankam, also zweifelte ich nicht daran, dass sie mir den Rücken freihalten würde, egal in welcher Situation wir uns wiederfinden würden.

Ein paar Minuten später spürte ich, wie das Schiff auf dem Boden aufsetzte, woraufhin sofort wieder Nicks Stimme über den Lautsprecher kam. »Ich habe das Schiff gelandet. Die Sensoren zeigen an, dass das Gebiet, in dem wir gelandet sind, frei von Pokacu ist. Verlasst jetzt das Schiff.«

Blizzard und ich standen auf der Plattform, die sich sofort zu heben begann, in Richtung des Lochs, das sich in der Decke über uns geöffnet hatte. Wir umklammerten unsere Bombenstäbe und machten uns bereit zum Laufen, denn wir wussten, dass wir nicht viel Zeit zum Herumschleichen haben würden, bevor die Pokacu kamen, um Nicks Schiff zu inspizieren.

Wir stiegen langsam auf, bis wir schließlich auf dem Dach des Raumschiffs standen. Aber anstatt loszurennen, vom Schiff zu springen und zu den Stellen zu gehen, an denen wir die Bomben platzieren sollten, konnten wir nur dastehen und auf die Dinge starren, die uns umgaben.

Um das Schiff herum standen auf allen Seiten Dutzende und Aberdutzende bewaffneter Pokacu-Soldaten, plus mindestens ein halbes Dutzend kleiner Mechas mit Pokacu-Piloten. Und sie richteten ihre Waffen direkt auf uns.

Kapitel Neunzehn

Genau: Wir waren mitten in eine Falle geraten. Egal wohin ich blickte, ich sah nur noch mehr Soldaten und Mechas, plus ein in der Nähe schwebendes Schiff, das seine Kanonen auf uns gerichtet hatte. Jenseits des Soldatenkreises erblickte ich eine riesige, spiralförmige Struktur, die das Energiezentrum zu sein schien, mit gewaltigen Rauchsäulen, die aus ihren Schornsteinen aufstiegen, und Dutzenden kleinerer Schiffe, die raffinierte Kernenergie transportierten und durch die Tausenden von eingebauten Löchern ein- und ausflogen, zweifellos um die Energie an den Rest der Armee zu liefern.

Aber das interessierte mich im Moment wenig, denn wir waren vollständig und gänzlich umzingelt.

Blizzard und ich rückten näher zusammen und hielten unsere Bombenstäbe defensiv, während die Waffen der Pokacu mit aufgeladener Energie zu summen begannen.

»Nick?«, sagte ich und sprach in den Helmfunk meiner Umgebung, den wir mit dem Lautsprechersystem des Schiffes synchronisiert hatten, damit wir in Kontakt bleiben konnten. »Bist du da? Wir sind umzingelt. Nick?«

»Umzingelt?«, sagte Nicknacks. »Was meinst du damit?«

»Ich meine, wir sind von allen Seiten von mindestens fünfzig bewaffneten Pokacu-Soldaten umgeben, plus etwa einem Dutzend Miniatur-Mechas, die von Pokacu-Soldaten gesteuert werden«, erklärte ich. »Und sie sind alle bewaffnet und sehen nicht besonders erfreut aus, uns zu sehen.«

»Unmöglich«, sagte Nicknacks. »Die Sensoren zeigten an, dass das Gebiet frei von Pokacu war. Wo kommen diese her?«

»Keine Ahnung«, sagte ich. »Aber du solltest besser schnell die Triebwerke des Schiffs starten, denn wir müssen abhauen, es sei denn, du willst auf Pokacu-Art in Schweizer Käse verwandelt werden.«

»Ich versuche es«, sagte Nicknacks. »Aber aus irgendeinem Grund aktivieren sich die Triebwerke des Schiffs nicht. Es scheint tatsächlich, als würden sie sich *weigern* zu starten.«

»Was?«, sagte ich. »Wie zum Teufel kann sich ein Schiff weigern zu starten? Das ergibt keinen Sinn.«

»Pokacu-Raumschiffe sind biomechanisch«, erklärte Nicknacks. »Es könnte sein, dass es irgendwie genug Bewusstsein erhalten hat, um sich unrechtmäßigen Aktivierungsversuchen zu widersetzen. Vielleicht hat es sich selbst abgeschaltet, damit wir nicht aus der Falle entkommen können.«

»Dann sieht es so aus, als müssten wir kämpfen«, sagte ich. »Du solltest besser schnell hier rauskommen, denn wir werden jede Hilfe brauchen, die wir kriegen können.«

Gerade als ich das sagte, ertönte plötzlich ein summendes Geräusch - als würde eine riesige Wespe irgendwo in der Nähe fliegen -, das praktisch jeden anderen Lärm in der Gegend übertönte. Ich sah nicht, woher es kam, bis Blizzard plötzlich zum Himmel zeigte und sagte: »Bolt, schau!«

Ich folgte ihrem Fingerzeig und sah eine riesige Wespe durch die Luft auf uns zufliegen. Zumindest dachte ich, es wäre eine Wespe, bis ich bemerkte, dass es tatsächlich etwas ganz anderes war. Es sah aus wie eine Art Maschine, die einer Wespe nachempfunden war, komplett mit metallbeschichteten Flügeln und einem Stachel, der so scharf wie ein Schwert aussah. Es hatte einen Reiter auf dem Rücken, einen weiteren Pokacu-Soldaten, aber es war zu weit weg, um genau zu erkennen, wie er aussah.

Dann landete das riesige Wespen-Maschinending vor uns auf dem Schiff und zwang mich und Blizzard, rückwärts davon wegzustolpern. Wir hoben unsere Bombenstäbe, obwohl wir ihre wahre Kraft noch nicht einsetzen konnten.

Aus der Nähe betrachtet sah das Ding noch hässlicher aus. Ich konnte Fleischstücke zwischen den Panzerplatten erkennen, was mir verriet, dass dies eine weitere biomechanische Abscheulichkeit war, die von den Pokacu erschaffen wurde. Es ragte gut drei Meter über uns auf, senkte aber seinen Kopf, damit sein Reiter uns ansehen konnte.

Der Reiter sah nicht wie die anderen Pokacu-Soldaten aus. Er trug einen Helm, der sein Gesicht bedeckte, obwohl der Helm ein dickes rotes Visier hatte, das ihn wie eine Maschine aussehen ließ. Er hatte zwei normale Hände, anstatt einer normalen Hand und einer organischen Armkanone, aber er trug ein riesiges Schwert an seiner Seite, das aussah, als könnte es mühelos Stein durchschneiden.

Der Reiter erhob sich von seinem Sitz und starrte durch sein Visier auf uns herab. Ich vermutete, dass dieser Typ der Anführer dieser Truppe war und wahrscheinlich gleich den anderen befehlen würde, anzugreifen. Und ich war mir nicht sicher, ob Blizzard und ich überhaupt überleben würden, denn alles, was diese Typen tun mussten, war, unsere Umgebung einmal zu durchstechen und die tödliche Luft der Mutterwelt den Rest erledigen zu lassen.

Dann sprach der Reiter plötzlich in klarem Deutsch: »Menschen. Legt eure Waffen nieder. Ihr könnt nicht gewinnen.«

Ich blinzelte. »Du sprichst Deutsch?«

»Ja«, sagte der Reiter. »Ich habe es von Kommandant Graleex gelernt, dessen Informationen über eure Welt es uns ermöglichten, eure Sprache besser zu verstehen. Aber das spielt keine Rolle, denn ihr seid unsere Gefangenen, ganz wie es die Mutterwelt wünscht.«

»Die Mutterwelt will uns als ihre Gefangenen?«, fragte ich. »Warum?«

»Das zu wissen, steht weder mir noch dir zu«, sagte der Reiter. »Jetzt lasst eure Waffen fallen. Oder ich, Kapitän Arelez, Kapitän der Mutterwelt-Garde, werde sie euch abnehmen.«

Ich war kurz davor, ihm etwas Unangemessenes zu sagen, aber dann hielt ich mich zurück. Ich hatte keinen Zweifel daran, dass die Pokacu uns fertigmachen könnten, wenn sie wollten. Was brachte es, Widerstand zu leisten? Es würde nur Zeit verschwenden und uns vielleicht sogar umbringen. Außerdem wollten sie uns nur gefangen nehmen; vielleicht könnten wir später fliehen.

Also ließ ich meinen Bombenstab auf das Schiff fallen, kurz darauf tat Blizzard dasselbe. Dann sprang Kapitän Arelez von seinem Reittier und landete vor uns. Als er sich zu seiner vollen Größe aufrichtete, war er mindestens einen Kopf größer als wir beide und deutlich kräftiger gebaut.

»Jetzt haltet eure Hände hin, damit wir sie fesseln können«, sagte Arelez. »Wenn ihr euch weigert, werde ich gezwungen sein, euch beide zur Unterwerfung zu prügeln, obwohl die Mutterwelt sagte, dass sie euch in einem Stück haben wollte.«

»Ihr werdet uns nicht gefangen nehmen können«, sagte ich. »Wir sind nicht allein. Wir haben einen Freund in diesem Schiff, der dich und deine kleine Garde ohne Probleme erledigen kann.«

»Wäre dieser ›Freund‹ zufällig ein verräterisches Pokacu-Unterstützungsklassenmitglied, das ihr Menschen als Nicknacks bezeichnet?«, fragte Arelez.

Ich sah ihn überrascht an. »Ja. Woher wusstest du das?«

Das Geräusch von reißendem Metall und Fleisch ließ mich und Blizzard aufspringen und uns umsehen. Wir sahen jedoch nichts, bis ein Teil des Schiffes in der Nähe von innen aufgerissen wurde und ein großes Loch im Dach entstand. Dann schwebten zwei Pokacu-Soldaten - die eine Art Schwebestiefel benutzten - aus dem Loch heraus und trugen einen gefesselten Nicknacks zwischen sich. Nicknacks hatte einige blaue Flecken im Gesicht und war noch bei Bewusstsein, aber es war ziemlich offensichtlich, dass er sich in nächster Zeit nicht wehren würde.

»Nick?«, sagte ich entsetzt. Ich sah Arelez wieder an. »Was habt ihr mit ihm gemacht?«

»Ich habe einige meiner Männer das Schiff aufbrechen lassen, während wir sprachen«, sagte Arelez. »Sie haben ihn überrascht und es geschafft, ihn aus dem Schiff zu zerren. Ich nehme an, er könnte immer noch eine Bedrohung sein, aber die Mutterwelt hat mir gesagt, ich soll auch ihn verschonen, also muss er vorerst am Leben bleiben.«

Ich schaute wieder zu Nicknacks. Er hob den Kopf und sagte mit schwacher Stimme: »Bolt ... Blizzard ... gebt nicht auf ...«

»Nicht aufgeben?«, wiederholte Arelez. »Ich nehme an, das könnten sie tun, aber dann müssten wir gewalttätig werden, und das würde der Mutterwelt nicht gefallen. Natürlich seid ihr nicht ihre Kinder, also würde sie es vielleicht tolerieren, wenn wir euch drei ein bisschen durchschütteln, falls nötig.«

Meine Hände ballten sich zu Fäusten. Ich dachte darüber nach, einfach alles mit meinen Kräften zu geben, jeden einzelnen dieser Mistkerle fertigzumachen und dann die Bombenstäbe zu nehmen und den Planeten damit in die Luft zu jagen.

Andererseits könnten sie mich selbst mit meiner Supergeschwindigkeit vielleicht trotzdem besiegen. Sie mussten mich nur einmal mit ihrem blauen Kleber treffen oder meine Umgebung einmal durchstechen, und ich wäre erledigt. Und mit Dutzenden dieser Typen um uns herum bestand eine sehr gute Chance, dass mindestens einer von ihnen mich treffen würde, wenn auch nur aus Versehen.

Natürlich war ich nicht allein. Ich hatte Blizzard an meiner Seite, und sie war sehr mächtig, vielleicht sogar mächtiger als ich. Aber ein Blick auf Blizzard zeigte mir, dass sie verängstigt war. Blizzard kam mit Druck oder Stress nie so gut zurecht wie ich; zweifellos dachte sie darüber nach, wie aussichtslos unsere Situation erschien. Ich machte mir Sorgen, dass ihre Angst sie gelähmt haben könnte; sie war in letzter Zeit selbstsicherer geworden, besonders beim Einsatz ihrer Kräfte, aber ich wusste, dass sie immer noch mit Unsicherheit zu kämpfen hatte. War es das wert, ihr Leben zu riskieren, nur um zu versuchen, diese Typen zu besiegen? Und was war mit Nick? Er war in noch schlechterer Verfassung zum Kämpfen als Blizzard.

Folglich war mir klar, dass ich nur eine Option hatte, auch wenn ich es nicht zugeben wollte.

Ich sagte zu Arelez: »Okay, du hast gewonnen. Nimm mich und meine Freunde gefangen. Wir werden keinen Widerstand leisten.«

Kapitel Zwanzig

Nicknacks, Blizzard und ich waren mit blauem Klebstoff gefesselt; es war nicht viel, aber es reichte aus, um uns daran zu hindern, zu entkommen oder uns effektiv gegen unsere Entführer zu wehren. Zum Glück durften Blizzard und ich unsere Umgebungsanzüge noch tragen, aber wir durften unsere Bombenstäbe nicht bei uns haben, die an unbekannte Orte gebracht wurden. Ich vermutete, dass sie die Stäbe wahrscheinlich zerstören oder zumindest irgendwo hinbringen würden, wo wir nicht so leicht an sie herankommen konnten.

Wir wurden vom Schiff geführt, aber anstatt in ein Gefängnis gebracht zu werden, marschierten wir direkt auf das Energiezentrum zu. Das verwirrte mich, aber Arelez erklärte nicht, warum wir dorthin gingen. Die einzige »Erklärung«, die er anbot, war, dass die Mutterwelt ihm befohlen hatte, uns dorthin zu bringen, was kaum als Erklärung durchging, wenn du mich fragst.

Jedenfalls gingen wir in zügigem Tempo, weil die Soldaten uns dazu zwangen. Die Schwerkraft der Mutterwelt war kaum spürbar, wie Nicknacks gesagt hatte, aber ich fühlte mich ein wenig schwerfälliger, als würde ich ein paar kleine Gewichte mit mir herumtragen. Es war keineswegs schmerzhaft, aber es ließ mich darüber nachdenken, wie sich das auf meine Kräfte auswirken würde. Würde es mich beim Laufen verlangsamen? Würde es mir das Fliegen erschweren? Ich wünschte, ich wüsste es, aber bei dem mordlustigen Blick der Pokacu-Soldaten war mir klar, dass ich keine Chance bekommen würde, meine Kräfte in nächster Zeit zu testen.

Der Boden unter unseren Füßen war nicht einmal wirklich Boden; er war vollkommen glatt gepflastert. Tatsächlich schien der gesamte Planet, jetzt wo ich es bemerkte, völlig geglättet zu sein. Keine Hügel, keine Berge, nichts außer dem Energiezentrum, riesigen Gebäuden, die wahrscheinlich Fabriken waren, und gigantischen Schiffen und Mechas, wohin ich auch blickte. Ich fragte mich, ob dieser Planet von Natur aus so glatt war oder ob die Pokacu ihn für ihre Zwecke künstlich eingeebnet hatten; in jedem Fall fühlte es sich definitiv seltsam an, als würde ich auf der Oberfläche eines riesigen Balls laufen und nicht auf einem Planeten.

Ich blickte über meine Schulter zu Blizzard und Nicknacks, die hinter mir gingen. Blizzard hielt den Kopf gesenkt und sah ziemlich verängstigt aus, während Nicknacks den Kopf hoch hielt und sein Gesichtsausdruck ziemlich ausdruckslos war. Ich vermute, Nick versuchte, keine Gefühle oder Schmerzen zu zeigen, wahrscheinlich um sicherzustellen, dass Arelez und die Soldaten keine Befriedigung daraus ziehen konnten, ihn reagieren zu sehen. Ich fühlte einfach nur mit Blizzard mit, weil ich es nicht mochte, sie so zu sehen, aber im Moment konnte ich nichts tun, um ihr zu helfen. Alles, was ich tun konnte, war, weiter in die Richtung zu gehen, in die die Pokacu uns drängten, zum Energiezentrum, das immer größer wurde, je näher wir kamen.

Schließlich, nach etwa einer halben Stunde Fußmarsch, erreichten wir einen Eingang zum Zentrum, der derzeit geschlossen war. Einer der führenden Soldaten gab einen Code in etwas ein, das wie eine organische Tastatur aussah, woraufhin sich die Türen öffneten. Blizzard, Nicknacks und ich wurden hineingedrängt, was sich als eine Art Aufzug herausstellte, und wurden dann sofort von einem Dutzend schwer bewaffneter Pokacu-Soldaten und Hauptmann Arelez umringt, die uns offensichtlich daran hindern wollten zu fliehen.

Als sich die Türen schlossen, drückte ein anderer Pokacu-Soldat einen Knopf in der Nähe der Türen, und ich spürte sofort, wie der Aufzug nach unten fuhr. Ich wusste nicht, wohin wir fuhren, und nach Nicks ausdruckslosem Gesicht zu urteilen, wusste er es auch nicht. Aber ich glaubte, einen Hauch von Sorge in Nicks Gesicht zu erkennen, als ob er allmählich ahnte, wohin wir gebracht wurden, und es ihm nicht gefiel.

Die Soldaten gaben sich nicht einmal die Mühe anzudeuten, wohin sie uns brachten. Da sie gesagt hatten, dass sie uns nicht töten würden, nahm ich an, dass sie uns wahrscheinlich foltern würden. Oder vielleicht würden sie uns zwingen zu reden und ihnen wichtige Informationen über die Erde zu geben, die sie haben wollten. In jedem Fall ging ich davon aus, dass es für keinen von uns sehr gut ausgehen würde.

Während der Aufzug immer tiefer in die Planetenkruste hinabfuhr, dachte ich an Mom. Wenn meine Chancen, Mom zu finden und zu retten, vorher schon gering gewesen waren, waren sie jetzt praktisch nicht mehr vorhanden. Wie konnte ich Mom retten, wenn ich mich nicht einmal selbst retten konnte? Vielleicht spielte es ohnehin keine Rolle mehr. Ohne unsere Bomben konnten wir die Mutterwelt nicht in die Luft jagen, was bedeutete, dass die Erde von den Pokacu zerstört werden würde. Das hieß, dass unsere Mission gescheitert war und alle, die ich kannte und liebte, sterben würden.

Meine deprimierenden Gedanken wurden unterbrochen, als der Aufzug plötzlich anhielt, gefolgt vom Quietschen der sich öffnenden Türen. Sofort zwangen uns die Soldaten, aus dem Aufzug zu treten.

Wir betraten eine riesige unterirdische Kammer, die so gewaltig und dunkel war, dass ich weder die Decke über uns noch den Boden unter uns sehen konnte. Tatsächlich gab es nicht einmal wirklich einen »Boden«. Nur einen gewaltigen, tiefen Abgrund zu beiden Seiten des schmalen Stegs, auf dem wir gingen, was mir übel machte, obwohl ich fliegen konnte und daher nicht in Gefahr gewesen wäre, wenn ich versehentlich hinuntergefallen wäre.

Aber es war nicht völlig dunkel. Große, grün pulsierende Röhren waren entlang der Wände zu sehen, durch die eine Art glühende grüne Energie zu fließen schien. Die Luft war ziemlich trocken, aber es lag ein Kribbeln in der Luft, das sich wie Elektrizität anfühlte, als wäre ich mitten in ein riesiges Gewitter geraten. Nicht nur das, es fühlte sich auch an, als würde uns etwas beobachten, als ob sich irgendwo in den Schatten um uns herum eine Kreatur versteckte.

Am Ende des Stegs befand sich eine gigantische Säule aus grüner Energie, die durch eine ebenso gigantische Glasröhre floss, die geradewegs durch die Decke ging. Ihr Fluss verlangsamte sich nicht, was mich darüber nachdenken ließ, ob dieses Ding Kernenergie aus dem Planeten zog; wenn ja, war ich erstaunt darüber, wie schnell es die Energie weiterhin zog und sich doch nie verlangsamte, als gäbe es eine unerschöpfliche Menge an Energie, die es aus seinen Reserven schöpfen konnte.

Meine Freunde und ich wurden mit vorgehaltener Waffe den Steg entlang getrieben, wobei Hauptmann Arelez voranging. Ich warf einen Blick über meine Schulter zu Nicknacks, der zum ersten Mal offen Angst zeigte. Er schien zu wissen, wo wir waren, aber ich fragte ihn nicht danach, weil ich befürchtete, dass die Pokacu mich einfach vom Steg stoßen würden, wenn ich es wagte, ohne ihre Erlaubnis zu sprechen.

Schließlich erreichten wir das Ende des Stegs, der auf einer breiten, offenen Plattform endete, die glücklicherweise Geländer hatte. Hier formierten sich die Soldaten neu, bis sie uns vollständig umzingelten, während Hauptmann Arelez sich der riesigen Energiesäule direkt vor uns näherte, die so gewaltig war, dass sie selbst New Yorks größte Wolkenkratzer wie winzige Spielzeuge aussehen ließ.

»Mutterwelt«, sagte Hauptmann Arelez und hob die Hände. »Ich, Hauptmann Arelez, bin mit den Gefangenen eingetroffen, die du begehrst.«

»Danke, Hauptmann«, sagte eine Stimme, die von überall zugleich zu kommen schien. »Du bist ein gutes Kind, sehr gehorsam. Du hast gute Arbeit geleistet.«

»Danke, Mutterwelt«, sagte Kapitän Arelez und verbeugte sich vor der Energiesäule. »Benötigst du noch meine Hilfe?«

»Ja«, antwortete die Säule, von der ich nun erkannte, dass sie die Mutterwelt selbst war. »Bleib hier mit deinen Männern. Ich möchte nicht, dass die Gefangenen mutig werden.«

»Jawohl, Mutterwelt«, sagte Kapitän Arelez und verbeugte sich erneut.

Er trat beiseite, die Arme an den Seiten, während die Energiesäule weiter wirbelte. Dann begann sich innerhalb der Energiesäule ein Gesicht zu formen, doch es sah kaum menschlich aus. Es ähnelte dem Gesicht eines Pokacu, wenn auch etwas weniger detailliert als ein echtes, und seine Augen blickten mit nichts als nackter Verachtung auf uns alle herab.

»Also das sind die drei, die versucht haben, mich zu töten«, sagte die Mutterwelt. »Wie erbärmlich. Ihr solltet wissen, dass es unmöglich ist, einen Planeten zu töten.«

»Wir haben keine Angst vor dir«, sagte ich. Ich wusste nicht, warum ich das sagte; vielleicht weil ich nicht wollte, dass die Mutterwelt auf Ideen kam. »Wir sind nur hierhergekommen, um unsere Welt gegen dich und deine 'Kinder' zu verteidigen. Du machst uns keine Angst.«

»Ich sehe, dass Menschen genauso irrational sind, wie Graleex berichtet hat«, sagte die Mutterwelt. »Ihr versteht offensichtlich nicht, was ich bin.«

»Doch, das tue ich«, sagte ich. »Du bist nichts weiter als ein völkermörderisches, kriegstreibendes Monster.«

»Nein, das bin ich nicht«, sagte die Mutterwelt. »Ich bin die Luft, die ihr atmet, der Boden, auf dem ihr geht, sogar die Schwerkraft, die euch davon abhält, in die luftleeren Tiefen des Weltraums zu fliegen. Wenn ich wollte, könnte ich euch drei mit einem bloßen Gedanken töten, und ihr könntet nichts dagegen tun. Seht her.«

Augenblicklich öffnete sich der Boden unter einem der Pokacu-Soldaten. Der Soldat hatte nicht einmal die Chance zu schreien, bevor er geradewegs durch das Loch fiel und bald in den Schatten unter uns verschwand.

»Seht ihr?«, sagte die Mutterwelt. »Eure Arroganz ist unbegründet.«

»Warum hast du es dann nicht getan?«, fragte ich. »Warum hast du uns nicht schon längst getötet?«

»Weil ich einige dieser maskierten Menschen selbst aus der Nähe sehen wollte«, sagte die Mutterwelt. »Es war euer Volk, das die erste Invasion zurückgeschlagen hat, die erste Invasion in meiner Geschichte, die vollständig und gänzlich gescheitert ist. Natürlich werde ich das bald genug korrigieren. Bald wird eure Welt unter der überwältigenden Macht meiner Armeen fallen, so wie unzählige andere vor euch, und unzählige weitere in der Zukunft.«

»Du wirst nicht erfolgreich sein«, sagte ich. »Wir werden dich aufhalten.«

Ein dröhnendes, hallendes Lachen kam von der Mutterwelt. Es klang, als wäre es direkt an meinem Ohr und doch auch in der Ferne. »Glaub, was du willst, aber deine Welt wird gereinigt werden, ob es dir gefällt oder nicht. Ich finde es allerdings seltsam, dass du so arrogant zu sein scheinst, wenn du so wenig Macht hast.«

»Gereinigt?«, fragte ich. »Wovon redest du?«

Doch die Mutterwelt schien mich zu ignorieren. Sie wandte ihre Aufmerksamkeit Nicknacks zu, der zu meiner Rechten stand, und sagte: »Und du bist der Verräter, der unsere ursprüngliche Invasion vereitelt hat. Ich werde dich nicht einmal mit deinem richtigen Namen würdigen. Du bist nichts weiter als ein ungehorsamer Sohn, einer, der bestraft werden muss.«

Nicknacks begegnete dem Blick der Mutterwelt ohne Furcht in den Augen. »Du bist nicht meine Mutter; zumindest nicht mehr. Ich habe mich damit abgefunden, dass ich von dir oder meinen Pokacu-Kameraden nicht mehr akzeptiert werde.«

»Du widersetzt dich mir immer noch, selbst wenn du keine Macht hast, auf die du deine lächerlichen Behauptungen stützen könntest«, sagte die Mutterwelt. »Ich glaube, du hast zu viel Zeit unter diesen trotzigen Menschen verbracht. Deine Arroganz ist für ein Kind von mir ziemlich unpassend.«

»Arroganz hin oder her, das ist die Realität meiner jetzigen Situation«, sagte Nicknacks. »Ich würde lieber an der Seite der Menschen kämpfend sterben, als dir dabei zu helfen, noch eine weitere Welt zu zerstören.«

»Zerstören? Ist das, was du denkst, was ich tue?«, sagte die Mutterwelt. »Ich zerstöre keine Welten. Ich reinige sie.«

»Reinigen?«, wiederholte Blizzard, obwohl sie sehr verängstigt klang, als sie das sagte. »Wovon reinigst du sie?«

»Von euch«, sagte die Mutterwelt. »Oder besser gesagt, von Wesen wie euch. Den 'Bewohnern' der Welten, die ihre Oberflächen bevölkern, ihre Ressourcen stehlen und sie als wertlos behandeln.«

»Wovon redest du?«, fragte ich.

»Ihr versteht es immer noch nicht«, sagte die Mutterwelt. »Aber ich verstehe es. Ich verstehe, dass Wesen wie ihr Menschen ein Ungeziefer seid, das vollständig ausgerottet werden muss, damit diese Welten frei sein und Würde haben können.«

»Würde?«, wiederholte ich. Ich tauschte einen schnellen, verwirrten Blick mit Blizzard aus.

»Lass es mich erklären«, sagte die Mutterwelt. »Wie ihr wisst, ist dieser Planet mein Körper, er ist ich. Versteht ihr das?«

»Ja«, sagte ich. »Aber-«

»Wie würdet ihr euch fühlen, wenn euer eigener Körper mit diesen ekelhaften, hässlichen, kleinen und unbedeutenden Kreaturen bedeckt wäre, die nicht gut darauf achten?«, unterbrach die Mutterwelt. »Diese Kreaturen werden eure Ressourcen nehmen, euch in eine hohle Hülle eures früheren Selbst verwandeln und sich nicht einmal dafür entschuldigen. Es ist eine große Ungerechtigkeit, obwohl ich sehe, dass das Konzept der Gerechtigkeit euch Menschen fremd ist.«

»Moment, willst du damit sagen, dass Menschen wie eklige Kreaturen sind, die von der Erde stehlen?«, fragte ich. »Verstehe ich das richtig?«

»Nicht nur Menschen«, sagte die Mutterwelt. »Alle Arten auf jedem Planeten im Universum, die ich ausgelöscht habe. Jede einzelne entwickelte ihre 'Zivilisation', ohne je zu berücksichtigen, was der Planet selbst wollte, und missbrauchte ihren Planeten jedes Mal.«

Plötzlich ergab alles einen Sinn. Die Mutterwelt war ein empfindungsfähiger Planet, der dachte, dass *andere* Planeten ebenfalls empfindungsfähig wären. Sie schien nicht zu verstehen, dass sie der einzige empfindungsfähige Planet im Universum war. Es war ein bizarrer Gedanke, aber auch der einzige, der Sinn ergab. Und anhand der sich schnell ausbreitenden verstehenden Gesichtsausdrücke von Blizzard und Nicknacks konnte ich sehen, dass sie zu denselben Schlussfolgerungen kamen wie ich.

»So waren die Pokacu einst«, fuhr die Mutterwelt fort. »Sie bauten Zivilisationen, stahlen meine Ressourcen und behandelten mich wie nichts. Ich tolerierte es zunächst, weil sie so winzig und unauffällig waren, aber als ihre Zahl wuchs, löschte ich ihre Zivilisationen aus. Ich hätte sie alle ausgelöscht, wenn mir nicht klar geworden wäre, dass ich sie benutzen konnte, um andere Welten von den widerlichen Kreaturen zu säubern, die ihre Ressourcen stehlen und sie so schlecht behandeln, und sie so vor der Zerstörung zu bewahren.«

Ich blickte auf die Pokacu-Soldaten, die um uns herumstanden. Nicht einer von ihnen sah schockiert aus, als er hörte, dass die Zivilisationen ihrer Vorfahren von ihrer »Mutter« völlig ausgelöscht worden waren. Entweder war es ihnen wirklich egal, dass sie von ihrem eigenen Planeten versklavt worden waren, oder sie waren zu diesem Zeitpunkt so gründlich einer Gehirnwäsche unterzogen worden, dass sie einfach nicht verstanden, was sie sagte. Andererseits sprach sie Englisch, was ein weiterer Grund dafür sein könnte, warum sie nicht auf das reagierten, was sie sagte.

»Ich habe unzählige Welten seit dieser Zeit befreit und gesäubert«, sagte die Mutterwelt. »Keine hat mir bisher gedankt, aber sie müssen es auch nicht, denn ich weiß, dass ich das Richtige getan habe, ob man mir nun dafür dankt oder nicht.«

»Aber die meisten Welten sind *nicht* empfindungsfähig«, sagte ich. »Sie könnten dir also gar nicht danken, selbst wenn sie wollten.«

»Schweig«, sagte die Mutterwelt. »Du verstehst das nicht. Das ist nur deine Rechtfertigung für die Plünderung deines Planeten, und als solche werde ich sie ignorieren.«

»Es ist keine Rechtfertigung«, sagte ich verärgert. »Es ist eine Tatsache.«

»Es ist eine Lüge«, sagte die Mutterwelt. »Du bist furchtbar dumm, mit mir darüber zu streiten, Mensch. Ich könnte dich leicht töten, denn trotz all deiner Prahlerei kommt deine Kraft nicht einmal annähernd an meine heran. Wie hört sich das an?«

»Es hört sich an-«, sagte ich, aber dann spürte ich, wie jemand meine Schulter antippte, und ich sah, dass es Nicknacks war. Er gab mir einen Blick, der deutlich sagte *Halt den Mund und lass mich mit ihr reden*, was ich ihn tun ließ, da er aussah, als hätte er etwas zu sagen.

Also nickte ich und dann blickte Nicknacks wieder zur Mutterwelt. »Wir können also davon ausgehen, Mutterwelt, dass du beabsichtigst, die Menschen diesmal zu vernichten.«

»Genau«, sagte die Mutterwelt. »Sie müssen gesäubert werden, gesäubert und vernichtet, damit die Erde wieder frei und sauber sein wird. Und es gibt nichts, was ihr dagegen tun könnt, nicht dieses Mal.«

»Warum hast du uns dann hier?«, sagte ich und ballte meine Hände zu Fäusten. »Nur um mit deinem 'unvermeidlichen' Sieg zu prahlen, wie irgendein Superschurke? Ist es das?«

Nicknacks hob plötzlich seine Hände und sagte: »Bolt, bitte sei still. Ich rede noch mit ihr.«

Ich biss mir auf die Lippe, nickte aber. »Okay.«

Nicknacks drehte sich wieder zur Mutterwelt. »Bolt hat trotz seiner Unbesonnenheit einen guten Punkt. Warum uns hierher bringen, wenn du uns einfach töten könntest? Du hältst nie eine Audienz mit Menschen von den Welten ab, die du angreifst. Du fällst einfach ein und zerstörst, oft ohne jegliche Vorwarnung.«

»Durchaus richtig«, sagte die Mutterwelt. »Aber ich habe euch nicht hierher gerufen, um zu prahlen. In all meinen Jahren der Befreiung von Welten wurde ich *nie* besiegt, nicht ein einziges Mal. Das einzige Mal war durch die Hände der maskierten Menschen der Erde. Und selbst dann war es, weil ihr Menschen diesen Verräter hattet, der euch half.«

Nicknacks zuckte mit den Schultern. »Ich gab ihnen nur eine frühzeitige Warnung vor dem Angriff, plus das, was ich über die Funktionsweise der Pokacu-Armee und -Spezies wusste. Dass sie in der Lage waren, Strategien zu entwickeln, um deine Soldaten zurückzuschlagen, ist eher ein Beweis für den Einfallsreichtum der Menschheit als alles andere.«

»Einfallsreichtum bedeutet nichts angesichts überwältigender Gewalt, der Art von überwältigender Gewalt, die jeden Kontinent auf diesem Planeten dem Erdboden gleichmachen wird«, sagte die Mutterwelt. »Der Grund, warum ich euch hierher gerufen habe, ist, dass ich aus der Nähe sehen wollte, wie diese maskierten Menschen sind. Trotz meines Zorns muss ich zugeben, dass ich von eurer Niederlage meiner Streitkräfte beim ersten Mal beeindruckt war.«

»Nein«, sagte Nicknacks plötzlich. »Das ist nicht der Grund, warum du uns verschont hast. Oder warum du die NHA und die INJ zurück auf der Erde verschont hast.«

Wenn ich mich nicht täuschte, fiel die Temperatur im Raum augenblicklich um zehn Grad. Ich konnte spüren, dass selbst die Pokacu-Soldaten von dem, was Nicknacks gerade gesagt hatte, überrascht waren. Einige von ihnen tauschten unruhige Blicke aus; vielleicht lag es daran, dass sie nicht wussten, wie die Mutterwelt auf solch offene Anschuldigungen des Lügens reagieren würde. Mir wurde klar, dass die große Mehrheit der Pokacu die Mutterwelt wahrscheinlich nie in Frage gestellt hatte und daher wahrscheinlich nie gesehen hatte, wie sie reagierte, wenn jemand sie des Lügens beschuldigte. Wie sie Nicknacks' Englisch verstanden, wusste ich zwar nicht, aber vielleicht reagierten sie auf die Reaktion der Mutterwelt selbst.

Das Gesicht der Mutterwelt war so leer geworden wie ein Blatt Papier, doch ich spürte immer noch Wut in der Luft, als ob ihre Wut buchstäblich von überall um uns herum ausstrahlte. »Beschuldigst du mich der Lüge?«

»In der Tat«, sagte Nicknacks. »Eine Sache, die ich während meiner Zeit auf der Erde gelernt habe, ist, dass Lügner dazu neigen, Angeber zu sein, was sie benutzen, um ihre Lügen zu verbergen. Es ist seltsam, wie das auch auf dich zutreffen kann, da du kein Mensch bist, aber ich nehme an, Lügner sind Lügner, egal welcher Spezies sie angehören mögen.«

Ich war wirklich besorgt, dass die Mutterwelt Nicknacks einfach dort und dann tot umfallen lassen würde, aber stattdessen sagte sie: »Du denkst also, ich lüge? Was denkst du, was mein wahrer Grund dafür ist, euch hierher zu bringen?«

»Es ist ganz offensichtlich«, sagte Nicknacks. Er hob seine Hände und zeigte direkt auf sie. »Du stirbst.«

Okay, ich bin mir ziemlich sicher, dass die Temperatur in der Kammer wie ein Stein fiel, sobald diese drei Worte Nicknacks' Mund verließen. Die Pokacu-Soldaten blickten Nicknacks tatsächlich schockiert an, als er das sagte, einschließlich Hauptmann Arelez, der bis dahin ziemlich selbstgefällig dagestanden hatte. Sogar Blizzard und ich waren von dem überrascht.

»Lügner«, sagte Kapitän Arelez. Er trat vor und griff nach seinem Schwert. »Die Mutterwelt stirbt nicht. Ich werde dich hier und jetzt für deine haltlosen Anschuldigungen töten.«

»Mir ist aufgefallen, dass die Mutterwelt dir das nicht befohlen hat«, sagte Nicknacks. »Wenn ich lüge, hat sie sicherlich nichts gesagt, um dem zu widersprechen, was ich gerade gesagt habe.«

»Das liegt daran, dass die Mutterwelt sich nicht auf dein Niveau herablassen und auf deine Lügen reagieren muss«, sagte Arelez. Er zog sein Schwert. »Zeit zu sterben.«

Arelez hob sein Schwert, doch dann sagte die Mutterwelt plötzlich: »Kapitän, senke deine Klinge.«

Arelez gehorchte sofort, starrte Nicknacks aber immer noch mit offensichtlicher Wut an. Auch die anderen Soldaten wirkten zornig, aber ich schätze, sie würden uns nicht anrühren, bis die Mutterwelt ihnen Befehle gab.

Dann verengten sich die riesigen Augen der Mutterwelt auf Nicknacks. »Woher wusstest du das?«

»Es war etwas, das mir zum ersten Mal vor Jahren auffiel, kurz nachdem ich mich von deiner Kontrolle befreit hatte und auf der Erde ankam, obwohl ich es damals nicht verstand«, sagte Nicknacks. Er tippte sich an den Kopf. »Als die Superhelden der Erde deine Soldaten das erste Mal besiegten, dachte ich, du würdest zurückkommen, wenn nicht sofort, dann zumindest in den nächsten paar Jahren. Es gab keinen Grund für dich, es nicht zu tun. Ich wusste, dass du nie aufgibst, dass du, wenn du eine Welt zerstören willst, den Job immer zu Ende bringst, egal welche Hindernisse dir im Weg stehen.«

Nicknacks trat vor, seine Augen verließen nie die der Mutterwelt. »Aber du tatest es nicht. Fünfzehn lange Jahre gab es kein Anzeichen von Pokacu oder Pokacu-Raumschiffen auf oder in der Nähe der Erde. Die einzige Ausnahme war Graleex, aber du hattest ihn im Stich gelassen und nie auch nur Späher geschickt, um zurückgelassene Soldaten zu retten. Diese Jahre relativen Friedens verwirrten mich, aber ich nahm an, dass du einfach keinen wirklichen Sinn darin sahst, eine Welt zu ›befreien‹, deren Bewohner sich wehren konnten.«

Dann senkte Nicknacks seine Hände. »Aber das war es nicht, oder? Der Grund, warum du nicht sofort zurückkehrtest ... der Grund, warum du die Erde fünfzehn Jahre lang in Ruhe ließest ... ist, dass du nicht stark genug warst, um sie einzunehmen. Deine Kraft hat nachgelassen und du warst dir nicht sicher genug, ob du die Menschheit tatsächlich besiegen könntest, also hast du nach leichteren Zielen gesucht und es erst wieder versucht, als Graleex mit Informationen zurückkam, die dir halfen, den Planeten erneut zu invadieren, diesmal mit mehr Erfolg als beim ersten Mal.«

Die Mutterwelt sagte nichts darauf. Vielleicht dachte sie über seine Worte nach oder sie war so wütend auf ihn, dass sie einfach keine Worte fand, um es auszudrücken.

»Tatsächlich hast du nicht einmal die Kraft, die Erde wirklich zu zerstören, oder?«, sagte Nicknacks. »Deshalb hast du Graleex die achtundvierzig-Stunden-Frist festlegen lassen. Das gab dir genug Zeit, um unter den Menschen einen geeigneten Wirt zu suchen, nicht wahr?«

»Wirt?«, sagte Blizzard. »Was meinst du damit?«

»Das hängt mit einer anderen Sache über die Mutterwelt zusammen«, sagte Nicknacks. »Wie alle Lebewesen will sie nicht sterben. Und um sicherzustellen, dass sie überlebt, sucht sie nach einem Wirt, in dessen Körper sie ihren eigenen ›Geist‹, in Ermangelung eines besseren Begriffs, übertragen kann, damit sie weiter existiert. Stimmt's, Mutterwelt?«

Keine Antwort, aber der Gesichtsausdruck der Mutterwelt sagte alles.

»Ich weiß nicht, warum du stirbst«, sagte Nicknacks. »Oder wie lange genau du schon im Sterben liegst, aber du weißt, dass dein Tod jeden Tag eintreten könnte. Also hast du dich entschieden, einen Wirt von der Erde zu nehmen, weil die Erde der einzige Planet war, der dich geschlagen hat, und du wolltest den Körper eines Gewinners haben. Oder zumindest einen Menschen, den du benutzen kannst, bis du deinen Geist auf die Erde übertragen kannst, die als viel jüngerer Planet als du eine viel längere Lebensspanne vor sich hat.«

»Ist das der Grund, warum sie die NHA und INJ verschont hat?«, sagte ich. »Weil sie einen Wirt unter ihnen auswählen wollte?«

»Warum nicht?«, sagte Nicknacks. »Es waren die NHA und INJ, zusammen mit den G-Men, die die Pokacu beim ersten Mal besiegten. Zweifellos erinnerte sich die Mutterwelt daran. Aber ich glaube nicht, dass sie einen Wirt unter ihnen gewählt hat, denn ich denke, sie will die NHA und INJ wirklich als Grundlage für eine neue Pokacu-Armee nutzen, sobald sie die Kontrolle über die Erde übernommen hat.«

»Wer ist dann ihr Wirt?«, sagte ich. »Blizzard? Du?« Ich verzog das Gesicht und legte die Hände auf meine Brust. »*Ich*?«

»Keiner von uns«, sagte Nicknacks und schüttelte den Kopf. »Ihr Wirt ist deine Mutter, Ashley Jason.«

Ich starrte mit offenem Mund, als Nicknacks das sagte. »Was? Nein, das kann nicht wahr sein.«

»Doch, das ist es«, sagte Nicknacks. »Stimmt's, Mutterwelt?«

Wieder sagte die Mutterwelt nichts, aber dann hörte ich etwas, das sich in der Dunkelheit bewegte. Langsam schwebte eine große Glasröhre auf einer schwebenden Plattform aus den Schatten und in das Licht der grünen Säule. Zunächst war sie zu weit entfernt, um zu erkennen, was sich darin befand, aber als die Röhre näher und näher kam, sah ich eine einzelne, einsame Gestalt darin liegen, scheinbar bewusstlos:

Es war Mom.

Kapitel Einundzwanzig

Mama!«, schrie ich, aber sie rührte sich nicht, was hoffentlich nur daran lag, dass sie mich nicht hören konnte und nicht, weil sie ... sie könnte ...

»Sie ist nicht tot«, sagte plötzlich die Mutterwelt, was mich dazu brachte, sie anzusehen. »Sie ist nicht einmal verletzt. Das kann sie auch gar nicht sein, wenn sie mein neuer Wirt werden soll.«

»Warum hast du meine Mutter ausgewählt?«, fragte ich. Wut stieg in mir auf, Wut, die ich nicht zu verbergen versuchte. »Was gab dir das Recht, sie zu entführen und von der Erde wegzubringen?«

»Es war, als Graleex von seiner Zeit auf der Erde zurückkehrte«, erklärte die Mutterwelt. »Ich durchsuchte seine Erinnerungen und fand Erinnerungen an die Frau, die du deine Mutter nennst. Sie war bei dir, als du Graleex getroffen hast. Sie hinterließ einen ... Eindruck bei mir. Sie hat selbst keine Kräfte, aber sie hat einen so starken jungen Mann geboren. Das bedeutet, dass sie eine eigene Stärke besitzt; nicht ganz so viel wie meine, aber geeignet für meine Zwecke.«

»Deshalb haben die Pokacu sie entführt«, sagte Nicknacks. »Und deshalb haben sie sie hierher geschickt.«

»Genau«, bestätigte die Mutterwelt. »Ich werde mein Bewusstsein in ihren Körper übertragen, um zu leben und auf der Erde zu leben, die die neue Basis der Pokacu-Armee sein wird. Dann kann ich meine Mission fortsetzen, Welten von Kreaturen wie euch zu befreien.«

»Das erklärt immer noch nicht, warum du stirbst«, sagte ich. »Ich wusste nicht einmal, dass Planeten sterben können.«

»Der Kern kühlt ab«, erklärte die Mutterwelt. »Seit Tausenden von Jahren ziehe ich Tag und Nacht Energie aus meinem Kern, um meine Streitkräfte zu versorgen. Aber ich

… überziehe sozusagen. Der Kern verliert rapide an Wärme, was dazu führt, dass mein Körper abkühlt. Bald werde ich keine Energie mehr haben, was zu meinem Tod und dem Tod meiner Armee führen wird.«

»Warum hörst du dann nicht auf, deine ganze Energie zu verbrauchen?«, fragte ich. »Warum machst du nicht einfach eine Pause?«

»Weil ich das Universum befreien *muss*«, sagte die Mutterwelt. »Ich *muss* es tun. Niemand sonst tut es; niemand sonst kann es tun. Deshalb liegt es in meiner Verantwortung, das Universum zu retten, und das kann ich nicht, wenn ich tot bin. Ich wäre lieber im Körper eines winzigen Menschen als zu sterben, wenn das bedeutet, dass ich das Universum immer noch retten kann.«

»Ist es überhaupt möglich für dich, das zu tun?«, fragte ich. »Ist das schon einmal passiert?«

»Ich weiß es nicht«, antwortete die Mutterwelt. »Ich glaube nicht. Aber das spielt keine Rolle. Wenn ich nichts tue, werde ich sterben; aber wenn ich es versuche, könnte ich leben. Ich habe keine Wahl.«

»Was wird mit Mama passieren?«, fragte ich. »Wird sie überleben, wenn du das tust?«

»Ich bezweifle es«, sagte die Mutterwelt. »Es ist nur Platz für ein Bewusstsein in einem Körper, und das wird meins sein. Ich werde ihr Bewusstsein wie eine Flamme auslöschen.«

»Nicht, wenn ich dich aufhalte«, sagte ich.

»Wie denn?«, lachte die Mutterwelt. »Sieh dich an. Ich mag zwar im Sterben liegen, aber ich bin immer noch überwältigend stärker als du. Ich könnte die Schwerkraft um dich herum erhöhen und dich in einem Augenblick töten oder dich in Flammen aufgehen lassen. Aber ich denke, ich werde eine viel einfachere Methode wählen.«

Bevor ich sie fragen konnte, was sie damit meinte, griff sich Nicknacks plötzlich an den Kopf. Er begann zu stöhnen, als würde er unter starken Kopfschmerzen leiden, und taumelte vorwärts, bevor er sich fing.

»Nick?«, sagte ich. »Nick, alles in Ordnung?«

Aber Nick sah mich nicht einmal an. Sein Gesicht lag in seinen Händen, als hätte er Angst, sich übergeben zu müssen, wenn er aufblickte. Blizzard und ich tauschten besorgte Blicke aus, aber da wir keine Ahnung hatten, was mit ihm los war, konnten wir nur dastehen und warten, bis er es uns erklärte.

Dann - ganz plötzlich - nahm Nick die Hände herunter und sah uns an. Seine Augen hatten jetzt einen leblosen Ausdruck; tatsächlich sah ich nichts mehr von Nicks normaler Persönlichkeit darin. Es war, als hätte jemand seine Seele aus seinem Körper gestohlen, was mir tatsächlich Angst vor ihm machte.

»Nick?«, sagte ich. »Bist du das?«

»Der Verräter ist nicht mehr«, sagte die Mutterwelt mit einem Kichern. »Ich habe seinen rebellischen Willen zerquetscht. Er steht jetzt unter meiner Kontrolle, genau wie jeder andere Pokacu im Universum. Er hat sich gewehrt, wurde aber letztendlich besiegt.«

»Nein«, sagte ich, obwohl meine Stimme dabei zitterte. »Unmöglich. Er muss noch irgendwo da drin sein.«

»Nicht mehr«, sagte die Mutterwelt. »Der Verräter, den du kennst, ist tot. Jetzt steht er wieder unter meiner Kontrolle und wird tun, was immer ich von ihm verlange. Arelez? Entferne seine Fesseln und gib ihm dein Schwert.«

Arelez ging zu Nicknacks hinüber, goss rote Flüssigkeit auf Nicks blaue Klebefesseln und hielt ihm dann den Griff seines Schwertes hin. Nicknacks nahm das Schwert und hielt es vor sich, sein Gesichtsausdruck so ausdruckslos wie zuvor.

»Jetzt, Soldaten, zwingt die Menschen auf die Knie«, befahl die Mutterwelt.

Plötzlich begannen die Soldaten, Blizzard und mich auf die Knie zu drücken. Unfähig uns zu wehren, gingen wir zu Boden und spürten ihre Waffen auf uns gerichtet, um sicherzustellen, dass wir nicht fliehen konnten. Dann blickten wir auf und sahen Nicknacks über uns stehen, das riesige Schwert immer noch in seinen Händen.

»Nick, was machst du da?«, sagte ich. »Kannst du mich hören, Nick?«

»Er kann nicht«, sagte die Mutterwelt. »Wie ich schon sagte, er ist tot. Und bald werdet ihr es auch sein, sobald er euch beide mit diesem Schwert enthauptet. Wenn ihr zwei tot seid, werde ich den Körper dieser menschlichen Frau übernehmen und meine Befreiung des Universums fortsetzen.«

Meine Fäuste bebten. Es schien, als würde die Mutterwelt nicht lügen. Nick war tatsächlich wieder unter ihre Kontrolle geraten. Ich erinnerte mich daran, worum Nick mich gebeten hatte, bevor wir die Erde verließen - ihn zu töten, sollte er wieder unter ihre Kontrolle geraten -, aber ich war von diesem plötzlichen Verrat so erschüttert, dass ich nicht aufstehen und es tun konnte. Ich blickte einfach zu Nick auf, als er das Schwert über seinen Kopf hob, bereit, die Klinge auf unsere Hälse niedersausen zu lassen und uns beide zu töten.

Doch dann veränderte sich Nicks Gesichtsausdruck. Er zwinkerte uns kurz zu, so kurz, dass ich fast dachte, ich hätte es mir eingebildet.

Dann wirbelte Nick ohne Vorwarnung herum. Statt das Schwert auf unsere Hälse niedersausen zu lassen, schlug er nach Arelez und enthauptete den Pokacu-Hauptmann mit einem glatten Hieb.

Arelez' kopfloser Leichnam fiel zu Boden, während die anderen Pokacu-Soldaten schockiert aufschrien, aber Nick ließ ihnen keine Zeit zu reagieren. Er sprang sie an, hieb und stach um sich, sein Schwert ließ bei jedem Angriff Pokacu-Blut überallhin spritzen. Die überraschten Soldaten hatten keine Zeit zu reagieren oder sich zu wehren; binnen Sekunden lagen alle Pokacu-Soldaten tot um uns herum, das Blut aus ihren blutenden Körpern floss zusammen und verursachte einen der schlimmsten Gerüche, den ich je das Unglück hatte einzuatmen.

Nur Nick stand jetzt noch, aber er stand nicht einfach untätig herum. Er griff in eines der Fächer seiner Rüstung und zog zwei Fläschchen mit der roten Flüssigkeit heraus, die den blauen Klebstoff auflösen konnte. Er goss die Flüssigkeit sofort über unsere Fesseln und befreite damit augenblicklich unsere Hände.

»Nick?«, sagte ich überrascht, als Blizzard und ich aufstanden, uns die Handgelenke rieben und unseren außerirdischen Freund schockiert anstarrten. »Was ... wie ...«

»Ich habe die Fläschchen auf dem Schiff gefunden, mit dem wir hergekommen sind«, sagte Nick. Er klang jetzt normal, als wäre sein altes Ich zurückgekehrt. »Ich dachte, sie könnten nützlich sein, falls einer von uns vom blauen Klebstoff getroffen wird. Sieht so aus, als hätte ich recht gehabt.«

»Das ist nicht das, was ich wissen will«, sagte ich. »Wie hast du dich wieder von der Kontrolle der Mutterwelt befreit?«

»Ganz einfach«, sagte Nick. »Ich habe ihr die Kontrolle über mich gar nicht zurückgegeben. Ich habe sie nur glauben lassen, dass sie mich wieder Teil des Kollektivs gemacht hat. Da ich einmal unter ihrer Kontrolle war, weiß ich, wie mein Volk denkt, also habe ich einfach einen leeren Geist vorgetäuscht, den sie kontrollieren konnte. Es hilft, dass sie schwächer ist als normalerweise, sodass ich die wenige Kraft, die sie noch hat, abwehren konnte.«

»Du hinterhältiger, verräterischer kleiner Junge!«, schrie plötzlich die Mutterwelt und ließ uns alle zu ihr blicken. Ihr Gesicht war zum bisher beängstigendsten, wütendsten Ausdruck verzerrt, den ich je gesehen hatte. »Glaubst du wirklich, dass du damit davonkommst, mich zu täuschen? Du hast euren Tod nur um ein paar Minuten hinausgezögert. Ich brauche keine Soldaten, um euch zu töten!«

Sofort öffneten sich Löcher im Boden unter unseren Füßen. Blizzard schrie auf, aber ich packte sie und Nick und flog in die Luft, um zu vermeiden, in das endlose schwarze Loch darunter zu fallen.

»Es ist zwecklos, Mutterwelt«, rief Nick. »Es ist vorbei und das weißt du.«

»Vorbei?«, wiederholte die Mutterwelt. »Was faselst du da? Ich habe immer noch die Macht. Ich mag zwar im Sterben liegen, aber dies ist immer noch *meine* Welt und *mein* Körper. Keiner von euch wird diese Welt, geschweige denn diese Kammer, lebend verlassen.«

»Ich glaube, sie hat recht, Nick«, sagte ich und blickte zu ihm hinunter. »Auch wenn wir ihre Soldaten besiegt haben, ist sie immer noch die verdammte Mutterwelt.«

»Bolt, pass auf!«, schrie Blizzard plötzlich, bevor Nick etwas sagen konnte.

Ich schaute gerade noch rechtzeitig nach vorne, um einen Energiestrahl des Kerns zu sehen, der aus der Säule auf uns zuschoss. Ich flog sofort zur Seite und vermied den Energiestrahl nur knapp, der die Wand hinter uns traf und ein riesiges Loch hineinbrannte. Ich war wegen Nick und Blizzards Gesamtgewicht viel langsamer, aber zum Glück gelang es mir trotzdem, nicht getroffen zu werden.

Als ich wieder anhielt, sagte ich: »Irgendwelche Ideen?«

»Ja«, sagte Nick. »Bring mich so nah wie möglich an die Säule heran.«

»Warum?«, fragte ich. Ich begann die Anstrengung zu spüren, sowohl Nick als auch Blizzard zu halten, obwohl meine Superkraft bedeutete, dass ich sie beide noch eine Weile halten konnte. »Hast du einen Plan?«

»Ja«, sagte Nick und nickte. Er tippte schnell auf seine Brust und öffnete ein weiteres Fach in seiner Rüstung, aus dem er die Spitze eines Bombenstabs zog. »Das ist er.«

»Was?«, sagte ich. »Woher hast du den?«

»Ich trage ihn bei mir, seit wir die Anlage verlassen haben«, sagte Nick. »Ich muss nur nah genug herankommen, um ihn in sie zu werfen. Die Bombe sollte den Rest erledigen.«

»Falls du sagst—«, begann ich, wurde aber von einem weiteren Energiestoß der Mutterwelt unterbrochen, dem ich ausweichen musste. »Okay, ich komme so nah ran wie möglich!«

Ich flog auf die Energiesäule der Mutterwelt zu und wich dabei ihren verschiedenen Energiestrahlen aus. Es war harte Arbeit, vor allem weil ich aufpassen musste, Nick oder

Blizzard nicht fallen zu lassen. Es half auch nicht, dass die Energiestrahlen der Mutterwelt riesig waren und weit auseinandergingen, sodass ich viel ausweichen und mich hindurchschlängeln musste. Bald fühlte ich mich extrem erschöpft, aber ich war noch nicht nah genug dran, damit Nick die Bombe werfen konnte.

»Näher ...«, hörte ich Nick murmeln, als wir einem weiteren Strahl auswichen. »Fast da ...«

Das Zielen der Mutterwelt schien schlechter zu werden, als ob ihre Angst und Panik ihre Treffsicherheit beeinträchtigten. Ich wusste, es würde nicht mehr lange dauern, bis wir in Wurfweite der Säule wären, was uns erlauben würde, sie ein für alle Mal zu zerstören.

Doch plötzlich schwebte die riesige Glasröhre mit Mom darin vor uns in die Luft. Ich hielt abrupt in der Luft an, wodurch Blizzard und Nick gefährlich an meinen Armen baumelten und sie mir fast aus den Gelenken rissen. Mom lag noch immer bewusstlos in der Röhre, aber jetzt, wo wir so nah dran waren, konnte ich sehen, wie sich ihre Brust mit jedem Atemzug hob und senkte, wenn auch sehr flach.

»Mom«, sagte ich mit schmerzerfüllter Stimme.

»Ja, das ist deine Mutter«, sagte die Mutterwelt. »Wirst du deine Bombe immer noch auf mich werfen, wenn sie im Weg ist?«

Ich zögerte, aber dann rief Nick plötzlich: »Blizzard, Eisbrücke, jetzt!«

Ich hatte keine Ahnung, wovon er sprach, aber Blizzard offenbar schon, denn sie hob ihre Hand und ließ einen Eisstrahl auf Moms Röhre los. Das Eis verband sich mit der Basis der Röhre und schuf eine kleine, aber dicke Brücke zwischen Blizzard und der Röhre.

»Bolt, wirf mich auf die Brücke!«, rief Nick.

Ich hielt nicht einmal inne, um zu fragen, was wir da taten. Mit all meiner Kraft schleuderte ich Nick in Richtung der Röhre. Er landete auf der Eisbrücke und rutschte darüber, bis er an der Glasoberfläche der Röhre zum Stehen kam. Dann lief er um die winzige Plattform herum, bis er die andere Seite erreichte, wo er der Mutterwelt gegenüberstand, deren Ausdruck nun schockiert wirkte, als hätte sie das nicht kommen sehen.

Nick sagte nichts. Er warf einfach die Bombe auf die Energiesäule der Mutterwelt und schleuderte sie über die Lücke. Zunächst dachte ich, die Bombe würde es nicht schaffen, weil die Lücke zwischen der Säule und der Plattform zu groß schien.

Dann verschwand sie in der Energiesäule, eingehüllt von der grünen Energie, die vom Kern der Mutterwelt aufstieg.

In einem Augenblick änderte sich alles. Der Ausdruck der Mutterwelt wechselte von schockiert zu schmerzerfüllt.

Und dann *bumm*.

Eine Explosion riss durch die Energiesäule und verwandelte sie schnell von Grün zu Rot. Der schmerzerfüllte Ausdruck der Mutterwelt wandelte sich rasch in Wut, ging aber in den Flammen unter, die die Energiesäule schnell verzehrten.

Eine gewaltige Schockwelle ging von der Explosion aus, so gewaltig, dass sie mich und die Röhre mit Mom aus der Luft schleuderte. Ich ließ versehentlich Blizzard los, packte sie aber schnell, bevor sie zu weit fiel, und fing auch die Röhre auf, die ich rasch aufrichtete. Ein kurzer Blick hinein zeigte, dass Mom immer noch bewusstlos war, aber angesichts der feurigen Säule der Zerstörung, die die Energiesäule ersetzt hatte, wusste ich, dass es nicht mehr lange dauern würde, bis sich das änderte, wenn wir nicht schnell von hier verschwänden.

Ich setzte Blizzard auf die Röhre und rief: »Nick, Blizzard! Wir verschwinden hier, also haltet euch fest!«

Sowohl Blizzard als auch Nick klammerten sich an die Oberfläche der Röhre, als ginge es um ihr Leben. Dann packte ich das Geländer und zog es durch die Luft, direkt auf den Aufzug zu, mit dem wir hier heruntergekommen waren, während die Explosion hinter uns lauter und feuriger wurde. Ich war immer noch erschöpft vom Tragen von Blizzard und Nick, aber ich ließ mich davon nicht ausbremsen.

Wir erreichten den Aufzug in Sekunden, der zufällig auch groß genug war, um die Röhre aufzunehmen. Nick drückte einen Knopf, der uns zurück an die Oberfläche bringen würde, aber als ich durch die sich langsam schließenden Türen blickte, sah ich die feurige Explosion direkt auf uns zukommen. Sie näherte sich zu schnell und würde wahrscheinlich hier sein, bevor sich die Türen vollständig geschlossen hätten.

Also stürzte ich zu den Türen und riss sie mit meiner Superstärke zu. Ich sprang rückwärts und Blizzard fror die Türen mit einem Eisstrahl sofort zu.

Eine Sekunde später begannen wir aufzusteigen, aber genau in diesem Moment traf die Explosion ein, erschütterte den Aufzug und ließ ihn gefährlich auf und ab hüpfen. Ich hatte schon Angst, der Aufzug würde abstürzen und uns mit sich reißen, aber er hielt stand und setzte seinen Aufstieg fort, wenn auch bei weitem nicht so reibungslos wie die Fahrt nach unten.

Trotzdem fuhr er ohne größere Probleme nach oben und als er die Oberfläche erreichte, schlug ich die Türen ein, sodass wir aussteigen konnten. Blizzard und Nick gingen zuerst, während ich dicht dahinter folgte und Moms Röhre mitschleifte.

An der Oberfläche herrschte völliges Chaos. Pokacu-Soldaten kämpften auf den Straßen gegeneinander, beschossen sich mit blauem Leim oder hackten mit Schwertern und anderen scharfen Klingen auf ihre gefallenen Freunde ein. Überall lagen Trümmer abgestürzter Schiffe und zwei riesige Mutterschiffe kollidierten in der Luft, explodierten und ihre Überreste stürzten in ein Gebäude in der Ferne, was eine noch größere Explosion verursachte, die den Himmel erleuchtete. Zwei gigantische Mechas prallten aufeinander, rissen an den Gliedmaßen und Metallplatten des jeweils anderen, während der Boden unter ihren Füßen buchstäblich aufbrach. Ein Gebäude, das wie eine Fabrik aussah, stürzte einfach in sich zusammen, vielleicht weil sein Fundament nicht mehr stabil war.

»Heilige Scheiße!«, rief Blizzard schockiert. »Was geht hier vor?«

»Ohne die Kontrolle der Mutterwelt können mein Volk ihre niedersten Impulse nicht kontrollieren und die Welt selbst kann sich nicht aufrechterhalten«, sagte Nick mit bitterer Stimme. »Sie sind von ihrer plötzlichen Freiheit zu überwältigt, um überhaupt zu denken. Und es wird noch viel schlimmer werden, noch bevor der Planet selbst aufgrund des fehlenden Einflusses der Mutterwelt explodiert.«

»Wie zum Teufel kommen wir zurück zur Erde?«, fragte ich und sah mich nach einem Schiff um, das uns hier rausfliegen könnte. »Kennst du irgendwelche Wurmlochs-Generatoren in der Nähe?«

»Leider sind Wurmloch-Generatoren nur in Mutterschiffen eingebaut«, sagte Nick, als ein Mutterschiff in die beiden kämpfenden Mechas krachte, sie unter seinem Gewicht zerquetschte und eine weitere Explosion verursachte. »Wir müssen ein Mutterschiff mit einem funktionierenden Wurmloch finden, das uns zur Erde bringen kann. Und zwar schnell, denn es wird nicht lange dauern, bis die Mutterwelt explodiert und uns mitnimmt.«

Ich schaute mich um, aber die einzigen Mutterschiffe, die ich in der Nähe sah, waren abgestürzt und zerstört, was bedeutete, dass ihre Wurmlochgeneratoren wahrscheinlich vernichtet waren. »Ich sehe nichts. Sieht aus, als müssten wir—«

Blizzard keuchte und zeigte auf den Himmel. »Bolt, Nick, schaut!«

Wir blickten alle nach oben und sahen etwas, das ich nicht erwartet hatte: Ein riesiges Wurmloch hatte sich am Himmel geöffnet, das genauso aussah wie das Wurmloch, durch das wir hierher gekommen waren.

»Ein Wurmloch?«, sagte Nick, der wirklich verwirrt klang, es zu sehen. »Ich verstehe das nicht. Es sollte jetzt keine Wurmlöcher zwischen der Mutterwelt und der Erde oder irgendeiner anderen von den Pokacu eroberten Welt geben.«

»Wen kümmert's?«, sagte ich. »Ich kann uns alle dort hinauf fliegen und zurück zur Erde bringen. Springt auf die Röhre.«

»Aber es führt vielleicht nicht zur Erde«, sagte Nick. »Es könnte uns überallhin bringen, vielleicht sogar auf die andere Seite des Universums.«

»Überall ist besser als die Mutterwelt«, sagte ich, als ein Grollen im Boden mehrere nahegelegene Gebäude erschütterte. »Selbst wenn uns dieses Wurmloch zum Mars bringt, wäre das besser, als zusammen mit der Mutterwelt in Stücke gesprengt zu werden.«

Nick sah äußerst widerwillig aus, aber dann nickte er und sagte: »Du hast recht. Es ist besser, ein Risiko einzugehen und zu sehen, wohin uns das Wurmloch führt, als hier zu bleiben und mit Sicherheit in die Luft gesprengt zu werden.«

»In Ordnung«, sagte ich. »Alle aufspringen. Ich werde uns so schnell wie möglich dorthin fliegen, also haltet euch gut fest und fallt auf keinen Fall runter, egal was passiert.«

Nick und Blizzard sprangen sofort auf die Röhre und klammerten sich fest an deren Oberfläche. Ich hob sie über meinen Kopf und schoss in den Himmel, direkt auf das Wurmloch zu, das immer noch offen war.

Plötzlich zischte ein Energiestrahl an mir vorbei und ließ mich zur Seite blicken, wo ich ein Pokacu-Raumschiff sah, das auf uns zukam. Ich war mir nicht sicher, wie der Pilot darin nach dem Tod der Mutterwelt noch fliegen konnte, aber ich hatte keine freie Hand, um zurückzuschießen.

Stattdessen legte ich all meine Geschwindigkeit und Flugkraft in meine Beine und gab uns einen letzten Geschwindigkeitsschub. Wir flogen geradewegs in das Wurmloch und wie zuvor wurde alles dunkel.

Kapitel Zweiundzwanzig

Im Wurmloch war es stockfinster. Ich fühlte mich durch die Leere schweben; dank meines Umgebungsanzugs konnte ich zwar noch atmen, aber es war trotzdem seltsam. Es fühlte sich nicht mehr an, als würde ich fliegen, aber ich spürte auch keinen Boden unter meinen Füßen. Es war wie im Ozean zu treiben, schätze ich, oder in einem Fluss, aber wie auch immer, ich glaubte nicht, dass uns irgendwelche Pokacu gefolgt waren, also nahm ich an, dass wir sicher waren, es sei denn, dieses Wurmloch öffnete sich ins Weltall oder so.

Doch dann tauchte vor uns ein helles Licht auf, das der Ausgang zu sein schien. Ich erhöhte meine Geschwindigkeit und steuerte direkt darauf zu, und im nächsten Moment passierten wir das Licht und gelangten auf die andere Seite.

Augenblicklich befanden wir uns an einem viel helleren Ort, einer Welt, an die sich meine Augen zunächst nur schwer gewöhnen konnten. Aber es dauerte nur ein paar Sekunden, bis sich meine Augen von der völligen Dunkelheit des Wurmlochs an das helle Licht dieser Welt angepasst hatten, und als sie es endlich taten, schaute ich nach unten, um meine Umgebung zu betrachten.

Unter uns war keine dicke, gelbe Gaswolke mehr, die das Gebiet bedeckte; stattdessen sah ich nun Hunderte von NHA- und INJ-Mitgliedern, die von G-Men-Agenten aus ihren Fesseln befreit wurden. Ein kurzer Blick auf die Ränder des Gebiets zeigte, dass das Dreiecksgefängnis verschwunden war; der einzige Hinweis auf seine frühere Existenz waren die rauchenden Überreste der Schiffe, die es aufrechterhalten hatten, wahrscheinlich von meinen Teamkollegen zerstört.

Daran erkannte ich es: Wir hatten es geschafft. Wir waren zu Hause angekommen. Die Erde war in Sicherheit, und meine Mutter auch.

Dieser Gedanke allein hätte mich fast meine Wachsamkeit verlieren lassen, aber dann sagte Blizzard plötzlich: »Uh oh«, was mich dazu brachte, nach rechts unten zu schauen.

Das Mutterschiff - Graleex' Mutterschiff - schwebte immer noch in der Luft über Hero Island. Ich sah keine Pokacu-Soldaten oder Raumschiffe darauf, noch versuchte es, uns mit seinen Lasern oder Kanonen abzuschießen, aber die bloße Tatsache, dass es nicht abgestürzt war, bedeutete, dass unser Kampf noch nicht vorbei war.

Bevor ich jedoch zum Kampf übergehen konnte, knackte mein Ohrhörer und Valeries Stimme ertönte plötzlich in meinem Ohr. »Willkommen zurück, Kevin. Ich sehe, dass deine Mission erfolgreich war.«

»Val?«, sagte ich. Mein Gesicht verzog sich zu einem Grinsen. »Val, ich hab dich vermisst! Was ist los? Wie geht es allen anderen?«

»Nun«, sagte Valerie, »den Teams A, B und C ist es gelungen, das Dreiecksgefängnis sowie den Großteil der Streitkräfte der Pokacu-Armee zu zerstören, obwohl die meisten von ihnen aus irgendeinem Grund vor wenigen Minuten aufgehört haben zu kämpfen. Das kraftraubende Gas hat sich in den Wind aufgelöst und die G-Men befreien gerade die gefangenen Helden. Sie haben schon die Hälfte befreit.«

Ich atmete erleichtert auf. »Gott sei Dank. Aber das Mutterschiff -«

»Steht jetzt unter menschlicher Kontrolle«, ertönte plötzlich Mecha Knights Stimme durch meinen Ohrhörer. »Darüber musst du dir keine Sorgen machen.«

»Mecha Knight?«, sagte ich überrascht. »Du lebst noch?«

»Natürlich«, sagte Mecha Knight. »Ich habe die Pokacu-Soldaten besiegt, die es kontrollierten, und es ist mir mit Valeries Hilfe gelungen, die Kontrollen des Schiffes zu überschreiben. Die gesamte Besatzung des Schiffes ist tot, was bedeutet, dass es jetzt unter meiner Kontrolle steht.«

»Unglaublich«, sagte ich. »Einschließlich Graleex?«

»Das ist das Seltsame daran«, sagte Mecha Knight. »Ich habe nach Graleex gesucht, nachdem ich die Besatzung des Schiffes besiegt hatte, aber als ich zum Wurmloch-Generator zurückkehrte, war er nirgends zu sehen. Er könnte sich irgendwo an Bord verstecken, vermute ich, aber das Schiff ist zu groß, als dass ich es alleine durchsuchen könnte, also habe ich ihn noch nicht gefunden.«

»Hast du das Wurmloch aktiviert, das uns zurückgebracht hat?«, fragte ich.

»Ja«, sagte Mecha Knight. »Ich war mir nicht sicher, ob ihr in der Lage sein würdet, euer eigenes Wurmloch zu erschaffen, also beabsichtigte ich, dieses Schiff zur Mutterwelt zurückzubringen, um euch zu helfen. Es scheint jedoch, dass das unnötig sein wird, da du, Nicknacks und Blizzard es aus eigener Kraft lebend zurückgeschafft habt.«

»Und auch Mama«, sagte ich. »Wir haben meine Mutter zurückbekommen. Sie ist in Sicherheit.«

»Das freut mich zu hören«, sagte Mecha Knight. »Du klingst erschöpft. Ich denke, ihr solltet einen Platz zum Landen suchen, und wir schicken ein paar Sanitäter vorbei, um nach euch vieren zu sehen und sicherzustellen, dass es euch allen gut geht.«

Ich wollte gerade sagen, dass das eine gute Idee sei, aber dann sagte Valerie plötzlich: »Die Schiffssysteme zeigen an, dass jemand die Kontrolle über eines der kleineren Schiffe übernommen und die Luken der Hülle geöffnet hat.«

»Was?«, sagte Mecha Knight. »Schalte es ab. Wir können keine Überlebenden entkommen lassen.«

»Ich versuche es, aber wer auch immer die Türen geöffnet hat, muss eine manuelle Überbrückungsfunktion verwendet haben, denn ich bin aus dem System ausgesperrt«, sagte Valerie. »Bis ich einbreche, wird das Schiff bereits-«

Ein wahnsinniges Lachen unterbrach Valerie plötzlich, aber es war weder Mecha Knight noch ich, der lachte. Es war ein außerirdisches Lachen, eines, das zu keinem menschlichen Wesen zu gehören schien.

»Törichte Menschen!«, ertönte die gurgelnde Stimme von Graleex, die jetzt wahnsinnig jenseits jeglichen Verständnisses klang. »Ich habe gespürt, wie die Mutterwelt starb, aber das bedeutet nicht, dass ich aufgebe. Ich werde ihren Tod rächen, indem ich diejenigen töte, die ihr das Leben nahmen!«

Dann schoss ein kleines Raumschiff aus dem Mutterschiff und flog sofort auf uns zu. Obwohl ich ihn nicht sehen konnte, wusste ich, dass es von Graleex gesteuert werden musste, denn es richtete nun seine Kanonen direkt auf uns und kam schnell näher. Es gab keine Möglichkeit für mich auszuweichen; ich war zu müde, zu langsam und zu sehr belastet durch alle, die ich trug. Ich konnte nur zusehen, wie es näher und näher kam, seine Kanonen mit Energie aufgeladen.

Doch als das Schiff etwa auf halbem Weg zu uns war, sah ich aus dem Augenwinkel etwas auf uns zufliegen. Vor meinen erstaunten Augen kam die untere Hälfte der Gerechtigkeitsstatue wie aus dem Nichts und krachte direkt in das ankommende Schiff.

Die Kollision schleuderte das Pokacu-Raumschiff weg, bis es auf den Boden krachte, einige Gebäude dem Erdboden gleichmachte und dann explodierte. Und die Explosion schien auch genau aus dem Cockpit zu kommen, genau da, wo Graleex das verdammte Ding gesteuert haben musste, was bedeutete, dass er wahrscheinlich tot war.

Mit rasendem Puls sagte ich: »Äh, Val? Mecha Knight? Woher kam diese Statue?«

»Von einem Freund«, kam eine Stimme aus der Richtung, aus der die Gerechtigkeitsstatue gekommen war.

Ich schaute hinüber und sah Omega Man - sein Anzug zerrissen, seine Haare zerzaust und sein Gesicht von Kratzern übersät - auf uns zufliegen. Die Ketten, mit denen die Pokacu ihn an die Gerechtigkeitsstatue gefesselt hatten, baumelten an seinen Handgelenken, aber er schien ihnen kaum Beachtung zu schenken. Er flog einfach zu mir herüber und hielt an, schwebte dort mit einem zufriedenen Gesichtsausdruck.

»Omega Man?«, sagte ich. »Hast du gerade die Gerechtigkeitsstatue auf Graleex geworfen?«

Omega Man nickte. »Jap. Ich war mir nicht sicher, ob ich dazu in der Lage sein würde, da ich mich noch nicht vollständig von dem kraftraubenden Gas erholt habe, aber anscheinend habe ich mehr von meinen Kräften zurückerlangt, als ich dachte.«

»Danke«, sagte ich.

Plötzlich wurde die Röhre mit Mutter - auf der Blizzard und Nick immer noch standen - fast zu viel für mich. Ich wäre fast gefallen, aber dann schoss Omega Man herbei und hielt sie mit mir.

»Du siehst müde aus«, sagte Omega Man. »Lass uns dich und alle anderen auf den Boden bringen. Dann kannst du dich ausruhen und uns später erzählen, was auf der Mutterwelt passiert ist.«

Zu müde, um zu widersprechen, nickte ich, und bald senkten wir uns zum Boden, wo bereits einige Leute sowohl von der NHA als auch von der INJ uns entgegenliefen.

Kapitel Dreiundzwanzig

Mann, die nächste Woche schien wie im Flug zu vergehen. Ich verbrachte den Großteil davon zusammen mit Blizzard in der Krankenstation des Hauses, denn offenbar kann eine Reise durch ein Wurmloch von einem fremden Planeten - selbst wenn man einen Environ trägt - der Gesundheit ganz schön zusetzen. Wer hätte das gedacht?

Jedenfalls erfuhr ich, dass der Rest des Teams und die New Heroes tatsächlich ihren Kampf gegen die Pokacu überlebt hatten. Die meisten von ihnen waren verletzt worden - und in Slimes Fall von einem besonders großen Pokacu-Soldaten komplett plattgewalzt worden -, aber es gab keine Todesopfer unter den Teams. Dasselbe galt für die gefangenen NHA- und INJ-Mitglieder; obwohl sie von den Pokacu misshandelt worden waren, würde keiner von ihnen sterben und sie brauchten nur eine grundlegende Behandlung für einige einfache Wunden und Verletzungen.

Sogar die verschiedenen Städte auf der ganzen Welt, die von den Pokacu bedroht worden waren, waren sicher. Während Graleex - dessen Tod bestätigt wurde, nachdem einige G-Men-Agenten die Überreste seines Schiffes untersucht und seine verbrannte Leiche an den Kontrollen gefunden hatten - nicht über die Mutterschiffe gelogen hatte, die über den großen Weltstädten positioniert waren, hatte der Tod der Mutterwelt dazu geführt, dass sie »mysteriöserweise« abstürzten. Dies verursachte zwar immer noch viele Schäden in diesen Städten und führte zu vielen Toten und Verletzten, aber es war minimal im Vergleich zu dem, was die Pokacu angekündigt hatten zu tun, und jedes betroffene Land machte sich sofort daran, das Schiff und die toten Pokacu an Bord zu entfernen. Ich fragte mich, was sie mit diesen Überresten machen würden; wahrscheinlich würden sie sie für sich behalten und die Technologie studieren, um sie für ihre eigenen Zwecke nachzubauen, aber es interessierte mich nicht genug, um es herauszufinden, und ich ging davon aus, dass die G-Men wahrscheinlich ein Auge darauf haben würden, falls es jemals zu einem Problem für die USA werden sollte.

Apropos G-Men, Shade schickte mir eine Nachricht von Präsident Plutarch, der offenbar von unserer Zerstörung der Mutterwelt gehört hatte und sich bei mir und Blizzard für unsere Hilfe bedanken wollte. Er lud uns sogar ins Weiße Haus ein, um uns Medaillen für unseren Einsatz zu verleihen, obwohl wir erst dorthin gehen könnten, wenn wir uns erholt hätten, da wir im Moment zu erschöpft zum Reisen waren. Shade erzählte mir auch, dass Cadmus ihr aufgetragen hatte, mir in seinem Namen zu danken, obwohl sie auch hinzufügte, dass sie immer noch samstags frei wäre, falls ich mal ausgehen wollte (was Blizzard fast dazu brachte, aus ihrem Bett zu springen und Shade auf der Stelle zu jagen).

Aber es war nicht alles gut. San Francisco lag immerhin immer noch in Trümmern. Unzählige Menschen waren allein durch den ersten Angriff dieses einen Schiffes getötet worden, und es gab auch unermessliche Sachschäden. Aber Präsident Plutarch hatte der Nation verkündet, dass der Wiederaufbau bereits im Gange sei, und sowohl die Neohero Alliance als auch die Independent Neoheroes for Justice hatten zugesagt, so viel Arbeitskraft, Geld und Ressourcen wie möglich zur Verfügung zu stellen, um beim Wiederaufbau zu helfen. Dazu gehörten auch Strike und die New Heroes, die nach Kalifornien zurückkehrten, um am Wiederaufbau teilzunehmen und sich auch mit überlebenden Freunden und Familien wiederzuvereinigen. Ich sagte Strike, er solle mich anrufen, wenn sie beim Wiederaufbau Hilfe bräuchten, obwohl ich bezweifelte, dass es so bald sein würde, wieder aufgrund der Tatsache, dass Blizzard und ich uns noch erholten.

Was die Gerechtigkeitsstatue betrifft, so würde sie wieder aufgebaut werden, aber nicht sofort. Man hatte mir gesagt, dass sie auch neu gestaltet werden würde, dass man mich und Strike darauf hinzufügen würde, dank unserer Hilfe bei der Niederschlagung der Pokacu, aber unabhängig davon war ich froh, dass sie wieder aufgebaut werden würde. Sie würde hoffentlich weit in die Zukunft hinein als Symbol der Einheit zwischen den beiden Organisationen stehen; wichtiger noch, als Symbol der Einheit für die gesamte Superhelden-Gemeinschaft.

Mom war überraschenderweise fast völlig unverletzt. Sie hatte nicht einmal gewusst, dass sie entführt worden war, und war daher unglaublich verwirrt, als wir sie aufweckten und ihr erzählten, was passiert war. Trotzdem war sie froh, dass wir sie gerettet hatten, und am nächsten Tag nach Texas zurückgekehrt, allerdings nicht, ohne mir vorher eine große Umarmung zu geben, bevor sie ging.

Ich rief auch Tara und Malcolm an, um ihnen zu sagen, was passiert war und dass ich in Sicherheit war. Beide freuten sich, das zu hören, und Malcolm sagte mir sogar, ich solle nach Texas zurückkommen, damit wir wieder mal zusammen abhängen könnten. Ich sagte ihm, dass ich das tun würde, sobald Blizzard und ich wieder gesund wären; tatsächlich bot ich sogar an, ihnen Blizzard vorzustellen, was Malcolm begeisterte, Tara allerdings etwas weniger.

Graleex' Mutterschiff blieb in der Obhut der NHA, deren Ingenieure es untersuchen sollten, damit wir herausfinden konnten, wie es funktionierte und wie wir die Pokacu-Technologie auf unsere eigene Ausrüstung anwenden konnten. Das Mutterschiff hatte anscheinend auch einen riesigen Vorrat an kraftlosem Gas an Bord, was ein weiterer Grund war, es von der Regierung fernzuhalten. Überraschenderweise erlaubte Plutarch uns, es zu behalten, vielleicht als Belohnung dafür, dass wir den Planeten erneut vor den Pokacu gerettet hatten. Wir behielten auch die anderen abgestürzten Schiffe und Leichen, obwohl es Gespräche darüber gab, einige der toten Pokacu an Universitäten für wissenschaftliche Studien zu spenden.

Jedenfalls denke ich, dass sich die Dinge zum Besseren wenden werden. Ich machte mir Sorgen um San Francisco und die INJ und die New Heroes, aber da alle mithalfen, ging ich davon aus, dass diese Stadt in Kürze wieder auf die Beine kommen würde.

Eine Woche nach der Zerstörung der Mutterwelt lagen Blizzard und ich allein in der Krankenstation auf getrennten Betten. Der Rest des Teams war draußen und kämpfte gegen einen neuen Superschurken, der anscheinend aus heiterem Himmel aufgetaucht war und geborgene Pokacu-Technologie benutzte, um sich selbst zu einer Bedrohung zu machen. Das bedeutete, dass wir hier ganz allein waren, abgesehen von Carl, der KI des Hauses, die uns und das Haus im Allgemeinen im Auge behielt, um sicherzustellen, dass wir sicher waren.

Blizzard und ich unterhielten uns darüber, welche Filme wir uns nach unserer Genesung ansehen würden, als sich plötzlich die Türen zur Krankenstation öffneten. Wir schauten hinüber und sahen zwei Personen den Raum betreten: Omega Man, der einen brandneuen, sauberen Anzug trug, komplett mit gekämmten und sauberen Haaren, und

Nicknacks, der selbst viel besser aussah, wobei seine Rüstung und seine Haut nicht mehr so stark beschädigt waren wie zuvor.

Ich setzte mich sofort in meinem Bett auf, aber Omega Man hob die Hand und sagte: »Kein Grund, dich zu bewegen, Kevin. Du wirst dich nur verletzen.«

Ich hörte auf, mich aufzusetzen, sagte aber trotzdem: »Was macht ihr hier? Ich meine, nicht dass ich mich nicht freue, euch zu sehen, aber -«

»Wir sind gekommen, weil wir nie die Gelegenheit hatten, uns richtig bei dir für die Rettung der Erde zu bedanken«, sagte Omega Man. Er deutete auf Nicknacks. »Und natürlich auch bei Nicknacks, obwohl ich ihm schon für seine Hilfe gedankt habe. Er ist aus einem anderen Grund hier.«

»Ach, das war doch nichts«, sagte ich und winkte Omega Mans Dank ab. »Wir sprengen ständig Planeten. Nur ein typischer Tag im Leben eines Superhelden.«

»Nun, du verdienst trotzdem Dank«, sagte Omega Man. »Aber es gibt noch etwas anderes, das wir mit dir besprechen möchten. Wir wollten es eigentlich bei der Enthüllung der Gerechtigkeitsstatue ankündigen, aber der Pokacu-Angriff zwang uns dazu, es zu verschieben, obwohl wir es bald bekannt geben wollen, jetzt, wo sich die Lage etwas beruhigt hat.«

»Worum geht es?«, fragte ich. »Hat es mit uns zu tun?«

»Gewissermaßen, ja«, sagte Nicknacks. »Bolt, erinnerst du dich an die Neohelden-Akademie? Das war die Schule, die wir hier auf der Heldeninsel für junge Übermenschen wie dich und Blizzard eingerichtet hatten, wo sie lernen konnten, ihre Kräfte für das Gute einzusetzen.«

Ich nickte. »Ja, aber ich war nie dort. Sie wurde geschlossen, als herauskam, dass Vision sie unterwandert und als Ort benutzt hatte, um Schüler für ihren Kult einer Gehirnwäsche zu unterziehen, stimmt's?«

Omega Man runzelte die Stirn und sah weg, als schäme er sich für diese Tatsache. »Leider ja. Und seitdem ist sie geschlossen, wie du sicher weißt.«

Ich nickte wieder. Tatsächlich kam ich jedes Mal am alten Campus der Neohelden-Akademie vorbei, wenn ich vom Haus zum Hauptquartier musste. Ich hielt nie an, um sie genauer anzusehen, hauptsächlich weil ich so beschäftigt war und das Gebäude für alle gesperrt war, auch für NHA-Mitglieder.

»Nun, wir werden sie wieder eröffnen«, sagte Omega Man. »Wir haben die NHA von allen möglichen Visionisten gesäubert und sämtliches Lehrmaterial mit visionistischer Ausrichtung entfernt. Diesmal fangen wir ganz neu an, mit neuen Lehrern, neuem Personal und sogar einem brandneuen Gebäude an einem neuen Standort.«

»Nicht nur das, sondern die INJ wird ebenfalls helfen«, sagte Nicknacks. »Es wird eine gemeinsame Anstrengung beider Organisationen sein, mit Lehrern aus beiden Gruppen. Das soll es Vision oder anderen erschweren, die Kontrolle über die Schule zu übernehmen und zu versuchen, die Schüler wieder einer Gehirnwäsche zu unterziehen.«

»Wirklich?«, sagte ich. »Wo wird der neue Standort sein?«

»Sie wird in Washington, DC sein«, sagte Omega Man, »worauf wir uns als Kompromiss zwischen den beiden Organisationen geeinigt haben. Wir benennen sie sogar um.«

»Wie wird sie heißen?«, fragte ich.

»Die Theodore-Jason-Akademie für junge Übermenschen«, sagte Nicknacks.

Ich blinzelte. »Ihr benennt sie nach ... nach Dad?«

»Ja«, sagte Omega Man. »Genius war nie ein großer Unterstützer der alten Schule, hauptsächlich wegen ihrer visionistischen Ausrichtung. Aber er schätzte Bildung immer sehr, und da diese Schule keinerlei visionistischen Einfluss haben wird, hielten wir es für angemessen, sie nach einem der legendärsten Superhelden aller Zeiten zu benennen. Denkst du, er hätte das gut gefunden?«

»Ich ...« Ich war so überwältigt von Gefühlen, aber schließlich sagte ich: »Ja, ich denke schon.«

»Gut zu wissen«, sagte Omega Man. »Wir werden die neue Schule im Herbst eröffnen. Und wir möchten, dass du und der Rest der Jungen Neos bei der Eröffnung dabei seid.«

»Ja«, sagte Nicknacks. »Sie sollte eigentlich viel früher eröffnet werden, aber wegen der Zerstörung von San Francisco mussten wir den Eröffnungstermin verschieben. Wir suchen auch noch nach Schülern, sind damit aber fast fertig.«

»Natürlich werden wir da sein«, sagte ich. Ich sah Blizzard an. »Stimmt's, Blizzard?«

»Stimmt«, sagte Blizzard. »Aber werden wir Schüler sein?«

»Nein«, sagte Omega Man. »Wir werden eine ganze Reihe neuer Schüler aus dem ganzen Land holen. Die Jungen Neos waren traditionell nie Schüler der Akademie, also werdet ihr nicht viel verpassen.«

»Aber es wird immer Platz für Freiwillige geben«, sagte Nicknacks. »Wenn ihr also möchtet, könnt ihr auf diese Weise helfen, falls wir es je brauchen.«

»Danke«, sagte ich. »Wir werden auf jeden Fall darüber nachdenken.«

»Ich wusste, dass wir auf euch zählen können«, sagte Omega Man. »Nun, wenn ihr mich entschuldigt, ich muss gehen. Die Mitternachtsbedrohung und ich werden später heute eine gemeinsame Ankündigung darüber an die Öffentlichkeit machen, also muss ich mich für die Kamera vorbereiten.« Er stöhnte. »Ich hasse es, mich für die Kamera zurechtzumachen, aber ich schätze, das muss man tun, wenn man vor der Kamera erscheint. Erhole dich gut.«

Damit drehte sich Omega Man um und ging, aber Nicknacks folgte ihm nicht. Er stand einfach da, als ob er versuchte, die richtigen Worte zu finden, was ehrlich gesagt ein bisschen unangenehm war.

»Was ist los, Nick?«, fragte ich. »Möchtest du uns noch etwas sagen?«

Nicknacks nickte. »Ja. Ich wollte euch dafür danken, dass ihr die Mutterwelt zerstört habt.«

»War das nicht das, was du und Omega Man gerade getan haben?«, sagte Blizzard.

»Ja, aber ich wollte mich persönlich bei dir bedanken«, sagte Nicknacks. Er legte eine Hand auf seine Brust. »Ich hätte nie gedacht, dass ich den Tag erleben würde, an dem die Mutterwelt zerstört wird. Und ich hätte nie gedacht, dass ich derjenige sein würde, der es tut.«

»Bist du denn nicht traurig, dass deine Spezies ausgestorben ist?«, fragte ich. »Du bist jetzt doch ganz allein im Universum, oder?«

Nicknacks schüttelte den Kopf. »Nicht unbedingt.«

»Nicht unbedingt?«, fragte ich. »Aber sind nicht alle deine Leute gestorben, als die Mutterwelt starb?«

»Nur diejenigen, die noch mit ihr verbunden waren, was die große Mehrheit von ihnen war«, sagte Nicknacks. »Aber ich habe einige der Dateien durchgesehen, die von dem Mutterschiff geborgen wurden, das Mecha Knight gefangen hat, und ich habe erfahren, dass ich nicht der Einzige war, der sich von ihrer Kontrolle befreit hat. Laut den Akten gibt es irgendwo da draußen im Universum eine Gruppe von Pokacu, die sich erfolgreich von der Mutterwelt losgerissen haben und in den Weltraum geflohen sind, um ihre eigene Kultur und Welt getrennt von ihrem Einfluss zu etablieren.«

»Wirklich?«, fragte ich. »Wo sind sie?«

»Ich weiß es nicht, aber die Dateien enthielten ein paar Hinweise, die die Pokacu nutzten, um sie aufzuspüren«, sagte Nicknacks. »Und ich denke, ich werde diese Suche nach ihnen fortsetzen und diese Hinweise als Ausgangspunkt nutzen. Ich werde diese

Überlebenden suchen und versuchen, sie zu überzeugen, auf die Erde zu kommen, wo sie sicher wären.«

»Du meinst, du verlässt den Planeten?«, fragte Blizzard. Sie klang enttäuscht. »Wann? Und wann kommst du zurück?«

»Ich breche morgen auf, nach der Bekanntgabe der neuen Schule«, sagte Nicknacks. »Was die Rückkehr betrifft, weiß ich es nicht. Ich weiß nicht einmal, ob diese Pokacu noch am Leben sind oder ob sie bei der Suche nach einer neuen Heimatwelt umgekommen sind. Ich weiß nur, dass ich sie finden muss. Ihr versteht das wahrscheinlich nicht, da die Menschheit nicht vom Aussterben bedroht ist, aber für mich ist es wichtig, denn wenn ich diese Pokacu finden kann, dann kann ich unser Volk wiederaufbauen und uns wieder groß machen.«

Nicknacks klang aufrichtig emotional und ernst, als er das sagte, also erwiderte ich: »In Ordnung, Nick. Wenn das das ist, was du tun möchtest, hast du meine volle Unterstützung. Wir werden auf deine Rückkehr warten und eine große Party feiern, wenn du zurückkommst.«

»Danke«, sagte Nicknacks. »Und jetzt muss auch ich gehen, um mein Gefährt für den Start morgen vorzubereiten.«

Nicknacks wandte sich zum Gehen, aber dann fiel mir noch etwas ein und ich sagte: »Nick?«

Nick blieb stehen und sah über seine Schulter zu mir. »Ja, Bolt?«

»Wer wird deinen Platz im Führungsrat einnehmen, während du weg bist?«, fragte ich.

»Ich weiß es nicht«, sagte Nick. »Omega Man sprach davon, eine neue Wahl abzuhalten, um meinen Ersatz für den Rat zu wählen, obwohl ich nicht weiß, wann das sein wird.«

»Ah, okay«, sagte ich. »Ich schätze, das ist dann Lebewohl und viel Glück.«

»Danke«, sagte Nicknacks erneut.

Damit verließ er schließlich den Raum und ließ mich und Blizzard allein zurück. Wir setzten dann unser Gespräch über unsere Zukunftspläne nach unserer Genesung fort, aber im Hinterkopf hoffte ich, dass es Nicknacks gut gehen würde und dass die neue Schule in Ordnung sein würde. Noch wichtiger war jedoch, dass ich hoffte, meine Freunde in Kalifornien würden in der Lage sein, San Francisco wieder aufzubauen, und dass alle dort in der Lage sein würden, zu ihrem normalen Leben zurückzukehren, wenn das alles vorbei wäre.

Epilog 1

Thaumaturge—ehemaliges Mitglied des NHA-Führungsrats, ehemaliger Aufseher der Jungen Neos und derzeitiger Anführer von Vision—stand in einem dunklen Raum mit den etwa zwei Dutzend Visionisten, die er hierher beordert hatte. Aufgrund des schwachen Lichts im Raum und der dunklen Roben, die jeder Visionist trug, war es schwierig, die einzelnen Mitglieder zu identifizieren. Das war von Thaumaturge beabsichtigt, denn Vision hatte bisher nur überlebt, weil kein einziges Mitglied die Identität aller anderen kannte. Nur Thaumaturge wusste alle Namen und Identitäten der überlebenden Mitglieder von Vision, aber er war nicht in Gefahr, von den G-Men, der NHA oder INJ gefangen genommen zu werden, also hatte er keine Angst, entdeckt zu werden. Trotzdem bedeutete seine Position in der Organisation, dass er nicht so aktiv sein konnte, wie er es gerne wäre, was es für Vision viel schwieriger machte, tatsächlich etwas zu bewirken.

Alle standen in einem lockeren Kreis um Thaumaturge, der auf einer kleinen Plattform über ihnen stand. In der Menge waren Flüstern und Murmeln zu hören, zweifellos fragten sich die verschiedenen Visionisten, warum sie heute alle hierher gerufen worden waren. Das überraschte Thaumaturge nicht, da er die Gründe für Treffen immer geheim hielt, falls ihre Nachrichten von feindlichen Kräften abgefangen würden.

Eine schnelle Kopfzählung sagte Thaumaturge, dass alle anwesend waren, die anwesend sein sollten, also beschloss er, das Treffen zu beginnen.

»Meine Mitvisionisten«, sagte Thaumaturge und hob die Hände. Seine laute und altertümliche Stimme brachte das Murmeln und Flüstern, das zuvor den Raum beherrscht hatte, sofort zum Verstummen. »Ihr mögt euch alle fragen, warum ich dieses Treffen heute einberufen habe. Seid versichert, dass ich dieses Treffen nicht leichtfertig einberufen habe, denn ich bin mir der Gefahren, die die übrige blinde Welt für uns darstellt, sehr wohl bewusst, weshalb es selten klug ist, dass wir uns alle an einem Ort wie diesem versammeln.«

Niemand sagte etwas, aber so liefen diese Treffen immer ab. Die letzte Person, die unaufgefordert das Wort ergriffen hatte, war von Thaumaturges magischen Kräften in eine andere Dimension verbannt worden; es war eine wirksame Abschreckung gegen Unterbrechungen gewesen.

»Wie viele von euch wissen, haben wir seit der Gefangennahme unseres Anführers, des Visionärs, nur Rückschlag um Rückschlag erlitten«, sagte Thaumaturge. »Zunächst wurde der Visionär durch einen Kopfschuss ins Koma versetzt, von der Regierung in Gewahrsam genommen und sein persönlicher Assistent gefangen genommen, während das persönliche Tagebuch unseres großen Anführers im Internet durchsickerte und viele unserer Pläne der Welt offenlegte; dann wurde einer der Unseren, Ghost, vom Sohn des Master Chaos entmachtet und getötet; und schließlich wurde ein weiterer von uns, Mimic, verhaftet und ins Ultimate Max geworfen, während unser Bündnis mit dem Sohn des Master Chaos scheiterte, als der Junge von unserem ewigen Feind, Bolt, getötet wurde.«

Thaumaturge konnte die Wut und den Zorn spüren, die von der Menge ausgingen, als er ihre jüngsten Misserfolge aufzählte. Er selbst verweilte nicht gern dabei, aber er musste es tun, um sicherzustellen, dass alle auf dem gleichen Stand waren.

»Aber bald werden wir unser Schicksal wenden«, sagte Thaumaturge. »Die zweite Pokacu-Invasion hat die ganze Welt, vom Osten bis zum Westen, völlig erschüttert. Die Zerstörung von San Francisco hat zu einem Vertrauensverlust in unsere Regierung und die NHA und INJ geführt. Es gibt jetzt eine Gelegenheit für uns, unsere Feinde niederzuschlagen und die Botschaft der Gleichheit zwischen normalen Menschen und Übermenschen ein für alle Mal zu verbreiten.«

»Wie?«, kam eine raue Stimme von einem vermummten Mann, der in der Nähe des hinteren Teils der Menge stand.

Die plötzliche Stimme ließ alle zu dem Mann hinüberschauen. Aufgrund seiner Kapuze war es unmöglich, ihn zu sehen, aber Thaumaturge identifizierte ihn schnell als Wrath, einen Übermenschen mit Kräften, die selbst Thaumaturge unbehaglich machten.

»Wie, fragst du?«, sagte Thaumaturge.

»Ja, wie?«, sagte Wrath. Er klang überhaupt nicht verängstigt vor Thaumaturge, obwohl er die Konsequenzen kannte, wenn man unaufgefordert sprach. »Willst du, dass wir gegen die NHA, INJ und G-Men kämpfen oder vielleicht wieder versuchen, Präsident Plutarch zu ermorden? Weil das beim letzten Mal so gut funktioniert hat.«

Wraths Sarkasmus war bissig, aber Thaumaturge bewahrte die Ruhe. »Wir werden es nicht tun. Wir können es nicht tun. Der Präsident ist zu gut geschützt.«

»Was ist dann dein Plan?«, sagte Wrath. »Ich höre zu.«

Die übrigen Visionisten wandten sich wieder Thaumaturge zu. Thaumaturge fühlte sich plötzlich nervös unter ihrem kollektiven Blick, obwohl sie alle eher neugierig als sonst etwas waren.

»Es ist einfach«, sagte Thaumaturge. »*Wir* werden es nicht tun. Aber Bolt wird es tun.«

Die frühere Neugier der Visionisten wich sofort Schock und sogar Unglauben. Es gab mehr Gemurmel unter den Leuten, fast laut genug, dass Thaumaturge es jetzt hören konnte.

»Unmöglich«, sagte Wrath. »Bolt ist unser Feind. Er hasst uns. Er würde uns *niemals* helfen.«

»Habe ich gesagt, dass seine Hilfe freiwillig sein würde?«, sagte Thaumaturge. »Ich habe seinen Widerstand bereits vorhergesehen, weshalb ich einen Plan entwickelt habe, um ihn zu brechen. Alana, bitte komm zu mir.«

Aus der Menge kam eine junge Frau, die die gleichen Roben trug wie alle anderen, und kletterte dann neben Thaumaturge auf die Plattform. Sie sagte nichts; tatsächlich war sie sehr leise, so leise, dass Thaumaturge sie nicht einmal atmen hören konnte.

Thaumaturge legte seine Hände auf ihre Schultern. »Dies ist unser neuestes Mitglied, eine junge Frau namens Alana. Und sobald sie ihre Magie an Bolt wirken lässt ... wird er alles tun, was wir verlangen, egal was.«

Epilog 2

Cadmus Smith folgte Shade in den untersten Keller der Einrichtung. Shade ging vor ihm aufrecht und mit steifem Rücken, fast als würde sie marschieren, was Cadmus zu schätzen wusste, denn es zeigte, dass ihre Zeit beim Militär nicht umsonst gewesen war.

Eigentlich hätte Cadmus in seinem Büro in Washington sein sollen, um mit Präsident Plutarch und dem Militär über den Wiederaufbau von San Francisco zu sprechen, Berichte seiner G-Men-Agenten im Feld über den aktuellen Zustand der Welt zu lesen und andere wichtige Aufgaben zu erledigen, die ihm als Direktor der Abteilung für übermenschliche und außerirdische Wesen oblagen.

Aber Cadmus hatte dieses besondere Treffen seit letzter Woche in seinem Kalender stehen, als Shade und Mr. Apollo mit einem Bericht über die Geschehnisse und einem »Gast«, mangels eines besseren Begriffs, zur Einrichtung zurückkehrten, den sie von der Heldeninsel entfernen konnten, ohne dass die NHA oder INJ es bemerkten.

Es war dieser »Gast«, den Cadmus heute besuchen wollte.

Die untersten Ebenen der Einrichtung waren die geheimnisvollsten; tatsächlich waren sie so geheim, dass nur Cadmus, Shade und die führenden Wissenschaftler von ihrer Existenz wussten. In diesem Sinne ähnelten sie den unteren Ebenen der INJ-Basis, die als die Höhle bekannt war, mit dem Unterschied, dass diese Ebenen nicht einmal in den Hauptbauplänen der Einrichtung verzeichnet waren.

Und das aus gutem Grund. Es gab hier unten ... Dinge, von denen Cadmus entschieden hatte, dass sie weder der Rest der Welt noch die übrigen G-Men kennen sollten. Magische Artefakte, außerirdische Technologie und viele andere mysteriöse und seltsame Dinge waren hier zu finden, die Cadmus' Wissenschaftler untersuchten, um sie zu verstehen. Selbst Cadmus wusste nicht alles, was sich hier unten befand, obwohl er das

Knurren und seltsame Gemurmel einiger Kreaturen hören konnte, als er und Shade an verschlossenen Tür um verschlossene Tür vorbeigingen.

Aber es gab eine Sache, von der Cadmus mit Sicherheit wusste, dass sie sich hier unten befand, und er würde sie sehen, wenn auch nur kurz, bevor er zu seinen Hauptaufgaben zurückkehren musste, um die Interessen der Vereinigten Staaten von Amerika zu wahren und zu schützen.

Am Ende des Ganges blieb Shade vor einer riesigen, dicken Betontür stehen, die mit Stahlschlössern verstärkt war. Cadmus streckte seinen Geist aus und spürte einen anderen Geist auf der anderen Seite, aber dieser Geist war unmenschlich, fast völlig anders als der Geist nahezu jedes anderen Menschen auf dem Planeten. Und doch konnte er den Schmerz und die Wut darin verstehen, auch wenn er keine Worte benutzte, die Cadmus verstand.

»Hier sind wir, Direktor«, sagte Shade und deutete auf die Tür. »Hier halten wir ihn. Ich kann Sie nicht reinlassen, da die Wissenschaftler sagten, er sollte wegen seiner schweren Verletzungen nicht gestört werden, aber ich kann Sie durch diesen Schlitz einen Blick werfen lassen.«

Shade zeigte auf den geschlossenen Schlitz in der Tür, der sich auf Cadmus' Augenhöhe befand. Cadmus trat heran und öffnete den Schlitz, um selbst einen Blick auf die Person - wenn man dieses Wesen so nennen konnte - zu werfen, die er sehen wollte.

Es war ein erbärmlicher Anblick. Ein Großteil seiner Haut war verbrannt oder sogar geschmolzen, was noch erbärmlicher wirkte, da seine Rüstung entfernt worden war, obwohl Teile davon mit den Überresten seines Fleisches verschmolzen waren. Seine Haut, so hatte man Cadmus gesagt, war einmal blau gewesen, aber das wenige, was davon übrig geblieben war, war verbrannt schwarz. Und es fehlten ihm die Beine völlig, während sein Armgeschütz von etwas Riesigem und Schwerem zerquetscht worden war.

Dass dieses Wesen überhaupt noch am Leben war, war ein Wunder, wenn man bedenkt, dass es einen gewaltigen Absturz überlebt und von einer gigantischen Statue zerquetscht worden war. Aber dann wieder hieß es ja immer, die Pokacu seien extrem widerstandsfähig, fast bis hin zur Unverwundbarkeit, also sollte Cadmus vielleicht nicht überrascht sein. Es brauchte nicht einmal Medizin, obwohl ihm trotzdem Beruhigungsmittel verabreicht wurden, um es schlafend zu halten, auch wenn es ohnehin keine Möglichkeit hatte, aus eigener Kraft zu entkommen, selbst wenn es wach wäre.

Cadmus schloss den Schlitz und sah Shade an. »Haben die Wissenschaftler schon etwas über dieses Wesen herausgefunden?«

»Nichts, was wir nicht schon über die Pokacu wussten«, antwortete Shade. »Er spricht allerdings überraschend gutes Englisch, und als wir ihn fanden, murmelte er etwas davon, ›die Mutterwelt zu rächen‹ oder so ähnlich.«

»Interessant«, sagte Cadmus. »Sehr interessant. Ich bin froh, dass ich ihn persönlich sehen konnte, auch wenn er derzeit bewusstlos ist und kaum am Leben hängt. Sag Rogers, er soll mir weiterhin Updates über dieses Wesen schicken, während er es untersucht.«

»Jawohl, Sir«, sagte Shade. »Möchten Sie jetzt zurück an die Oberfläche?«

»Ja«, sagte Cadmus. »Ich habe gesehen, was ich sehen wollte, aber ich werde wahrscheinlich in etwa einem Monat wiederkommen, wenn es ihm besser geht, denn ich habe viele Fragen über die Mutterwelt, die ich gerne beantwortet hätte.«

»Sicher, Boss«, sagte Shade. »Folgen Sie mir.«

Shade ging an Cadmus vorbei und er folgte ihr, aber jetzt war er in Gedanken versunken und dachte darüber nach, was die Gefangennahme dieses Wesens für die Vereinigten Staaten bedeuten würde.

Die Vereinigten Staaten waren nicht das einzige Land der Welt, das eigene Pokacu hatte. Seit der Zerstörung dieser Mutterschiffe hatten fast alle Industrieländer - und mehr als nur ein paar Entwicklungsländer - Pokacu-Leichen zu untersuchen, Dutzende und Aberdutzende, wenn die Anzahl der Besatzungsmitglieder an Bord des NHA-Mutterschiffs die durchschnittliche Besatzungsgröße eines typischen Mutterschiffs widerspiegelte. Zweifellos versuchten Russland, China und die anderen eifrig, die Geheimnisse dieser Außerirdischen zu entschlüsseln, um ihre eigenen Streitkräfte zu stärken und ihre eigene Dominanz über den Globus und vielleicht sogar das Universum selbst zu vergrößern.

Aber die Vereinigten Staaten würden, wie immer, allen anderen einen Schritt voraus sein. Denn während die anderen Länder der Welt nur Leichen zum Studieren und Sezieren hatten, waren die Vereinigten Staaten das einzige Land der Welt, das ein lebendes Pokacu-Exemplar in seinem Besitz hatte.

Und da es sich bei diesem speziellen Pokacu um Commander Graleex, den Kommandanten der Pokacu-Armee, handelte, bedeutete das, dass er wahrscheinlich alle möglichen Dinge über die Pokacu-Spezies und die Mutterwelt wusste, die die anderen nicht kannten.

Und Cadmus würde jedes einzelne Geheimnis aus Graleex' Gehirn extrahieren, ob der Außerirdische es wollte oder nicht.

-

Lesen Sie weiter für weitere Titel von Lucas Flint und ein Vorschaukapitel von *Das Bündnis des Superhelden*, dem nächsten Buch der Reihe!

Ich hoffe, meine kleine Geschichte hat Ihnen gefallen. Bitte vergessen Sie nicht, diesem Buch eine kurze Bewertung zu geben, wo auch immer Sie es gekauft haben. Selbst eine Zwei-Wort-Rezension wie »Mochte es« oder »Hasste es« hilft so sehr. Ob positiv oder negativ, ich bin für jedes Feedback meiner Leser dankbar.

VORSCHAU: Das Bündnis des Superhelden Kapitel Eins

Ich wachte in meinem Bett auf, blinzelte heftig, schwitzte und merkte, dass ich nackt war.

Oder fast nackt; ein schnelles Abtasten zeigte mir, dass ich zumindest meine Boxershorts trug. Zuerst fühlte es sich seltsam an, bis ich mich daran erinnerte, dass ich immer in Boxershorts schlief. Warum also war ich so überrascht darüber?

War ich nicht. Oder sollte es zumindest nicht sein. Vielleicht hatte ich einfach einen richtig schlimmen Traum in der Nacht zuvor. Das würde Sinn ergeben. Tatsächlich hatte ich in letzter Zeit viele schlechte Träume. Einmal träumte ich von einem explodierenden Planeten, was ich immer noch zu verstehen versuchte. Vielleicht sollte ich nicht jede Nacht vor dem Schlafengehen Pizza essen.

Ich setzte mich in meinem Bett auf, rieb mir den Hinterkopf und sah mich in meinem Zimmer um. Es war ein ziemlich einfaches, schlichtes Zimmer mit alter Holzvertäfelung an den Wänden, einer einfachen Lampe über meinem Bett und einem kleinen Flachbildfernseher in einer Ecke des Zimmers, neben dem Schreibtisch mit meinem Laptop und Tablet. Eine große Kommode, in der meine Kleidung lag, stand auf der gegenüberliegenden Seite des Zimmers, weg von meinem Schreibtisch. Obwohl ich allein war, glaubte ich, jemand anderen in der Nähe gehört zu haben, aber vielleicht war es nur ein Traum.

Dann öffnete sich plötzlich die Tür zu meinem Zimmer und herein kam das schönste Mädchen, das ich je in meinem ganzen Leben gesehen hatte. Sie hatte eine hübsche Form und Figur, mit wallendem blonden Haar, das aussah, als hätte es ein Meisterkünstler gezeichnet. Sie trug ein einfaches blaues Shirt und eine schwarze Jeans, aber selbst damit sah sie umwerfend aus. Sie trug ein Tablett mit einer Schüssel Müsli, Milch und Eiern darauf und schloss die Tür mit dem Fuß hinter sich, als sie eintrat. Und als sie mich mit ihren violetten Augen ansah, schmolz ich fast dahin.

Aber dann wurde mir klar, dass ich halbnackt war, und ich zog meine Decke über meine Brust.

Das Mädchen kicherte nur, als sie das sah. »Was ist los, Kevin? Du warst noch nie so schüchtern.«

»Kevin?«, sagte ich. »Ist das mein Name?«

»Ja«, sagte das Mädchen und nickte. »Kevin Jake Jason. Das ist dein vollständiger Name.«

Ja ... ja, es kam mir schon wieder in den Sinn. Sie hatte Recht. »Stimmt. Ich muss es wohl vergessen haben. Mein Gedächtnis war in letzter Zeit seltsam und ich erinnere mich nicht an viel.«

»Oh, das überrascht mich nicht«, sagte das Mädchen. »Du hast dir kürzlich den Kopf gestoßen, armes Ding, das hat wahrscheinlich dein Gedächtnis beeinträchtigt. Aber ich bin sicher, es wird mit der Zeit alles wiederkommen.«

»Habe ich das?«, sagte ich. Sofort begann mein Hinterkopf zu schmerzen, was mich dazu brachte, danach zu greifen. »Au!«

»Ja, du bist auf etwas Wasser ausgerutscht und hast dir den Hinterkopf angeschlagen«, sagte das Mädchen. »Du hast überlebt, aber wir waren besorgt, dass es dein Gedächtnis beeinträchtigt haben könnte. Sieht so aus, als hätte es das.«

Der Schmerz in meinem Hinterkopf begann nachzulassen, also senkte ich meine Hand und sah das Mädchen wieder an. »Okay, wer bist du dann? Ich würde mich bestimmt an ein so schönes Mädchen wie dich erinnern.«

»Nun, ich bin natürlich deine Freundin«, sagte das Mädchen. »Ich bin ein bisschen enttäuscht, dass du dich nicht an mich erinnerst, aber ich schätze, das gehört zur Amnesie dazu.«

»Ich habe eine Freundin?«, sagte ich. Ich beäugte sie misstrauisch. »Wo ist dein Beweis?«

»Nun, ich habe mich freiwillig gemeldet, dir heute Morgen das Frühstück zu bringen«, sagte das Mädchen und hob das Tablett, um darauf hinzuweisen. »Das ist etwas, das Freundinnen gelegentlich für ihre Freunde tun, weißt du.«

Dagegen konnte ich nichts sagen. »Okay. Nehmen wir an, du bist meine Freundin. Ich erinnere mich nicht an deinen Namen.«

»Es ist Regina«, sagte das Mädchen. »Regina Welling. Weckt das irgendwelche Erinnerungen?«

Zuerst war bei dem Namen völlige Leere. Aber dann, ganz plötzlich, begannen Erinnerungen in meinen Kopf zu strömen. Ich sah mich selbst in einer Highschool - mein erster Tag, nach meiner Nervosität zu urteilen - und wie ich verstohlene Blicke auf Regina warf, die vor mir in der Klasse saß. Ich sah eine andere Erinnerung von mir, wie ich sie zum Abschlussball einlud, und dann eine weitere, in der ich und sie Händchen hielten und durch etwas liefen, das wie die Weihnachtsbeleuchtung in einem örtlichen Park aussah. Ich sah sogar unseren ersten Kuss im Mondlicht, der so perfekt war, dass er fast wie ein Bild oder vielleicht eine Szene aus einem Film aussah.

Ich nickte. »Ja, ja, es kommt alles wieder zurück. Wir haben uns in der Highschool kennengelernt, richtig?«

»Ja«, sagte Regina. »John Smith High School. Erster Tag. Du warst wirklich nervös, als du mich zum ersten Mal getroffen hast, was wirklich süß war.«

»Ja, ich erinnere mich«, sagte ich. Ich sah mich plötzlich um. »Warte, wo sind wir jetzt? Haben wir unseren Abschluss gemacht? Teilen wir uns eine Wohnung? Ich meine, nicht dass ich etwas dagegen hätte, aber -«

Regina runzelte plötzlich die Stirn, als hätte ich gerade etwas Deprimierendes gesagt. »Nein, tun wir nicht, obwohl das schön wäre. Wir stehen nicht einmal gut mit dem Gesetz.«

Ich sah Regina besorgt an. »Sind wir gesuchte Verbrecher? Haben wir eine Bank ausgeraubt oder jemanden getötet oder sind bei Rot über die Ampel gegangen?«

»Es ist ... komplizierter als das«, sagte Regina. »Und es geht nicht nur um uns. Wir sind Teil einer viel größeren Gruppe - fast schon einer Bewegung - die sich der Schaffung echter Gleichheit in der Welt verschrieben hat. Aber wir haben Gegner, weil sie Gleichheit hassen.«

»Gleichheit hassen?«, sagte ich. »Wer hasst denn Gleichheit?«

Regina kam zu mir herüber, und ich musste zugeben, dass mir ihre Art zu gehen gefiel. Sie stellte das Tablett auf meinen Schoß und setzte sich ans Fußende des Bettes, ihre ernsten violetten Augen auf mich gerichtet.

»Die Bösen«, sagte Regina. »Die Fanatiker. Die Menschen, die rückwärts in die Vergangenheit blicken, anstatt vorwärts in die Zukunft. Und weil sie Angst vor Veränderungen haben, jagen sie uns wie Wild und tun alles in ihrer Macht Stehende, um unsere Ziele zu sabotieren.«

»Das klingt schrecklich«, sagte ich. Ich griff nach dem Löffel auf dem Tablett und aß etwas von dem Müsli, weil ich unglaublich hungrig war. Regina schien es nichts auszumachen; wenn überhaupt, glaube ich, fand sie mich niedlich dabei. »Aber, ich weiß nicht, vielleicht liegt es an dem Sturz, aber wer genau sind *wir* und für welche Gleichheit kämpfen wir?«

Regina blickte noch ernster drein. Sie beugte sich zu mir vor, sodass ich ihr Fliederparfüm riechen konnte, und sagte mit der aufrichtigsten Stimme, die ich je von ihr gehört hatte: »Wir sind Vision. Und wir kämpfen für die Gleichheit zwischen normalen Menschen und Übermenschen.«

Lesen Sie den Rest von *Das Bündnis des Superhelden*!

Über den Autor

Lucas Flint schreibt Superhelden-Geschichten. Er ist der Autor von Der Sohn des Superhelden, unter anderen. Er lebt mit seiner Frau und Tochter in Sherman, Texas.

Links zu Büchern, sozialen Medien, Neuigkeiten zu den neuesten Veröffentlichungen und mehr finden Sie auf seiner Website: http://www.lucasflint.com.

Milton Keynes UK
Ingram Content Group UK Ltd.
UKHW042006281024
450365UK00003B/224